Monika Tworuschka

AF192040

Eifel-Grauen

Krimimalroman

Cover: Christopher Tworuschka

Monika Tworuschka

Eifel-Grauen

Kriminalroman

Impressum:

© 2024 Monika Tworuschka
Eifel-Grauen
Kriminalroman

Cover: Christopher Tworuschka

1.Auflage 2025

Verlag: BoD · Books on Demand GmbH,
In de Tarpen 42, 22848 Norderstedt
Druck: Libri Plureos GmbH, Friedensallee 273,
22763 Hamburg

ISBN: 978-3-7693-1150-1

Personen

Sarah Berger-Roth:
Oberkommissarin, vor einem halben Jahr aus Köln in die Eifel gezogen, steht oft unter Stress und im Interessenkonflikt zwischen Familie und Beruf, vermisst Köln, FC-Fan

Mark Berger:
ihr Mann, Gymnasiallehrer für Sport und Geschichte

Christoph, Tilda und Benjamin Berger:
ihre Kinder

Johannes Nöthen:
Hauptkommissar, stammt aus der Eifel, geschieden, selbstbewusster und erfahrener Ermittler, dessen Coolness bisweilen arrogant wirkt, große Zuneigung zu seiner Tochter Lotte und seiner Labradorhündin Tessa

Lotte:
seine Tochter

Tessa:
seine Labradorhündin

Hanna Meyer:
Sehr belesene und erfahrene
Buchhändlerin, Besitzerin der *Schmökerecke*, liebt Kriminalromane, Hobby-Detektivin, Mitglied im *Eifel-Kochclub*

Peter Heimbach:
Buchhändler, Kollege von Hanna Meyer, zeichnet sich durch großes Wissen über die Eifel aus und hält gern belehrende Vorträge

Ursula Lanzerath:
besitzt einen kleinen Dorfladen, ist mit Johannes Nöthen befreundet

Herbert Wißkirchen:
Antiquitätenhändler, Mitglied in der Eifel-Kameradschaft

Hermann Josef Schuster:
Pensionierter Oberstudienrat und Hobby-Imker

Gerhard Bergmann:
Konferenzorganisator auf Vogelsang IP

Meike Keller:
Konferenzorganisatorin auf Vogelsang IP

Julia Krüger:
Staatsanwältin, kompetent, modebewusst und arrogant

4

Lena Diefental:
Organisatorin eines Kindergeburtstags und Hobbyköchin *im Eifel-Kochclub,* mit Hanna Meyer befreundet

Greta Reiser:
Journalistin, schreibt für den *Eifeler Beobachter*

Konferenzteilnehmer

Rebekka Cohn und David Cohn:
liberale Juden, setzen sich im Nahostkonflikt statt einer Einstaaten - oder Zweistaatenlösung für eine Konföderation ein, um den Frieden zwischen Israel und Palästina zu sichern

Sherab Tsering:
tibetischer Buddhist und Wegbegleiter des Dalai Lama

Rajan Srikumari und Nandita Srikumari:
Mitglieder der Sarvodaya-Bewegung, die eine Gesellschaft anstrebt, in der Frieden herrscht und die Grundbedürfnisse aller Menschen befriedigt werden

Khaled Husaini:
syrischer Friedensaktivist und Kritiker des Assad-Regimes

Firas Husaini:
sein Sohn

Michael Connacht:
ehemaliges IRA- Mitglied, war an den Friedensverhandlungen des Karfreitag-Abkommens von 1998 beteiligt

Adil Mahmud:
irakischer Muslim, Kunstsammler, setzt sich für den Dialog zwischen Muslimen und der Minorität der Mandäer im Irak ein

Die in dem Roman *Eifel-Grauen* beschriebenen Personen und Ereignisse sowie Namen, Institutionen und Organisationen sind frei erfunden. Ähnlichkeiten mit lebenden oder verstorbenen Personen oder tatsächlichen Ereignissen sind rein zufällig. Die vorkommenden Orte und Landschaften wurden so detailgetreu wie möglich beschrieben. Wo sich die fiktive Buchhandlung *Schmökerecke* und das erfundene *Antiquariat Wißkirchen* befinden, wurde bewusst offen gelassen.

Begebenheiten wie das Reibekuchenfest in Wachendorf undder Imkerstammtisch in Arloff finden tatsächlich statt. Streitigkeiten zwischen Anglern und Schwimmern am Freilinger See kommen gelegentlich vor. Aber die fiktiven Personen dieses Romans können logischerweise nicht vor Ort gewesen sein. Ruth Kahn, die bis zu ihrer Deportation 1942 tatsächlich in Arloff lebte, kann nicht mit der fiktiven Großmutter von Rebekka Cohn befreundet gewesen sein.

An dieser Stelle möchte ich mich herzlich bei meinem Mann Udo Tworuschka für seine kreative Unterstützung und seine unerschöpfliche Geduld beim Korrekturlesen bedanken. Ebenso danke ich meinem Sohn Christopher für das gelungene Cover und die unermüdliche Ausdauer bei den abenteuerlichen Vorbereitungen am Freilinger See.

Wer hätte das gedacht! Alle sind sie wieder hierher zurückgekommen – nach so vielen Jahren. Sicher, auch er war heimgekehrt. Dabei wollte er der Eifel, dem Ort seiner Wurzeln und Sehnsüchte, für immer den Rücken kehren! Doch ein einziger Tag hatte alles verändert: Schreckliche Dinge waren in der von ihm so geliebten Landschaft geschehen.

Inzwischen streift er wieder regelmäßig über vertraute Wege im Herzen des Nationalparks. Obwohl er es sich nicht eingestehen will, hat er all das schmerzlich vermisst: die Weite der Landschaft, den gelb leuchtenden Ginster, den blühenden Weißdorn und die angenehm, zart süßlich duftenden Heckenrosen auf der Dreiborner Höhe. Er liebt die kargen Wacholderheiden, den Wechsel von Talauen und laub- und nadelwaldbewachsenen Höhen. Wenn man ganz, ganz still ist, kann man das kehlige, tief gurrende Krächzen der Kormorane hören: „chroho-chrohochro-ho". Diese „Vögel des Jahres" 2010 treten oft in größeren Gruppen auf und rasten nach dem Fischfang mit weit geöffneten Flügeln am Ufer der Stauseen.

Lange hat er überlegt, ob er in die Eifel zurückkehren soll. Seine Spuren hat er sorgfältig verwischt. Wenn er schon zurückkommt, soll niemand wissen, wer er in Wirklichkeit ist, wer sich hinter seinem Namen verbirgt.

Und die anderen, die einst so vertrauten, inzwischen aber fremd gewordenen Jugendfreunde? Er hat sie nie aus den Augen verloren. Akribisch hat er verfolgt, was sie so trieben. Andere mochten sie täuschen mit ihrer so weißen Weste, ihrem so tadellosen Ruf, ihrem so vorbildlichen Lebensweg. Aber er kennt sie besser! Diese „anständigen" und „aufrichtigen" Menschen, die heute so viele bewundern und schätzen… In Wirklichkeit sind sie elende Schweine. Und niemand weiß das besser als er. Denn niemand kennt ihre Vergangenheit so gut.

Wie so oft wandert er auf schmalen Pfaden von Einruhr an den steilen Hängen des Obersees entlang und genießt die Ruhe der Natur. Mit sehr viel Glück sieht man auch mal einen Schwarzstorch, der in ungestörten Gegenden zu Hause ist. Wildkatzen mit ihrem schwarzen Aalstrich zu sichten, ist fast schon ein Ding der Unmöglichkeit. Dabei hat sich ihre Zahl in den letzten Jahren mehr als verdoppelt. Bussarde, Habichte, Rotmilane sieht man oft majestätisch am Himmel ihre Kreise ziehen. Besonders attraktiv machen den Nationalpark auch die verschiedenen Specht-Arten, die zum Brüten alte, dicke Laubbaumstämme oder abgestorbene, insektenreiche Gehölze benötigen.

Hoch über ihm ragt die ehemalige „Ordensburg" empor. Errichten ließen sie die Nationalsozialisten 1934 als Kaderschmiede für den Führungsnachwuchs. Der romantisch anmutende Name „Vogelsang" stammt von einer Anhöhe gegenüber der Ordensburg.

Tatsächlich. Sie waren zurückgekehrt. Wenn sein Plan aufgeht – und daran hat er nicht den geringsten Zweifel – würde man nicht nur in der Eifel, sondern in der ganzen Welt aufhorchen. Diese so vorbildliche Gruppe von Menschenfreunden – mit einem Schlag würde ein Schatten auf sie fallen. Einige würden dann nicht mehr auf dieser schönen Erde weilen...

Diese Aussicht erfüllt ihn mit einer tiefen Befriedigung. Heiter und mit sich im Reinen blickt er zur Ordensburg empor.

KAPITEL 1

Fast immer zur gleichen Zeit beginnt er seinen morgendlichen Lauf. Die Maisonne wirft ihre ersten Strahlen auf die Wälder und Hügel. Die dunkelgrünen Blätter der Bäume bilden einen auffallenden Kontrast zum strahlend blauen Himmel und verbinden sich mit dem Rot des Sonnenlichts. Es ist noch früh, kurz vor sieben, als der Mann in grauer Sporthose und grünem T-Shirt zu seiner täglichen Joggingstrecke aufbricht. Er genießt diese Auszeit vom Alltag, die Nähe zur Natur, die frische Luft.

Seit er mehrmals pro Woche läuft, fühlt er sich aktiver und oft jünger als seine 55 Jahre. Regelmäßiges Laufen soll das biologische Alter um bis zu neun Jahre verkürzen. Inzwischen glaubt der schlanke, mittelgroße Läufer mit den grau melierten Haaren fest daran, dass körperliche Fitness ein Zeichen von Stärke und Männlichkeit ist. Seitdem trägt er immer öfter sportliche Kleidung, die seine muskulöse Statur betont. Denn seine neuen Freunde wollten nur echte Kerle, keine Weicheier!

Er mag die Morgenstunden, wenn die Natur so richtig zum Leben erwacht. Entspannt trabt er vom Waldparkplatz „Römische Tempelanlage" hinter Pesch auf den Rundwanderweg, vorbei an dem zweistöckigen Wohnhaus mit dem daneben liegenden Wirtschaftsgebäude. Er hört das Plätschern des Wespelbachs, der sich durch die saftigen Wiesen schlängelt. Direkt hinter der Brücke trifft er auf den Hornbach, der nun Eschweiler-Bach heißt. Obwohl der Weg allmählich ansteigt, kommt er nicht aus der Puste. Am Wegesrand ragen kahle Baumstämme mit abgesägten Ästen in den Himmel. Auf der Wiese links ein einsamer Hochstand; rechts in der Böschung bizarr geformtes Totholz, ein umgestürzter Baum versperrt einen kleinen Waldweg. Auf beiden   Seiten

Stacheldrahtzäune, teilweise von hohem Gras überwuchert. Jetzt geht's nach rechts auf einen Weg, der immer steiler ansteigt.

Er hat sich für diese Strecke entschieden, obwohl es wahrscheinlich klüger wäre, sich hier nicht so oft blicken zu lassen. Doch so früh ist vermutlich noch niemand unterwegs, der ihn kennt. Nachts wäre das anders. Ihn schaudert bei diesem Gedanken, aber er hat auch eine gewisse Faszination. In der Dunkelheit schmiegten sich die Bäume noch enger aneinander, nur wenig Mondlicht drang spärlich durch die Blätter. Es lag so ein Hauch von Geheimnis in der Luft. Niemand sprach laut, obwohl es keine Zeugen gab. Alle wussten, dass der Ort im Dunkeln geheim bleiben musste. Seit einiger Zeit beschleicht ihn ein mulmiges Gefühl, wenn er sich dem „Heidentempel" nähert, wie diese antike Anlage im Volksmund heißt. Dabei kommen aufregende, aber auch beängstigende Erinnerungen in ihm hoch.

Nach etwa 200 Metern muss er eine rot-weiße Schranke umkurven. Der Weg unten ist feucht; das Gelände ist sumpfig, und wie immer riecht es hier modrig. Er mag diesen muffigen Geruch nicht, der ihn an verdorbene Lebensmittel und den schlecht gelüfteten Keller erinnert, in den er als Kind nur ängstlich herabstieg, um Kartoffeln zu holen.

Je höher er kommt, desto trockener wird es. Kleine Kieselsteine knirschen unter seinen Schuhen. Er bleibt kurz stehen, um Luft zu holen, taucht ein in die Atmosphäre auf dem Addig, wie diese Anhöhe genannt wird. Vorbei an mit Moos bewachsenen Baumstämmen trabt er geradewegs auf eine Buchenhecke zu. Dann erreicht er den Unterstand auf der rechten Seite mit der Informationstafel. Der Tempelbezirk der Matronae Vacalinehae – der Muttergöttinnen – war ursprünglich ein Baumheiligtum. Der in unmittelbarer Nähe gemauerte Brunnen lieferte wohl das Wasser für den Kult. Die Leute aus der Gegend haben damals den Schutzgöttinnen von Haus und Hof Opfer gebracht und um ihre Hilfe und Wohlergehen gebeten.

Auch heute noch schätzen Wandernde das Heiligtum als Ort der Ruhe und Kraft, genießen die Stille des Waldes, die besondere Aura des sakralen Ortes. Auch der Läufer kann sich der Atmosphäre der Tempelanlage nur schwer entziehen. Eigentlich will er hier möglichst schnell vorbeilaufen und sich auf den Weg nach Nettersheim und Zingsheim machen.

Nur einen flüchtigen Blick wirft er auf den Umgangstempel. Nicht zum ersten Mal bestaunt er die Opfergaben im Schoß der Göttinnen und auf den Weihesteinen: Früchte, Blätter, Tannenzapfen, Muscheln, Steine, Zweige mit inzwischen vertrockneten Beeren und viele Kupfermünzen. Wer hat sie wohl dorthin gelegt? Welche Wünsche und Bitten waren damit verbunden? Tante Helga hatte ihm mal schmunzelnd erzählt, dass Lisbeth aus Nöthen immer wieder zum Heidentempel pilgerte, weil sie sich sehnlichst ein Kind wünschte. Zuvor war sie mehrmals vergeblich nach Lourdes gefahren. Laut Tante Helga hat es dank der Muttergöttinnen dann endlich geklappt. Er wirft einen kritischen Blick auf die Münzen. Reichen die paar Kupferstücke für so große Wünsche? Vielleicht wäre es besser, nicht so geizig zu sein und ein bisschen mehr springen zu lassen...

Jäh bleibt er stehen. Hat da jemand eine besonders große Opfergabe niedergelegt? Oder täuschen ihn seine Sinne? Das Herz klopft ihm bis zum Hals, als er eine zusammengesunkene Gestalt erblickt. Da liegt jemand! Ein Mensch. Er geht näher ran und tippt dem Mann vorsichtig an die Schulter. Sofort ist ihm klar: Hier kommt jede Hilfe zu spät. Das Gesicht des dunkelhaarigen Mannes ist wie erstarrt, kein Atemzug ist zu spüren. Der Tote ist auf die rechte Seite gesunken, ein Arm liegt unter dem Körper, der andere mit der Handfläche nach unten im Laub. Ein Hosenbein ist hochgerutscht. Verstört taumelt der Jogger zurück, zwingt sich, genauer hinzusehen.

Erleichtert stellt er fest, dass er den Toten nicht kennt. Einen Moment lang hatte er befürchtet, es könnte einer von ihnen sein.

Verstohlen schaut er sich um, ob jemand in der Nähe ist. Dann zieht er sein Smartphone aus der Hosentasche und entschließt sich, sofort den Notruf zu wählen. Schwer atmend und stockend berichtet er, was passiert ist. Außerdem gibt er eine genaue Wegbeschreibung.

Dass es hier bald von Polizisten nur so wimmeln wird, bereitet ihm Unbehagen. Aber einfach den Toten nicht zu melden, macht ihn doch erst recht verdächtig! So sehr er sich auch bemüht, er kann seinen Blick nicht von der starren Gestalt lösen.

Dann entdeckt er den Armreif des Toten. Das außergewöhnliche Schmuckstück aus Kupfer hätte ihn unter normalen Umständen aus beruflichen Gründen interessiert. Aber jetzt ist er zu nervös. Angespannt schaut er auf die Uhr. Er hat noch einen wichtigen Termin, muss pünktlich im Geschäft sein. Die Minuten verrinnen aufreizend langsam. Ungeduldig wippt er mit den Füßen. Endlich hört er in der Ferne den Motor eines sich nähernden Autos, wenig später Stimmen.

KAPITEL 2

„Wie ist es, haben Sie sich schon halbwegs eingelebt?", fragt Peter Heimbach seine Kundin. Der Buchhändler kommt aus dem Nebenraum des dezent altmodisch-chic eingerichteten Ladens, umgeben von hohen Regalen, gefüllt mit Büchern in allen Farben und Größen. Nach Möglichkeit möchte man hier keine Billigbücher verkaufen und bemüht sich um Qualität. Selbstverständlich, es gibt sie auch in der *Schmökerecke*: die Lebensratgeber, Pflanzen- und Städteführer, die Sternendeutungsbücher u.a. Ohne solche Titel ginge Umsatz verloren. Aber nach der Philosophie des Hauses versteht sich die *Schmökerecke* als Ort, wo lohnende Inhalte empfohlen werden, wo man das Gespräch über und mit Büchern inszeniert. Und so ist der Besuch der *Schmökerecke* eine Art gesellschaftliches, intellektuelles Spiel. Man erhält viele Anregungen und geht schlauer wieder raus, als man reingekommen ist. Eine traditionelle Buchhandlung ist eben mehr als bloß ein Buchverkaufsladen. Und, nicht zu vergessen, es gibt noch Kunden wie etwa den schon lange nicht mehr praktizierenden Hausarzt, der sich endlich die Zeit nehmen kann, die sieben Bände „Auf der Suche nach der verlorenen Zeit" von Marcel Proust zu lesen und sich darüber auszutauschen.

Das Markenzeichen des Buchhändlers Peter Heimbach ist der Rautenpullover – ein Muster aus tiefem Blau und Grau, das so vertraut ist wie die Geschichten, die er erzählt. Lächelnd begrüßt er jeden Besucher des Ladens. Mit seinen blauen Augen mustert er einen Kunden aufmerksam durch seine randlose Brille. Er kennt die Lebensgeschichten seiner Stammkunden oft genauso gut wie die Handlungsstränge vieler Bücher, die er verkauft. Deshalb weiß er auch, dass Sarah Berger-Roth vor einem halben Jahr aus Köln in die Eifel gezogen ist. Die etwa 175 cm große, schlanke

Frau trägt dunkelblaue Jeans und ein mintfarbenes Sweatshirt. Ihr dunkles, schulterlanges Haar umrahmt ihr schmales Gesicht mit den braunen Augen. Sie schaut sich gerade in der Kinderbuchabteilung um. „Das lässt sich so allgemein nicht beantworten." Sarah zuckt unsicher mit den Schultern. „Die Menschen sind hier sehr freundlich, und die Natur einfach Spitze. Aber es gibt auch ein paar Nachteile."

Sie merkt selbst, dass sie nicht sehr überzeugend klingt. Sarah möchte niemanden vor den Kopf stoßen. Doch ihr Leben in Köln vermisst sie schon sehr. Die Eifel ist mit dem Eigelstein nur schwer zu vergleichen... Oft sehnt sich Sarah nach ihrer alten Wohnung im Agnesviertel zurück. Die Wohnung war zwar viel zu klein, aber dafür richtig gemütlich. Vor ihrem inneren Auge erscheinen Szenekneipen, behagliche Cafés und prachtvolle Altbauten – und natürlich das bewährte Miteinander mit den Nachbarn. Trotzdem haben sie und ihr Mann sich nach langem Zögern entschlossen, mit den Kindern in die Eifel zu ziehen. Eine größere und bezahlbare Wohnung war in Köln nicht zu finden, ein Haus schon gar nicht!

„Haben Sie sich schon mal in der Gegend umgeschaut? Wenn sie möchten, kann ich Ihnen noch ein paar interessante Ausflugsziele nennen." Die langen Beratungsgespräche von Herrn Heimbach sind legendär. Gekonnt spickt er sie mit persönlichen Einsichten, auch kleinen Weisheiten. Nicht zum ersten Mal versucht er, seiner neuen Kundin Ausflüge in die nähere Umgebung zu empfehlen. Dafür ist Sarah dankbar. Mit den Kindern hat sie das Freilichtmuseum in Kommern besucht, einen Ranger auf dem Wildnispfad getroffen und ist mit der *Stella Maris* über den Rursee geschippert. Erst am letzten Wochenende haben sie einen Spaziergang rund um den Freilinger See unternommen. Tilda war besonders begeistert von den vielen Jungvögeln.

Sarah nimmt sich noch ein Buch, blättert kurz darin herum und legt es wieder zur Seite. Dann greift sie zu einem anderen.

Die Kinderbuchabteilung ist bunt und spricht junge Lesende und Eltern an. „Was genau suchen Sie denn?" „Ein Geschenk. Mein Sohn Christoph ist zu einem Kindergeburtstag eingeladen." „Bei Kinderbüchern weiß die Chefin am besten Bescheid. Ich schau mal, wo sie ist!"

„Guten Morgen, Frau Berger-Roth!", begrüßt sie Hanna Meyer, die Inhaberin der *Schmökerecke* mit einem Lächeln im Gesicht. Hanna ist eine schlanke Frau mit dunklen, leuchtenden Augen und kurzen, grau gelockten Haaren. Sie trägt meistens eine schwarze Brille und bevorzugt einen unauffälligen, aber eleganten Kleidungsstil. Sie trägt gern dunkle Farben wie Schwarz und Grau. Hanna ist ein großer Fan von Jugendliteratur. Sie kennt nicht nur alle Bestseller, sondern auch Bücher aus unterschiedlichen Kulturen. Über aktuelle Trends ist sie immer auf dem Laufenden.

„Ist das Buch für einen Jungen?" „Ja, genau." „Welches Alter? Wofür interessiert er sich denn?" „Elf Jahre. Starwars. Da kenne ich mich nicht aus. Ich weiß leider nicht einmal, ob es dazu Bücher gibt." „Da gibt es einige. Aber die müsste ich bestellen." „Dann doch lieber etwas anderes!" Nicht zum ersten Mal vermisst Sarah die große Auswahl in ihrer alten Kölner Stammbuchhandlung.

„Ich denke, er kennt Harry Potter." Hanna Meyer zeigt Sarah eine Reihe von Büchern, die sie sachkundig beschreibt. „Besonders kann ich dieses Buch empfehlen. Da gibt es auch eine Fernsehserie." „Okay." Sarah gibt zu, dass Frau Meyer sich gut auskennt. „Dann packen Sie das Buch bitte als Geschenk ein!"

„Ein hübsches Armband trägt Herr Heimbach", stellt Sarah leicht belustigt fest. Ihr Mann Mark besitzt ein ähnliches; denn ihre Tochter Tilda stellt auch solche kleinen Kunstwerke aus Leder her. Gerade, als sie ihn fragen will, wer ihm das Armband geschenkt hat, vibriert ihr Smartphone. Sie lauscht einen Moment. „Ich muss zum Matronentempel. Wie komme ich dorthin?"

„Welchen meinen Sie? Da können wir hier in der Eifel gleich mehrere bieten..." Peter Heimbach schmunzelt gönnerhaft und macht sich bereit für einen Vortrag. „Mehrere?" Sarah stöhnt: „Das darf doch nicht wahr sein!" Wie sollte sie ihrem Kollegen erklären, dass sie wieder einmal nicht schnell genug den Weg gefunden hatte? Sie hatte doch versprochen, so schnell wie möglich da zu sein. So ein Mist! Warum hatte sie Johannes nicht gefragt? Aber wer kommt schon auf die Idee, dass es mehrere Matronentempel gibt. „Liegen die nebeneinander?" „Nicht direkt. Also, südwestlich von Zingsheim gibt es einen römischen Tempel auf der Görresburg. In diesem Heiligtum wurden vom ersten bis zum vierten Jahrhundert Schutz- und Muttergottheiten verehrt..." „Stopp, ich brauche jetzt keinen gelehrten Vortrag, sondern eine Wegbeschreibung, besser noch eine Adresse für das Navi!"

Scheinbar ungerührt fährt Heimbach fort: „Und dann gibt es noch einen gallo-römischen Umgangstempel bei Zingsheim..." „Wie kommt man da hin?" Sarah vibriert innerlich. „Ja, aber wir haben ja noch den Tempel in Pesch", fährt Peter Heimbach unbarmherzig fort. „Hat man Ihnen nichts Näheres gesagt?" Sarah überlegt fieberhaft. „Ich glaube, er sagte Matronentempel oder Heidentempel und so etwas wie... „Addick?", ergänzt sie unsicher. „Ach, Sie meinen den Matronentempel in Pesch, den Heidentempel. Der Hügel, auf dem er steht, heißt Addig. Der dortige Tempelbezirk ist einer der bedeutendsten ..." „Bitte aufhören!" Sarah ist völlig genervt. „Wie komme ich am schnellsten dorthin?" „Richtung Zingsheim, von dort auf die L 206 Richtung Pesch. Da ist ein Parkplatz."

Die Klingel macht ein kurzes Ding-Dong, als die Oberkommissarin zu ihrem Auto eilt. „So ein Mist", denkt sie. Wegen der besch... Parksituation hatte sie ihren Wagen auf dem großen Parkplatz vor der Stadt abgestellt – gut zehn Minuten Fußweg. Sie eilt an den Geschäften vorbei in Richtung Stadttor. Dann weiter die

Straße entlang lässt sie den Discounter rechts liegen, hetzt links über den Parkplatz und erreicht keuchend ihren Škoda.

Sie fährt stadtauswärts den Berg hinauf. Die Serpentinen schlängeln sich den Berg hinauf. Die Sonne wirft ihr flackerndes Licht durch das dichte Blätterdach einiger Bäume, während der PKW vorsichtig die Kurven hinaufkriecht. Plötzlich taucht vor ihr ein landwirtschaftliches Fahrzeug auf, das in gemächlichem Tempo die Straße entlangtuckert. Ihre Geduld wird auf eine harte Probe gestellt, als sie genervt dem langsamen Gefährt folgt, das Tempo gedrosselt, die Hände fest am Lenkrad. Überholen ist unmöglich, die Straße zu schmal, die Kurven zu gefährlich. Sarah schielt angespannt immer wieder auf die Uhr. Gott sei Dank – das Fahrzeug biegt in einen Wirtschaftsweg ab. Doch die schmale, kurvige Straße lässt immer noch kein hohes Tempo zu.

Nach einer halben Stunde hat Sarah den Waldparkplatz gefunden, eigentlich ein perfekter Ort, um zu verweilen und die Stille des Waldes zu genießen. Aber dazu hat sie wirklich keine Zeit. Hastig folgt sie den Wegweisern, eilt den Hügel hinauf. Völlig außer Atem erreicht sie den Tempelbezirk.

„Braucht ihr in Köln immer so lange zum Tatort?" Johannes Nöthen schaut zunächst auf seine Armbanduhr und dann seine Kollegin leicht amüsiert an. Wie immer wirkt er souverän und locker. Sarah bewundert seine Coolness. Gleichzeitig ist sie genervt. Auch hier am Tatort trägt Nöthen Designerjeans, Hemd und Pullover sowie eine Sonnenbrille der angesagtesten Marken. Sein sportlich-forsches Auftreten strahlt wie immer Selbstbewusstsein und Professionalität aus. Mit seiner humorvollen Gelassenheit und lockeren Art hat er längst den Respekt seiner Kollegen erworben.

Doch für Sarah grenzt seine Coolness manchmal an Arroganz. „Was war es denn diesmal? Probleme in Schule oder Kita? Oder hast du einfach den Weg nicht gefunden?" „Ich fahr` nicht wie du mit quietschenden Reifen durch die Kurven! Außerdem ist

Matronentempel nicht eindeutig", knurrt Sarah. „Jetzt bin ich ja da!" Die imposante Tempelanlage beeindruckt sie. Interessiert betrachtet sie die vielen Opfergaben.

„Warum eigentlich Tatort? Sind wir denn sicher, dass es Fremdverschulden war?" Sarah runzelt die Stirn. „Unsere Kollegen gehen davon aus. Sonst hätten sie uns nicht gerufen. Aber zum jetzigen Zeitpunkt können wir noch nicht sicher sein." „Was wissen wir über den Todesfall?" „Nicht viel. Nicht einmal, ob der Mann wirklich hier zu Tode gekommen ist. Aber wir müssen wohl davon ausgehen. Da keine größeren Verletzungen zu erkennen sind, können wir die Todesursache noch nicht feststellen. Die Platzwunde an der Stirn könnte auch von einem Sturz stammen."

Sarah nickt. „Wir wissen also nicht, ob es sich um einen Unfall, einen Suizid, Körperverletzung mit Todesfolge, einen Totschlag oder tatsächlich um einen vorsätzlichen Mord handelt." „Wird das jetzt ein Vortrag in der Polizeischule?" „Sorry! Nein. Aber Vorsatz können wir nicht ausschließen." „Natürlich nicht. Aber das Opfer könnte auch eines natürlichen Todes gestorben sein, zum Beispiel an Herzversagen." „Stimmt."

„Was sagt der Notarzt?" „Er kann keine äußere Gewaltanwendung feststellen. Er schätzt den Todeszeitpunkt auf 23 bis 1 Uhr. Einen Unfall hält er für unwahrscheinlich. Aber ihm sind bläulich verfärbte Lippen aufgefallen." „Dann... war er vielleicht unterkühlt oder hatte Sauerstoffmangel." „Das ist gut möglich. Wir müssen jetzt mal abwarten, was die weiteren Untersuchungen ergeben." „Hatte er Papiere?" „Ja, einen ausländischen Pass." „Wurde er ausgeraubt?" „Wohl kaum. In der Brieftasche befinden sich Bargeld und diverse Kreditkarten. Die sicherlich nicht billige Sky Dweller- Rolex ist noch am Handgelenk."

Sonst noch etwas?" „Ein Armband mit Schriftzeichen oder Symbolen. Und eine hölzerne Kette mit vielen Perlen. Schwer zu sagen, ob die wertvoll sind."

„Wer hat die 110 angerufen?" Johannes deutet auf den Mann, der ein paar Meter entfernt steht. „Den kenne ich doch!" entfährt es Sarah überrascht. „Ja, ein alter Bekannter und sichtlich nervös." „Ist das nicht ganz normal, wenn man unerwartet über einen Toten stolpert?" „Sicher." „Kennt er den Toten?" „Er sagt nein. Ist ihm nie begegnet." „Und was wollte er überhaupt hier? Den Tempel besichtigen?" „Nein, eigentlich nur vorbeijoggen. Das macht er wohl öfter. Ich habe ihm nur gesagt, dass er später ins Präsidium kommen soll, um das Protokoll zu unterschreiben."

KAPITEL 3

Sie hat keine Probleme, den Weg zu finden, auch ohne Navigationsgerät. Vor Harzheim biegt sie rechts ab und fährt über eine schmale, kurvenreiche, leicht abschüssige Landstraße durch Felder und Wiesen nach Eiserfey. Dann durchquert sie den Ort und fährt nach links. Vorbei am silbernen Denkmal des Riesen Kakus, der kampfbereit seine Keule geschultert hat, erreicht sie oberhalb des Feytals den Ort Dreimühlen.

Vormittags unter der Woche ist hier wenig los und sie kann bequem einen der wenigen Parkplätze benutzen. An Wochenenden stehen die Autos oft an beiden Seiten der B 477. Familien zieht es immer wieder zu der großen Höhle im markanten Kartsteinfelsen, um die sich spannende Sagen ranken. Vor allem in der Corona-Zeit, erinnert sich Lena Diefental, hielten sich viele Familien auf dem Gelände rund um die Höhlen auf. Lena war schon oft an dieser prähistorischen Fundstätte.

Sie stellt ihren PKW hinter einem Lieferwagen vor dem Café *Landgenuss* ab, einem langgestreckten Gebäude mit Satteldach. Zwei Fahnen mit der Aufschrift „Hochwald-Food" flattern im Wind. Hier gibt es „Milch und mehr", Obst und Gemüse stammen aus der Region. Mehrere Tische mit Bänken umgeben das Café.

Immer wieder hat Lena Abenteuerspiele für ihre Kinder auf dem Gelände rund um die Höhle „ausgeheckt". Besonders spannend fanden Kira, Tom und Nico, wie die Neandertaler ihre Speere hergestellt haben: Sie befestigten eine Feuersteinklinge an einem Holzstock und verwendeten als Klebstoff sogenanntes Birkenpech. Begeistert hatten die Kinder damit Wollnashörner,

Mammuts und Berglöwen gejagt. Dann hatten sie Winkel der Höhle erkundet, ohne müde zu werden.

Lena kann mit Kindergeburtstagen in Freizeitparks, bei denen man sich gegen Bezahlung weder um Aktivitäten noch um Verpflegung kümmern muss, wenig anfangen. Sie plant lieber selbst eine spannende, altmodische Schnitzeljagd rund um das Höhlengelände. Es wird auch Brot aus der Steinzeit geben, selbst gebacken! Die Kinder, die mehr Action gewohnt sind, dürfen gerne meckern. Später sind alle begeistert, wie immer.

Lena geht den abschüssigen, etwa drei Meter breiten Weg zur Höhle hinunter, der mit Kies und dann mit Rindenmulch bedeckt ist. Der Weg wird von 30 Meter hohen Buchen, Eichen und Ulmen gesäumt, die von Efeu fast erwürgt werden. Lena genießt die Ruhe. Aus der Ferne hört sie den Lärm des Autoverkehrs und immer wieder Vogelstimmen, zum Beispiel das „Tok, Tok" eines Spechts.

Lena will eine Kindergeburtstags-Rallye rund um die Höhle organisieren und den Schatz irgendwo in der dunklen Kammer oder in der Nähe des Fledermausgitters verstecken. Die Kids sollen spielerisch Fragen zur Geschichte der Höhle beantworten. Dabei geht es um die Neandertaler, die hier vor 80.000 Jahren gelebt und Steingeräte hinterlassen haben. Etliche Jahre danach haben Rentierjäger in der Höhle gerastet, die später auch Kelten und Römer bewohnten. Bis zu neun streng geschützte Fledermausarten nutzen heute die Höhlen als Winterquartier. Auch eine zweite kleine Höhle, das *Kalte Loch*, etwas weiter nördlich, hat sie als Versteck eingeplant. Als Erstes vergräbt sie den Hinweis in der Nähe des alten Brunnens. Auch die Löcher in der Felswand vor der Höhle eignen sich super als Verstecke.

Jedes Mal, wenn sie die große Höhle, die *Kirche*, betritt, ist sie von der beeindruckenden Kulisse unter den 15 Meter hohen Felsen beeindruckt. Lena weiß nicht, ob sie sich geborgen fühlt oder den freien Himmel über sich vermisst. Sie versucht, sich vorzustellen, wie die Menschen vor Jahrtausenden in der Höhle Zuflucht gesucht haben oder den Zugang zur Erde als *große Mutter* und *Erdgöttin* verehrt haben.

So dunkel ist es gar nicht. Durch den Eingang, den schmalen Hinterausgang und zwei Öffnungen in der Höhlendecke und rechts dringt fahles Licht herein, so dass man keine Taschenlampe braucht – es sei denn, man möchte die *Dunkle Kammer* rechts unten erforschen. Sie will noch einen Hinweis für die Kinder in einer Öffnung links neben dem Treppenaufgang verstecken.

Auf einmal hört sie ein Geräusch. Sie bleibt stehen und erschrickt. Ist hier jemand? Oben in der Höhle sieht sie eine vermutlich männliche Gestalt, die langsam auf dem steinigen Boden entlangschleicht. Lena ist hin- und hergerissen zwischen Angst und Neugier. Ihre Gedanken überschlagen sich. Gleichzeitig ärgert sie sich über ihre Nervosität. Ist es nicht völlig normal, dass auch an Werktagen einige Menschen die Höhle besuchen?! Trotzdem kann sie ihre innere Unruhe nicht ganz abschütteln. Der Unbekannte bleibt auf der Treppe stehen, das Gesicht im Schatten verborgen. Was treibt der da? Warum kriecht er über den felsigen Boden? Ein normaler Besucher würde sich anders verhalten!

Er musste sie doch auch gesehen haben. Kein Wort, obwohl sie einen kurzen Gruß erwartet hätte. Irgendwie fühlt sie sich bedroht. Aber sie weiß nicht genau, woher ihre Angst kommt. Ob die fremde Gestalt sie angreifen, verletzen oder sexuell belästigen könnte? Sie versucht, ihre Unsicherheit mit einem selbstbewussten „Guten Tag" zu überspielen.

Im Halbdunkel erkennt sie, dass die mittelgroße Person in einer dunklen Jacke sich schnell auf sie zubewegt. Ihr Gesicht ist teilweise von einem Schal verdeckt, aber die Augen kann Lena erkennen. Sie hat eine Tasche um die Schulter gehängt. Unerwartet rempelt die Person Lena rücksichtslos an, sodass sie das

Gleichgewicht verliert. Als sie sich wieder aufrichtet, ist die Gestalt verschwunden.

Der Zusammenstoß ist zwar nur kurz, doch Lena ist danach leicht verwirrt. „Du Blödmann, du hättest dich ruhig entschuldigen können!", schimpft Lena.

Auf der Rückfahrt sind Wut und Angst vergessen. „Ich könnte die Begegnung mit dem unheimlichen Unbekannten in eine meiner nächsten Schatzsuchen einbauen", überlegt Lena. „Vielleicht hat der Mann ja die Höhle als Ort der Besinnung und Meditation aufgesucht? Definitiv zu langweilig! Vielleicht hat er nach verborgenen Schätzen, archäologischen Funden oder anderen geheimnisvollen Dingen gesucht? Ja, das passt schon eher. Daraus lässt sich bestimmt etwas machen! Oder er wollte sich verstecken, weil er von der Polizei verfolgt wurde. Das ist mal ein spannender Gedanke! Vielleicht wollte der Fremde auch etwas verbergen, das niemand finden sollte, womöglich Diebesgut? Da gab es viele Möglichkeiten. War er eventuell auch gefährlich? Was hatte der Fremde vorgehabt? Fast hätte Lena vergessen, zum Supermarkt abzubiegen.

KAPITEL 4

Hauptkommissar Johannes Nöthen holt sich eine Tasse Kaffee und öffnet die mitgebrachte Tüte mit belegten Brötchen. Bis zur Dienstbesprechung ist noch etwas Zeit. Tessa richtet sich auf und beschnuppert kurz die Tüte. „Lass das bitte! Du bekommst gleich ein Leckerli!" Wie so oft bringt Johannes Nöthen seine hellcremefarbene Labradorhündin Tessa mit zum Dienst. Die meisten Kolleginnen und Kollegen können damit gut leben; denn die kontaktfreudige, sehr agile und zugleich sanftmütige Tessa ist bei allen beliebt und lässt sich gern verwöhnen. Außerdem ist Herrchen meistens besser drauf, wenn sie dabei ist.

Tessa ist oft ungestüm, voller Energie und Neugier. Ob sie einen Befehl befolgt oder nicht, entscheidet sie spontan. Als Johannes ruft, schaut sie kurz auf, aber sie ist viel zu sehr mit den aufregenden Düften der Brötchentüte beschäftigt, um zu hören, was er sagt. Tessa folgt einfach ihrer Nase und ihrem Herzen, die sie oft auf abenteuerliche Wege führen. Manchmal ist Hauptkommissar Nöthen frustriert, aber wenn Tessa fröhlich mit der Rute wedelt und ihn mit ihren treuen Augen anschaut, beruhigt er sich schnell wieder.

Einmal wollte Johannes seinen Kollegen zeigen, wie gut Tessa erzogen ist. Vor versammelter Mannschaft rief er „Tessa, sitz!" Doch Tessa blickte nur kurz auf und widmete sich dann wieder ihrer Lieblingsbeschäftigung, dem Kauen auf einem alten Tennisball. Der Hauptkommissar versuchte es noch einmal, diesmal mit mehr Nachdruck: „Tessa, Platz!" Aber Tessa hatte offenbar andere Pläne und trottete stattdessen zu einem Kollegen, um sich hinter den Ohren kraulen zu lassen. Die Anwesenden fingen an zu kichern, was Johannes ziemlich peinlich war. Der sonst so souveräne Polizist spürte, wie ihm die Situation unangenehm wurde und er rot im Gesicht anlief. Aber dann lachte er mit: „Na ja, jeder hat mal einen schlechten Tag, oder?"

Heute ist Johannes Nöthen ziemlich frustriert. Lotte kommt am Wochenende zu ihm. Schon seit Tagen überlegt er, wie er die gemeinsame Zeit mit seiner Tochter so gestalten kann, dass sie sich daran lange erinnern wird. Sie haben gemeinsam den Wildpark und das Freilichtmuseum erkundet und einen Ziegenhof besucht. Dort gab es viele Tiere zum Anfassen und Streicheln. Man durfte sie sogar füttern. Und Käse selbst machen. „Ziegen sind `total cool` und lustig", befand Lotte. Er hatte sie bei ihren Hobbys unterstützt und sie zu Schwimmwettkämpfen und Voltigierturnieren begleitet. Als Nächstes stand ein Ausflug in den Waldkletterpark nach Bad Neuenahr-Ahrweiler auf dem Programm. Lotte hatte sich darauf gefreut, er auch. Doch dann kam der Todesfall dazwischen. Wie er seine ehemalige Frau kannte, würde sie das Wochenende nicht ohne weiteres eintauschen. „Echt beknackt!"

„Hat die Zeit wieder mal nicht für ein Frühstück zu Hause gereicht?" Oberkommissarin Sarah Berger-Roth hängt ihren Rucksack auf und lässt sich auf einen Stuhl fallen. „Du meinst sicher ein gesundes Frühstück zu Hause?" „Genau. Aber ich weiß ja, dass du so der Frühstück-to-go-Typ bist und Uschis Brötchen nicht widerstehen kannst. Was machst du eigentlich, wenn Lotte bei dir ist? Geht das dann auch so husch-husch? Gibt es da auch nie was Gesundes?"

„Ich bin halt nicht so der Körnerbrötchen-Müsli-Frischkost-Typ!" Johannes Nöthen holt einen Stapel Papiere aus seiner Aktentasche. „Deine Aufzählung klingt aber so, als wüsstest du doch, was gesund ist." „Kann sein." „Lotte und Tessa teilen sich vermutlich jeden Morgen ein Kilo-Glas Nutella. Und du unternimmst nichts. Ich glaube, in deinem Kühlschrank ist auch nicht viel Gescheites." „Jetzt ist aber gut! Selbstverständlich bekommt Tessa kein Nutella. Labradore kriegen überhaupt keine

Schokolade. Das ist lebensgefährlich." „Sorry, das wusste ich nicht", gibt Sarah klein bei. Wenn es um seine Tessa geht, ist Johannes absolut humorlos. Er liebt sie abgöttisch wie seine Tochter.

„Was ist denn los mit dir?" „Noch sauer, weil dein FC abgestiegen ist?" „Ne, der steigt auch wieder auf." „Da stellt sich nur die Frage, wann das sein wird? Ob ich das noch während meiner Dienstzeit erlebe? Zur Sache: Ich soll die Ermittlungen zum ungeklärten Todesfall am Matronentempel leiten. Ich würde dich gerne dabei haben. Kurz bevor die anderen kommen: Was wissen wir bisher über den Toten?"

Sarah weiß, dass Johannes eine außergewöhnliche Intuition besitzt. Aus den kleinsten Hinweisen kann er Schlüsse ziehen, die andere übersehen würden. Bevor er auf eigenen Wunsch wieder in die Eifel versetzt wurde, hatte er sein Können bei mehreren Undercover-Einsätzen unter Beweis gestellt, sich nahtlos in verschiedene Milieus eingeschlichen und wertvolle Informationen gesammelt.

Dass er sie bei der Ermittlung dabei haben will, freut Sarah. Vielleicht hält er doch mehr von ihr als es den Anschein hat.

Und noch was kommt ihr in den Sinn. Vielleicht kann sie ihn auch manchmal bremsen? Denn trotz seiner beeindruckenden Ermittlungsarbeit schießt Johannes bisweilen über das Ziel hinaus, lässt sich manchmal von vorgefassten Meinungen leiten. Aber wenn man ihn darauf hinweist, lenkt er meistens ein.

„Was wissen wir bisher?" „Es könnte sich um Unfall oder Selbstmord handeln. Fremdeinwirkung kann aber auch nicht ausgeschlossen werden. Die Obduktion hat ergeben, dass der Tote an einer Überdosis gestorben ist. Wer ihm die verabreicht hat, oder ob er selbst aus Versehen zu viel oder das Falsche genommen hat, ist schwer zu sagen. In der Nähe des Tatortes konnten wir weder Spritzen, Löffel, Gummibänder oder Drogenreste sicherstellen." „Überdosis von was genau?" „Es waren wohl mehrere Substanzen im Spiel: Kokain und Amphetamin." „Ja, die Zahl der Drogentoten ist bei uns in den letzten Jahren drastisch angestiegen. Hauptursache ist wohl der Missbrauch von Opioiden, oft in der Kombi Heroin und Morphin." „Das habe ich auch gehört. In den letzten drei Jahren hat die Zahl der polyvalenten Vergiftungen zugenommen." „Poly-... was?" „Poly ist griechisch und bedeutet ʼvielʼ. Also Stoffe, die mehrere Erreger und Giftstoff enthalten." „Genau! Häufige Verbindungen sind Kokain und Crack oder Kokain und Amphetamin."

„Bis jetzt wissen wir noch nicht einmal, ob der Tote wirklich drogenabhängig war. Dazu müsste man sich mit seiner Familie und seinen Freunden unterhalten. Was dagegen spricht..." „Ja?" „Die toxikologischen Untersuchung, also Blut und Urinproben des Opfers, weisen nicht eindeutig auf regelmäßigen Drogenkonsum hin."

„Haben wir Fingerabdrücke oder DNA einer weiteren Person?" „Gibt es Zeugen?" „Leider haben wir nur den Jogger, der ihn gefunden hat. Er behauptet, dass er da oben öfter läuft. Ich glaube aber nicht, dass das der einzige Grund ist, warum er sich dort herumtreibt. Du kennst ihn ja. Du warst doch vor einiger Zeit in seinem Laden." „Du meinst wegen seiner Verbindung zur *Eifel-Kameradschaft?*" Richtig!" „Wir hatten ja eigentlich schon länger den Verdacht, dass sich diese Jungs öfter an geheimen Orten treffen, vielleicht auch auf dem Tempelgelände."

„Ja, genau. Bisher konnten wir ihnen nichts nachweisen, aber die Hinweise verdichten sich, dass sie etwas Illegales planen und in eine größere Sache verwickelt sind." „Was hat das mit dem Toten zu tun?" „Die Kameradschaft ist nicht gerade als ausländerfreundlich bekannt. Und der Tote ist nun mal kein Deutscher." „Ist das nicht etwas weit hergeholt? Ich denke, die Todesursache waren Drogen."

„Wir müssen allen Spuren nachgehen. Es wäre schon kaltblütig, wenn unser Jogger den Mann erst umgebracht und dann die Leiche gefunden hätte. Aber dass er hier öfter rumläuft, ist schon auffällig." „Leider gibt es um die Tempelanlage herum viele Schuhabdrücke. Ich denke, der Tote ist zusammen mit jemandem zum Tempel gekommen."

„Kommt der Tote aus der Gegend?" „Nein, er war nur zu Besuch hier." „Und wen hat er besucht?" „Er war zu Gast auf der ehemaligen „Ordensburg" Vogelsang und Mitglied dieser Friedenskonferenz, über die vor einiger Zeit ständig in den Medien berichtet wurde." „Ich erinnere mich. Ich habe auch ein paar Artikel dazu gelesen." „Das wird denen gar nicht gefallen, dass es einen Toten gegeben hat. Sie geben sich große Mühe, die Konferenzmitglieder zu schützen. Einige von ihnen sind in der Vergangenheit schon Opfer von Anschlägen oder Ziel von Gewaltandrohungen geworden." „Genau. Wir dürfen uns nichts vormachen: Auch bei uns gibt es gewaltbereite Fanatiker und Gegner des kulturellen und religiösen Miteinanders."

UNGEFÄHR 10 WOCHEN FRÜHER

KAPITEL 5

Hanna Meyer hat gerade ihre *Schmökerecke* aufgeschlossen und sortiert die Tageszeitungen. Ihr Buchladen ist wie eine kleine Oase inmitten der Hektik der Stadt.

Wenn man reinkommt, hört man das leise Knarren des Holzbodens. Die Luft ist erfüllt vom Duft nach Papier und Leder, gemischt mit einem Hauch frisch gebrühten Kaffees. Den gönnt sie sich mehrmals am Tag, genauso wie ihr Kollege Peter Heimbach.

Hanna ist ein wissbegieriger Mensch. Zwar nervt sie manche durch ihre neugierigen Fragen, doch ihre kreativen Ideen verblüffen immer wieder. Sie liebt es, Rätsel zu lösen, vor allem Sudokus. Doch ihre besondere Leidenschaft sind Krimis.

Gern geht sie Hinweisen nach. Ihre Begeisterung für ungelöste Fälle ist einfach ansteckend. Oft bleibt sie bis spät in die Nacht auf, um ein spannendes Buch zu Ende zu lesen.

Leidenschaftlich gern schmökert sie in alten Kriminalromanen, versucht, sich in die Gedankenwelt der Ermittler hineinzuversetzen. Es gibt kaum Krimiautoren, deren Bücher sie nicht verschlungen hat.

Außerdem ist Hanna eine leidenschaftliche Köchin. Gerade überlegt sie, welches typische Eifel-Rezept sie beim nächsten Mal im *Kochclub* vorstellen soll. Einmal in der Woche treffen sich die Freundinnen, um traditionelle Gerichte aus der Eifeler Landfrauenküche vorzustellen. Sie tauschen Rezepte aus, kochen und backen gemeinsam. Dann fotografieren sie ihre Gerichte und stellen sie in die sozialen Medien.

Hanna kann sich nicht zwischen Döppekuchen und Eifeler Krautpfanne entscheiden. Der Döppekuchen wäre eine echte Herausforderung! Nur zu gerne würde sie Annegrets großmütterliches Rezept übertreffen, von dem diese vor einigen Wochen so geprahlt hatte. Annegret hatte, in eine traditionelle Schürze gehüllt, mit dem handgeschriebenen Kochbuch gewedelt und mit angeberischer Stimme erklärt, dass der Schlüssel zum perfekten Döppekuchen in der richtigen Mischung aus Kartoffeln, Zwiebeln und Speck liege – das war nun wirklich nichts Neues! Und dann, als ob sie ein Staatsgeheimnis verriete, hauchte sie: „Natürlich darf die Prise Muskatnuss nicht fehlen."

Ihre allzu detaillierten Beschreibungen, wie man die Kartoffeln richtig raspelt, die Zwiebeln besonders fein schneidet und wie der Speck garantiert knusprig wird, hatten alle genervt.

Ihre eigenen Familienrezepte konnten da durchaus mithalten! Hannas Großmutter bestand auf durchwachsenem Speck und viel Mettwurst. Für Tante Hilde waren Äpfel ein Muss. Oma hatte den Teig noch geklopft. Die Masse wurde in einem Bräter auf der Herdplatte unter ständigem Rühren erhitzt, bis sie gut durchgebacken war. In die Mitte stach Oma mit einem Kochlöffel ein Loch und füllte es mit Öl.

Sollte sich Hanna der Döppekuchen-Challenge stellen? Vielleicht doch besser Krautpfanne?

Da noch keine Kunden im Laden sind, überfliegt Hanna den Lokalteil des *Eifeler Beobachters* vom 9. März 2024. An einer Überschrift bleibt sie hängen:

Internationale Friedenskonferenz findet vom 20. Mai bis zum 4. Juni in der Eifel statt

Von Greta Reiser

Die Mitglieder des internationalen Planungsausschusses haben lange diskutiert und sich schließlich für „Vogelsang IP", den Internationalen Platz im Nationalpark Eifel, als Tagungsort entschieden. Unsere Region blickt mit Spannung auf diese Friedenskonferenz, die im Mai und Juni auf der ehemaligen Ordensburg stattfinden soll. Es ist nicht das erste Mal, dass diese geschichtsträchtige Anlage Ort für Seminare und Veranstaltungen ist. Ziel der Konferenz ist es, Lösungsmodelle für Konfliktregionen zu entwickelt. Das Zusammentreffen der einzelnen Konferenzteilnehmer, die alle großen Religionen und viele politische Richtungen vertreten, stellt zweifellos eine kulturelle Bereicherung und Herausforderung zugleich dar. Unsere Region und die ehemalige" Ordensburg" Vogelsang werden im Mittelpunkt der Weltöffentlichkeit stehen. Die zu erwartenden Gäste sind hochrangige Experten und haben sich in der Vergangenheit um Frieden, Versöhnung und Bewältigung von Krisen verdient gemacht. In den kommenden Wochen werden wir ihnen die Konferenzteilnehmenden mit ihren Familien vorstellen.

Frau Meyer blickt von ihrem Artikel auf und begrüßt die ersten Kunden. Eine Gruppe Schüler stürmt gerade die Buchhandlung, um vor Schulbeginn noch ein paar Hefte zu kaufen. Sie erkennt Lotte, die schlanke, blonde Tochter von Hauptkommissar Nöthen mit den grauen Augen, die wie immer eine Jeans und ein modisches Sweatshirt trägt. Neben ihr steht Christoph, der große, schlaksige Sohn von Oberkommissarin Berger-Roth und betrachtet die Auslage der Comics. Sein braunäugiger, dunkelhaariger Freund Firas will noch schnell ein Heft bezahlen. Firas ist der Sohn einer syrischen Familie, die seit einiger Zeit in der Stadt wohnt. So schnell sie gekommen sind, so schnell verlassen die Schüler den Laden wieder, um noch rechtzeitig zur Schule zu kommen.

Schon wieder ertönt das Ding-Dong der Ladentür. Hanna hat den glatzköpfigen, etwa vierzigjährigen Mann noch nie zuvor gesehen. Er trägt einen eher unauffälligen grauen Anzug mit weißem Hemd. Haare und Bart sehen gepflegt aus. Der Unbekannte schaut sich verstohlen um, nimmt das eine oder andere Buch zur Hand. Schließlich greift er zum *Eifeler Beobachter*. „Haben Sie noch einen Wunsch?", fragt Hanna, als der Kunde zögernd die Zeitung bezahlt. Sie hat einfach ein super Gespür für Menschen. Sie ist sich sicher, dass ihn nicht das Interesse an Büchern in den Laden geführt hat. Hanna hat das Gefühl, dass der Mann noch etwas anderes im Sinn hat.

„Könnte es sein, dass unter den Schülern, die gerade hier waren, der Sohn meines Freundes war?" Hanna merkt sofort, wenn man sie aushorchen will. „Da waren mehrere Jungs. Wie heißt denn der Sohn Ihres Freundes?" „Firas heißt er. So ein netter Junge. Wohnen die Husainis jetzt hier in der Nähe?" Er lächelt gezwungen. Hanna Meyer kennt Firas` Adresse, will aber keine Informationen herausgeben, die den Husainis schaden könnten. Die Familie war ursprünglich in einer Flüchtlingsunterkunft untergebracht. Jetzt wohnt sie in einer Wohnung in der Stadt. Der Fremde macht sie misstrauisch. Sie ahnt, dass er in Wirklichkeit nur Informationen sammeln will.

„Ich fürchte, da kann ich Ihnen nicht helfen." Das Problem ist damit leider nur vertagt. Hanna vermutet, dass der Fremde die

Adresse trotzdem herausfinden wird. Und aus einem Grund, den sie nicht genau benennen kann, ist ihr das gar nicht recht.

Firas weiß nicht mehr genau, wann er, seine Eltern und seine Schwester Samira Syrien verlassen haben und wie lange sie schon in Deutschland leben. Ein schönes Haus hatten sie gehabt und das Untergeschoss als Laden vermietet. Dann begannen in ihrer Stadt die Proteste gegen Präsident Assad. Rebellen und Regierungstruppen lieferten sich immer wieder Gefechte. Obwohl er damals erst fünf Jahre alt war, wird Firas nie den Tag vergessen, an dem sein Onkel Hasan auf offener Straße erschossen wurde. Es war im Ramadan. Eigentlich hatte der Anschlag Firas` Vater Khaled gegolten. Bis heute quält seinen Vater der Gedanke, dass sein Bruder seinetwegen ermordet wurde und er es nicht verhindern konnte.

Firas erinnert sich an den letzten Ramadan, bevor sie ihre Heimat verließen. Schon am späten Nachmittag breitete sich in der ganzen Stadt eine festliche Stimmung aus. Vor den eleganten Geschäften und Restaurants waren Stände aufgebaut, an denen kostenlose Mahlzeiten an die Bedürftigen ausgegeben wurden. Der Besitzer eines größeren Geschäfts hatte auf offenem Feuer zwei Hammel braten lassen, die kurz vor dem Iftar, dem Fastenbrechen, zerlegt wurden. Üppige Reisplatten wurden auf Tische gestellt, um die sich große Menschenmengen versammelt hatten. Keiner rührte etwas an, bevor der Maghreb-Ruf zum Fastenbrechen ertönte. Auch Firas und seine Eltern stifteten immer mehrere Speisen für die Armen. Dabei sprachen sie sich mit den Nachbarn ab. Die Moscheen waren im Ramadan so wunderbar mit Lichterketten geschmückt. Sobald die Sonne unterging, schalteten alle Moscheen der Stadt diese hellen Lichter auf den Minaretten an.

„Während des Ramadan waren wir nie allein", erinnert sich Firas. Tanten, Onkel, Cousins und Cousinen versammelten sich in unserem Haus. Schon kurz vor Sonnenuntergang schlichen die

Kinder um den gedeckten Tisch und starrten hungrig auf die leckeren Speisen: Feigen, Datteln, Pistazien, mit Mandeln und Rosinen gefülltes, in Sirup getauchtes Gebäck, Kompott aus gedünsteten Aprikosen. Alle blieben stundenlang am Esstisch sitzen und erzählten Geschichten. Auch die Kinder durften selbstverständlich aufbleiben. Denn es war Ramadan. Damals war Firas sehr glücklich. Er ahnte nicht, dass schon wenige Monate später alles anders sein würde.

Als der Krieg immer heftiger wurde, beschloss die Familie, Syrien zu verlassen. Auch hatte Vater Angst, jeden Tag verhaftet werden zu können. Sie überlegten, ob es nicht am besten wäre, über Ägypten nach Europa zu kommen. Schließlich schafften sie es, in den Sudan zu fliegen. Von dort ging es tagelang durch die Wüste in einem Lastwagen zur ägyptischen Grenze. Bevor sie das Land verlassen konnten, wurden sie verhaftet und schließlich wieder freigelassen. Monatelang lebten sie mehr schlecht als recht in Ägypten. Ihr Ziel war es, über das Meer zu fliehen. Aber sie wussten auch, dass die Schiffe überladen waren und oft untergingen. Viele kamen nie an ihrem Bestimmungsort an. Trotz der Gefahr wollten sie es wagen. Nach so manchen Irrwegen landeten sie schließlich in einem kleinen Eifeldorf.

Vor einer Woche hat der Ramadan wieder begonnen. Auch hier in Deutschland feiert die Familie, lädt Freunde zum Fastenbrechen ein. Aber so festlich wie in der Heimat würde es nicht sein! Heute beim Frühstück hatte Vater erzählt, dass man ihn als Experten zu einer Konferenz hier in der Eifel einladen würde. Firas merkte sofort, dass sein Vater sich sehr geehrt fühlte, aber er schien auch besorgt zu sein. Auch Firas fühlt sich unbehaglich. Sein Vater hatte ihnen immer wieder eingeschärft, dass sie auch hier in der friedlichen Eifel in Gefahr waren. Dass es besser wäre, nicht zu viel Aufmerksamkeit auf sich zu lenken.

KAPITEL 6

Als er den Lieferwagen in der Garage abstellt, zittern ihm die Knie. Hoffentlich ist ihm niemand gefolgt. Der mittelgroße, schlanke Antiquitätenhändler ist sichtlich nervös. Immer wieder wandert sein Blick zwischen den staubigen Regalen und der Eingangstür hin und her. Wer ihn näher kennt, weiß, dass er oft Nervosität ausstrahlt. Sein Wissen über jedes Stück in seinem Laden ist beeindruckend und seine Leidenschaft für Antiquitäten unübersehbar. Seine Augen leuchten immer kurz auf, wenn es an der Tür klingelt. Dann legt er seine Stirn in Falten und versucht, den Neuankömmling einzuschätzen. Mit einem höflichen Lächeln nähert er sich dem Kunden und beginnt ein vorsichtiges Gespräch, um die Absichten des Besuchers zu ergründen. Besonders wachsam ist er, wenn der mögliche Kunde Interesse an den wertvolleren Stücken zeigt. Dann folgt er ihm mit einem diskreten Abstand durch den Laden, bereit, jede Frage zu beantworten. Dabei behält er den Interessenten fest im Auge. Heute ist er besonders nervös. Aber das hat nichts mit seinen Kunden zu tun.

Vorgestern war er zum ersten Mal zum geheimen Treffpunkt der Kameraden eingeladen worden, einem feierlichen und zugleich unheimlichen Ort mit flackernden Lichtern zwischen den Bäumen, die in der Dunkelheit eine besondere Atmosphäre schafften. Nur Eingeweihte kannten den Ort.

Da war dieses erhabene Gefühl dazuzugehören, Teil einer Gemeinschaft zu sein. Eigentlich war er eher schüchtern, sprach kaum mit jemandem, außer seinen Kunden. Jahrelang verbrachte er die meiste Zeit allein, hatte Schwierigkeiten, neue Freunde zu finden. Jetzt war das anders. Er gehörte zu einer verschworenen Gemeinschaft, die ihn ernst nahm und schätzte. Zumindest hoffte er das. Von nun an ist er auserwählt, für die Zukunft des Volkes zu kämpfen, mitzubestimmen, wo es langgeht. Und die Kameraden sind untereinander gut vernetzt. Das eröffnet neue Möglichkeiten.

Der Kameradschaft anzugehören ist für ihn Ehre und Verantwortung zugleich, auch wenn er ihre Sprache bisweilen etwas übertrieben findet: „multikriminelle Gesellschaft", „Asylbetrüger" sowie die Bezeichnung der Juden als „gewisse Minderheit" oder des Grundgesetzes als „linksextreme Kampfschrift". Diese Bedenken behielt er lieber für sich.

Aber dann hatte ein von vielen bejubelter Redner gesprochen, bei dessen Worten ihm das Lachen im Hals steckengeblieben war.

Gestern musste plötzlich alles sehr schnell gehen. Schon als „sein neuer Kamerad" ihn anrief, war ihm mehr als unbehaglich zumute. Mit unsicherer Stimme hatte er gefragt: „Wann könnt ihr die Kisten denn wieder abholen?" „Das erfährst du früh genug." „Und wo soll ich sie so lange lassen? Wenn man die bei mir findet, bin ich dran." Plötzlich packt ihn Angst. „In deinem Laden. Da sind sie doch gut aufgehoben!" „Auf gar keinen Fall!" „Dann suche ein Versteck! Du kennst dich doch hier in der Gegend aus und gehst oft joggen."

Einen Augenblick überlegt er, ob es gute Verstecke in der Nähe seiner Joggingstrecke gibt, verwirft den Gedanken aber wieder. „Ich habe da eine Idee. Hier fallen sie auf alle Fälle zu sehr auf. Vorhin waren Kunden da. Die haben die Kisten misstrauisch beäugt." „Ach, das bildest du dir nur ein. Warum stehen die denn überhaupt noch im Verkaufsraum?" „Weil hinten zu wenig Platz ist. Ich habe eine Idee, wo wir die Dinger abstellen können. In meinem Laden bleiben sie keinesfalls." „Nun gut. Dann bringen wir sie in ein sicheres Versteck. Ich finde aber, dass du übertreibst." „Nein, das tue ich nicht. In der Zeitung stand, dass die euren Verein scharf beobachten." „Kameradschaft, nicht Verein! Und inzwischen gehörst du zu uns. Vergiss das nicht!" Ja, er gehörte jetzt dazu. Das war es, was ihn bedrückte, ihm den

Schlaf raubte. Bisher war er nur Mitwisser. Bald schon würde er Mittäter sein. Auf was hatte er sich da nur eingelassen?!

„Wir treffen uns morgen mit den Kisten auf einem Wanderparkplatz. Ich schicke dir die Koordinaten. Alles Weitere erkläre ich dir vor Ort." Zwei Tage später hatten sie die Ware an dem von ihm vorgeschlagenen Ort versteckt. Keinen Moment zu früh. Als er zufällig aus dem Fenster blickt, sieht er einen Polizisten, der durch die Fußgängerzone Streife geht. Kurz vor seinem Laden bleibt er stehen. Dem Antiquar stockt der Atem.

Die Türklinke bewegt sich. Verdammt! Die Polizei kann doch noch gar nichts wissen! Aber warum kommt sie dann in sein Geschäft? Ein leises Klingeln ertönt, langsam öffnet sich die Tür. Fieberhaft überlegt er, was er auf eventuelle Fragen antworten soll. Da erscheint zögernd der Kopf einer Frau hinter der Eingangstür. „Verzeihung, wo bekomme ich Postkarten?" „Direkt nebenan." Erleichtert begleitet der Antiquitätenhändler die Frau vor die Tür und zeigt ihr das Schreibwarengeschäft. Da sieht er den Polizisten in der Post verschwinden. Gerade noch einmal Schwein gehabt!

„Schaffst du es noch, vor Dienstbeginn einzukaufen?" Oberkommissarin Sarah Berger-Roth zuckt bei dem Bericht zusammen, den sie gerade gelesen hat und schaut ihren Mann Mark an. „Was hast du gesagt? Ich habe gerade nicht zugehört."

Es war schon ärgerlich, dass die Ermittlungen immer noch zu keinem Ergebnis geführt haben! Vor wenigen Wochen waren sie und ihre Kollegen überzeugt, dass die Spur in ihre Region führt, dass der oder die Täter in der Nähe wohnen und auch ihre Ware hier versteckt haben. Doch alle Spuren führten bisher ins Leere. Auch ein vielversprechender Hinweis und die anschließende Durchsuchung einer Lagerhalle in der Nähe von Euskirchen brachten sie nicht weiter. Jetzt müssen sie wieder von vorne an-fangen. Wonach sollen sie suchen?

Sie hatte ihren Kollegen Johannes mehrfach darauf hingewie-sen, wie wichtig es sei, der *Eifel-Kameradschaft* auf den Zahn zu fühlen. Doch der hatte müde abgewunken. „Das sind harmlose Spinner. Die kenne ich von vielen Schützen- und Dorffesten. Wenn die abgefüllt sind, faseln sie ein paar krause Sachen. Aber gefährlich sind die nicht." Sarah sieht das ganz anders. „Die losen Zusammenschlüsse, die sich `Kameradschaften`, `Freie Kräfte` oder `Freie Nationalisten` nennen, wollen staatliche Verbotsver-suche umgehen. Da sie sich nicht als Partei oder Verein bezeich-nen und ohne Vorstand und Satzung auskommen, sind sie schwerer zu definieren und zu verbieten."

„Du vergleichst die Eifel immer wieder mit Köln, deiner ge-liebten Hauptstadt der Integration, Schwulenhochburg und Viel-falt. Wir in der Eifel ticken anders – und das ist auch gut so! Aber ich kenne die Jungs. Die machen nichts Illegales. Die quatschen nur, das ist alles", wirft Johannes ein. „Klar quatschen die: Aus-länder sind krimineller als Deutsche, nehmen den Deutschen die Arbeitsplätze weg." „Das sind doch nur Stammtischparolen. Diese neue Kameradschaft ist nur von lokaler Bedeutung und po-litisch kaum aktiv." „Das ist schlichtweg falsch. Meine Recher-chen haben ergeben, dass zumindest ein Teil der Kameradschaft straff organisiert und überregional gut vernetzt ist. Sie haben auch Kontakte zu größeren militanten Vereinen." „Du steigerst dich da in etwas rein!"

„Du erinnerst dich sicher noch an die *Kameradschaft Eifeler Land* und die *Freien Nationalisten Euskirchen*. Die waren weiß Gott nicht so harmlos, das kann ich dir sagen." „Das ist Jahre her. Heute hört man kaum noch etwas von denen." „Einige Kameradschaften ge-hören allerdings zum militantesten Teil der rechtsextremen Szene. Sie bekennen sich offen zum Nationalsozialismus und viele ihrer Mitglieder sind gewaltbereit." Sarah hatte die Bürotür unwillkürlich lauter zugeschlagen, als sie wollte. Auch am nächsten Tag ist sie noch immer empört über das Gespräch mit Johannes. Er ist ein kritischer Ermittler, der analytisch denkt, Ungereimtheiten hinterfragt und immer an der Wahrheit interessiert ist, auch wenn sie mal unangenehm ist. Er verlässt sich nicht auf oberflächliche Informationen, sondern recherchiert Zusammenhänge und Hintergründe.

Doch bei seinen Bekannten vom Dorffest versagt offenbar seine gute Menschenkenntnis. Sarah hat es mit ihren eigenen Augen gesehen. Johannes stand mit seinen Kumpels an einem Biertisch. Die Stimmung war ausgelassen, die Gespräche flossen locker dahin. Nach dem dritten oder vierten Bier diskutierten sie über politische Ereignisse und die Flüchtlingspolitik. Die Diskussion wurde immer hitziger. Der sonst so ausgeglichene und besonnene Johannes sprach von „Gefahr für die innere Sicherheit", von „notwendigen Maßnahmen" und „härterer Gangart". Als sie ihn am nächsten Tag darauf ansprach, sagte er, dass sie die Situation falsch verstanden hätte.

„Schaffst du es, noch vorher einzukaufen?" Sarah schreckt aus ihren Gedanken hoch. „Wie bitte?" „Ob du die Einkäufe schaffst? Wenn`s sein muss, mach ich`s später. Aber wir haben doch Sportfest. Und ich kann die Kollegen nicht im Stich lassen."

Mark unterrichtet am Städtischen Gymnasium Geschichte und Sport. Der dunkelblonde Lehrer mit den hellgrauen Augen ist bei seinen Schülern äußerst beliebt. Mit seiner lebendigen Art zu unterrichten und seiner Fähigkeit, komplizierte geschichtliche Ereignisse verständlich und interessant zu vermitteln, weckt er die Aufmerksamkeit der Schüler für die Vergangenheit.

Ansteckend ist auch sein Enthusiasmus für Sport. Besonders am Herzen liegt ihm Mannschaftssport, den er als wichtigen Bestandteil der Persönlichkeitsentwicklung ansieht. „Das schaffe ich schon. Ich habe eigentlich genug Zeit, das zu erledigen." Seine Frau schenkt sich noch eine Tasse Kaffee ein und räumt ihre

Unterlagen zusammen. „Wir sind übrigens nächsten Freitag bei Tim und Lisa eingeladen. Wir wollen gemütlich zusammen essen und dann um die Häuser ziehen." „Endlich mal wieder ins Agnesviertel! Wieso eigentlich Freitag? Wäre Samstag nicht besser? Und wo bleiben unsere lieben Kleinen?" „Die sind bei Oma und Opa." Sarah macht eine kurze Pause, um die Spannung zu erhöhen. „Übrigens, Tim und Lisa wollen uns überraschen. Sie haben Karten für das Spiel: 1. FC gegen Leipzig." „Wahnsinn! Ich glaube aber nicht, dass das viel wird." „Sei kein Spielverderber! Ich glaube an unseren FC! Mer jon met dir wenn et sin muss durch et Füer. Halde immer nur zo dir FC Kölle!"

Sarah hat ein verdammt starkes Heimweh nach Köln. Im Agnesviertel hatten sie sich so viele Beziehungen aufgebaut, keine Frage. Der Umzug in die Eifel hatte sie von vielen vertrauten Menschen und Orten abgeschnitten. Sie vermisste die einzigartige lebendige Atmosphäre der Stadt, die Vielfalt der Menschen, Kulturen und Lebensstile, ganz zu schweigen von den zahlreichen Geschäften mit speziellen Angeboten, den Restaurants mit unzähligen Landesküchen und den kulturellen Angeboten. Die wohltuende Weite der Natur, die dichten Wälder und erholsame Ruhe der Eifel können die belebten Straßen, das vielfältige Stadtleben und den urbanen Puls für sie nicht ersetzen.

Ihr elfjähriger Sohn Christoph schlurft durch die Tür , holt die Milch aus dem Kühlschrank und setzt sich an den Tisch. Er stellt die Milch auf den Tisch und greift nach dem Zucker. Dann nimmt er die knisternde Cornflakes-Packung und zieht sie zu sich heran: Das Knistern der Plastikhülle erfüllt den Raum, der Duft von gerötetem Getreide steigt ihm in die Nase. Christoph schüttelt die Packung leicht, um den Inhalt zu lockern. Dann öffnet er sie mit einem lauten Knack und lässt die Flocken in die bereitstehende Schüssel rieseln. Mit einem selbstbewussten Lächeln taucht er den Löffel in die Schüssel. Wenig später schaufelt er Cornflakes in sich hinein. „In der Zeitung steht was über den Vater deines

Freundes Firas." „Wirklich, was denn?" „Schau doch selbst mal in den *Beobachter*. Lesen macht nicht dümmer!" „Okay, zeig mal." Christoph beginnt die Ausgabe vom 16. März 2024 zu lesen. „Ist mir zu lang und kompliziert. Sag doch, was drin steht."

Der syrische Friedensaktivist Khaled Husaini

Von Greta Reiser

Wir beginnen die Vorstellung der Konferenzteilnehmer heute mit Khaled Husaini aus Syrien. Khaled Husaini hat sich seit Jahren an verschiedenen Friedensinitiativen seines Landes beteiligt. Auch er gehörte zu den Syrern, die enttäuscht waren, dass sich der Annan-Plan und das Genfer Kommuniqué vom 30.06.2012 nicht durchsetzen konnten. Wie andere hatte er auf eine vollständige Niederlage der Assad-Truppen und einen Regime-Wechsel gehofft. Schon früh sah er voraus, dass der Konflikt weitere Opfer fordern würde und die IS-Miliz weite Teile des Landes kontrollieren und terrorisieren würde.

Khaled Husaini hat immer wieder seine Überzeugung zum Ausdruck gebracht, dass der Streit um Assad nur vorgeschoben sei. In Wirklichkeit ginge es Russland du den USA,

die vitale Interessen an der Region hätten, um ihre unterschiedlichen Pläne für die Zukunft Syriens.

Husaini hat immer wieder Zweifel geäußert, ob die Großmächte wirklich Frieden wollten. So wies er öfter darauf hin, dass die USA mit ihrem Eingreifen den Krieg nur am Laufen hielten, um sowohl den Iran als auch die Hisbollah einzubinden und damit von Israel abzulenken. Die Waffenlieferungen hätten den Bürgerkrieg letztendlich nur verfestigt und Friedensverhandlungen erschwert. Durch seine scharfe Kritik und Analyse der Machtpolitik in der Region hat sich Husaini viele Feinde gemacht und steht auf der „Abschussliste" verschiedener Kräfte. Nach einer abenteuerlichen Flucht kamen Khaled Husaini und seine Familie vor sieben Jahren nach Deutschland.

„Dein Freund Firas ist sicher stolz, dass sein Vater an dieser wichtigen Konferenz teilnimmt, oder?" Mark Berger schaut Christoph fragend an. Der hat nur halb zugehört. „Die Familie deines Freundes hat sich hier doch gut eingelebt. Was erzählt Firas denn so?"

Christoph seufzt. Er liebt seine Eltern, aber manchmal hat er das Gefühl, dass sie ihn aushorchen. Er will einfach seine Ruhe haben, ohne sich rechtfertigen zu müssen. „Ich weiß nicht. Ich glaube, sie haben sich gut eingelebt." Dass Firas ihm erzählt hat, sein Vater habe oft Angst und sich auch hier in Deutschland nicht sicher fühlt, erzählt er nicht.

Als Firas nach Hause kommt, sucht er seinen Vater. Er weiß, dass seine Mutter und seine Schwester noch beim Arzt sind. Da hört er laute Worte aus dem Wohnzimmer. Er drückt sein Ohr an das Schlüsselloch und hört seinen Vater wütend sagen: „Das kommt nicht in Frage!" Die Stimme des anderen Mannes ist ihm unbekannt. Er hat sie noch nie gehört. Aber sie ist unangenehm, leise und drohend.

„Ich lasse mich nicht unter Druck setzen!" Jetzt klingt sein Vater ganz anders, beherrschter. Hat er etwa Angst? Da bewegt sich die Klinke nach unten, die Tür öffnet sich mit einem Ruck. Geistesgegenwärtig schaltet Firas das Licht im Flur aus. „Hier ist es stockdunkel", beschwert sich der Besucher. „Wo ihr herkommt, gibt es wohl noch kein Licht und fließendes Wasser." Der Fremde lacht, aber es ist kein freundliches, fröhliches Lachen.

„Warten Sie, ich mache das Licht an." Firas merkt, dass sein Vater kurz vor dem Ausrasten ist. Khaled Husaini verliert eigentlich selten die Beherrschung. Firas hat keine Lust, erklären zu müssen, was er hier im Flur zu suchen hat. Er löst schnell die Glühbirne, bevor sein Vater den Schalter betätigt. „Nanu. Eben hat die Lampe noch gebrannt." Khaled Husaini ist ehrlich überrascht. Der fremde Mann stößt in der Dunkelheit gegen einen Hocker und flucht. Schließlich hat der Besucher den Ausgang gefunden. „Das wird Dir noch leid tun. So lassen wir uns nicht abspeisen. Du wirst noch von uns hören!" Drohend verschwindet er durch die Haustür, ohne den Jungen zu bemerken. Firas hört, wie sein Vater eine Schublade öffnet und etwas herauszieht. Ein Streichholz flackert. Das von der Kerze erhellte Gesicht des Vaters wirkt nachdenklich und besorgt.

KAPITEL 7

Sarah Berger-Roth hat immer viel zu tun und steht oft unter Zeitdruck. Ständig jongliert sie zwischen Kita, Schule und ihrer Arbeit bei der Polizei.

Ihr Tag beginnt früh, noch bevor die Stadt erwacht, und endet meist spät am Abend. Von morgens bis abends ist sie in Bewegung, bringt die Kinder zur Kita oder Schule und eilt dann zur Arbeit. Termine, Besprechungen und Deadlines bestimmen oft ihr Leben.

„Ich muss auf die Uhr schauen, damit ich Tilda rechtzeitig abholen kann. Wenn Benjamin jetzt wieder nur mit den blaugestreiften Handschuhen in die Kita will, kann ich meinen Zeitplan vergessen. Das muss anders geregelt werden."

Johannes wirkt verständnisvoll, aber ob er wirklich versteht, was hier abgeht? Der hat doch keine Ahnung, mit nur einer Tochter, die noch dazu jede zweite Woche bei seiner geschiedenen Frau ist, denkt Sarah. Trotz gutem Zeitmanagements bleiben die eigenen Interessen zwischen all den Verpflichtungen und Terminen oft auf der Strecke. Das muss sich ändern!

Auch heute muss sie sich beeilen, um im Antiquariat Wißkirchen zu recherchieren; denn Christoph wird früher als erwartet vor der Tür stehen und zwei Stunden einfordern. Er könnte auch allein zu Hause bleiben. Richtig Ruhe hat sie trotzdem nicht, vor allem, wenn er Freunde mitbringt. Man weiß nie, was die machen, wenn kein Erwachsener in der Nähe ist. Außerdem muss sie alles schnell erledigen, damit sie rechtzeitig in Köln ankommt und die Kinder vorher noch zu den Großeltern bringen kann.

Das Antiquariat Wißkirchen befindet sich in bester Lage, direkt gegenüber der Post in der Fußgängerzone. Rechts daneben ein Schreibwarengeschäft, das Einkaufserlebnisse in gemütlicher Atmosphäre verspricht, links der kleine Tabakladen, der neben verschiedenen Zigaretten, Tabakdosen, Feuerzeugen auch Liquids, E-Zigaretten und Verdampfer anbietet – vor allem aber durch ein kleine, sehr feine Pfeifenausstellung auffällt, und die Pizzeria La Gondola, wo es die kultigste aller italienischen Pizzasorten gibt: die Pizza Napoletana. Sarah ist immer wieder hin und weg von dieser Holzofen-Pizza: dünn, weiche Kruste, an den Rändern leicht geröstet, ganz einfach belegt mit San-Marzano-Tomaten, Büffelmozzarella, frischem Basilikum, Salz und Olivenöl.

Vor allem im Sommer, wenn die Touristen die Stadt bevölkern und sich in den malerischen Cafés am Flüsschen, das sich durch die Stadt schlängelt, niederlassen, ist hier richtig viel los. Manchmal kommen Kunden in den Laden, um Wißkirchens Schätze mehr oder weniger interessiert zu betrachten. Doch oft bleibt es beim bloßen Anschauen. „Und da wunderst du dich?", hatte einer seiner Kameraden neulich spöttisch bemerkt. „Schau dich doch mal um. Überall nur ausländische Läden!" Er zeigte auf Güls Dönerhaus, die Pizzeria, den türkischen Gemüsehändler und den Süpermarket von Cem Kilic, in dem Wißkirchen öfter einkauft, und der orientalische Gastfreundschaft mit einem Einkaufserlebnis verbindet, das alle Sinne anspricht. Obst und Gemüse, Kräuter und Gewürze – eine einzige Farbsymphonie – und dann erst die Düfte aus der Balkan Backstube, die einem die Sinne vernebeln. Der deutsche Wißkirchen setzt sich diesem orientalischen Sinnentaumel nur zu gern aus.

„Kein Wunder, dass deutsche Geschäfte den Bach runter gehen!" Dass diese Geschäfte etwas mit dem Niedergang seines Antiquitätengeschäfts zu tun haben könnten, war ihm bisher nicht in den Sinn gekommen. „Ich glaube nicht, dass sich diese Kanaken für Antiquitäten interessieren. Deutsche Kunden verirren sich kaum noch in die Gegend." Der Antiquitätenhändler ist nur halb überzeugt. Für seine Antiquitäten gibt es immer noch genug Interessenten. Aber er hat sich längst abgewöhnt, seinen neuen Freunden zu widersprechen.

Die nächtlichen Treffen im Wald faszinieren ihn immer noch. Manchmal kräuselt sich sogar leichter Nebel am Boden. Nachts herrscht dort eine unheimliche Stille – nur gelegentlich unterbrochen vom Knacken der Äste und dem Ruf eines Käuzchens. Er genießt die Stille und fürchtet sie zugleich.

Sein Smartphone vibriert. „Du sollst hier doch nicht anrufen! Wie oft habe ich dir schon gesagt, dass ich das nicht will! Wir treffen uns doch am selben Ort wie letztes Mal", zischelt er und legt auf, als es an der Ladentür klingelt. Die etwa vierzigjährige Frau mit den schulterlangen braunen Haaren hat er noch nie gesehen. Er kann sie kaum einschätzen.

Sarah lässt ihren Blick durch den Laden schweifen, der eine beeindruckende Mischung aus vergangenen Zeiten bietet. Besonders der historische Schmuck und einige Landschaftsbilder haben es ihr angetan. In der hinteren linken Ecke hat Wißkirchen antike Waffen und andere historische Artefakte ausgestellt, darunter Hirschfänger aus dem 17. Jahrhundert und Vogelfänger Gewehre aus dem 16. Jahrhundert. Sarah entdeckt auch Orden, Helme und Uniformteile aus der Zeit des Dritten Reiches. Hakenkreuze oder andere verbotene Symbole sind nicht zu sehen. Sie überlegt: Bei der Ausstellung von NS-Relikten muss man klar unterscheiden, ob es sich um ein historisches oder künstlerisches Interesse bzw. um eine ideologisch geprägte Sammelleidenschaft handelt. Bei Wißkirchen ist sie sich nicht sicher. Hält der Antiquar bei der Präsentation solcher Objekte die notwendige klare Distanz zur Ideologie des Dritten Reiches, fragt sie sich. Oder deuten diese Artefakte auf seine geheime Gesinnung hin? Vielleicht hat sie doch den richtigen Riecher.

„Suchen Sie etwas Bestimmtes?" Der Antiquar räuspert sich. „Ein Geburtstagsgeschenk für meinen Vater. Er interessiert sich..." „Ja?" „Für Maler aus der Eifel", improvisiert Sarah. „Einen bestimmten?" „Nein! Da bin ich flexibel." „Ich hatte zwei interessante Bilder von Curtius Schulten. Aber die sind verkauft." „Wirklich sehr schade, aber das muss ich dann wohl akzeptieren." Eigentlich müsste sie den Maler kennen, hat aber nur eine vage Vorstellung. Fieberhaft überlegt Sarah, wie sie an ihr eigentliches Ziel kommen kann. Sie weiß, dass der Antiquitätenhändler seit kurzem Mitglied der *Eifel-Kameradschaft* ist, über die sie sich informieren möchte. Aber wie anfangen? Ihr Blick fällt auf einen Stapel Papiere. Ein polizeilich bekannter Schriftzug springt ihr sofort ins Auge. Daneben liegt eine Art Flugblatt, datiert auf den 23. Februar 1930, darunter die Zeile. *„Horst, wir marschieren wieder."*

Mit einer schnellen Handbewegung zieht der Antiquitätenhändler das Blatt vom Tisch. „Ein Versehen", murmelt er mit hochrotem Kopf. Sarah wittert ihre Chance. „Man muss sich doch nicht schämen, wenn man sich als aufrechter Deutscher fühlt", beginnt sie. „Mein Vater sucht schon lange einen Kreis Gleichgesinnter, mit denen er Gedanken austauschen kann, die ihm die Lügenpresse verbietet." Insgeheim bittet sie ihren liberalen Vater inständig um Verzeihung dafür, dass sie ihm rechtes Gedankengut unterstellt. Ihr Gegenüber bleibt verschlossen.

„Ich würde es auch niemandem verraten", lockt Sarah. „Wenn sie mir einen Tipp geben, wo sich richtig gesinnte Volksgenossen treffen..." Der Händler zögert, schaut sich verstohlen um. Nach einer Weile des Schweigens wiederholt Sarah. „Ich würde meinem Vater gern einen Tipp geben, wo man wahre Volksgenossen treffen kann." „Ich weiß wirklich nicht, was Sie meinen!", verbirgt Wißkirchen seine Befürchtungen hinter einer gespielten Offenheit.

KAPITEL 8

Die Sonne ist gerade über den Horizont geklettert, als Johannes nach der Hundeleine greift. Sofort springt Tessa auf und läuft erwartungsvoll zur Tür.

Der Weg führt über einen Feldweg in den Wald. Tessa schnuppert hingebungsvoll an jedem Grashalm, ihre Rute pendelt, Johannes lauscht dem Vogelgezwitscher, während Tessa ihn stürmisch weiterzieht. Sie ist in ihrem Element – ein glücklicher, freier Hund. Sie springt herum, rennt im Kreis und bellt immer wieder kurz.

Plötzlich stürmt ein Golden Retriever namens Sandy auf sie zu. Tessa bleibt abrupt stehen, die Ohren gespitzt. Sandy wedelt freundlich mit der Rute, die beiden Hunde beschnuppern sich. Johannes begrüßt Sandy und ihr Frauchen.

Weiter geht der Spaziergang durch den Wald. Sie kommen an einem Bach vorbei und wie sich das für eine Labradorin gehört – Tessa springt hinein. Das Wasser spritzt und sie schüttelt sich ausgiebig aus. Johannes genießt den Anblick ihres glänzenden Fells. Der Rückweg ist ruhiger. Ein Samstagmorgenspaziergang mit Tessa – ein perfekter Start in den Tag, denkt Johannes und brüht sich einen Kaffee auf.

Jetzt liegt Tessa erschöpft auf ihrer Decke. Sie ist noch müde von ihrem Morgenspaziergang. Der Hauptkommissar betritt sein Arbeitszimmer und studiert die Wochenendausgabe des Eifeler Beobachters vom 23. März 2024:

Der Wegbegleiter des Dalai Lama Sherab Tsering

Von Greta Reiser

In der heutigen Ausgabe stellen wir den tibetischen Buddhisten Sherab Tsering vor.

Er war einer der Begleiter des Dalai Lama, als von 2002 bis 2008 der Dialog der Exiltibeter mit China in Form der ersten von insgesamt neun Gesprächsrunden wieder aufgenommen wurde. Dabei setzte sich Sherab Tsering entschieden für den vom Dalai Lama vertretenen „mittleren Weg" ein. Als 2008 in Tibet große Proteste ausbrachen, forderten chinesische Vertreter die tibetische Führung auf, ihre Autonomiebestrebungen schriftlich zu formulieren. Das Memorandum, das bei der Gesprächsrunde im November desselben Jahres vorgelegt wurde, erklärte die gewünschte Autonomie für das tibetische Volk im Rahmen der Verfassung der Volksrepublik China und des Gesetzes über regionale nationale Autonomie. Tsering war damals empört darüber, dass die chinesische Führung den Vorschlag ablehnte und fälschlicherweise behauptete, das Memorandum enthalte Hinweise auf ein Groß-Tibet und eine Unabhängigkeit in anderem Gewand.

Im Herbst 2009 begannen Tibeter, sich selbst anzuzünden, um gegen die anhaltende Besetzung Tibets durch die chinesische Regierung, die politische Unterdrückung und die religiöse Verfolgung ihres Volkes zu protestieren. Unter Einsatz ihres Lebens forderten sie immer wieder die Rückkehr des Dalai Lama nach Tibet und die Freiheit für das tibetische Volk.

Johannes unterbricht seine Lektüre, als es klingelt. Sarah betritt den Raum, wie fast immer außer Atem. „Das ist echt krass, was ich erlebt habe!" „Was regst du dich so auf? Die Klatsche gegen Leipzig war doch vorhersehbar!" „Keine Zeit für Scherze, Johannes. Es geht ausnahmsweise mal nicht um den FC, auch wenn das Ergebnis wirklich grottig ist. Ich war doch in dem Antiquariat…" „Ok, du warst in dem Laden und hast mit dem Inhaber gesprochen. Was genau hast du herausgefunden?"

Sarah holt tief Luft. „Da lagen ein Zettel mit der Überschrift *Combat 18* und eine Art Flugblatt herum. Das hat er sofort verschwinden lassen; war ihm mega unangenehm. Darauf stand das Datum 23. Februar 1930 und darunter die Zeile „Horst, wir marschieren wieder." Sie macht eine erwartungsvolle Pause. *Combat 18* kennen wir doch alle. Na, sag schon. Das Datum sagt dir bestimmt was, so wie du guckst."

„Der 30. Februar 1930 ist der Todestag von Horst Wessel, und das „Horst Wessel-Lied" war seit 1929 Kampflied der SA und später die Parteihymne der NSDAP. Es ist bei uns bis heute verboten." „Kein Wunder, dass er das verschwinden ließ. Aber was genau können wir ihm beweisen?" „Das weiß ich auch nicht. Ich habe ihm vorgegaukelt, dass mein Vater ähnlich denkt – ich hoffe, er verzeiht mir diese dreiste Lüge – und habe gefragt, wo sich Gleichgesinnte treffen." „Ja, und?"

„Da war er verschlossen wie eine Auster. Leider. Aber als ich in seinen Laden kam, hat er gerade telefoniert. Er erwähnte einen Parkplatz bei der Kakushöhle. Du weißt sicher, wo das ist?" „Im Ernst?" „Natürlich kennst du dich hier aus." „Das ist nicht das Problem. Wir können das Gelände um die Höhle nicht aufgrund eines vagen Verdachtes rund um die Uhr bewachen, wenn wir nicht wissen, ob überhaupt und wann sich dort jemand trifft." „Könnte man die Gegend denn durchsuchen?" „Wie stellst du dir das vor? Warst du überhaupt schon einmal da? Außer den Höhlen gibt es einen längeren Rundweg. Wir brauchten schon mehrere Leute und Spürhunde. Und nach was oder wem sollen wir suchen?"

„Sehe ich ein. Macht es Sinn, den Antiquitätenhändler zu beschatten?" „Dir ist schon klar, dass wir dafür niemals eine Genehmigung bekommen. Wir können weder seine Aktivitäten noch seine Kommunikation überwachen. Und ein Flugblatt reicht für eine Geschäfts- oder Wohnungsdurchsuchung nicht aus." „Da müsste man ihm schon etwas Größeres nachweisen."

50

Nachdenklich geht Sherab Tsering am Bücherregal in seiner Wohnung im Londoner Stadtteil Hampstead vorbei, um sich mit Bettlektüre einzudecken. Er liebt Krimis, vor allem die Titel von Eliot Pattison, die in seiner Heimat Tibet spielen. Sherab hat bereits mehrere Krimis um den Ermittler Shan verschlungen: *Der fremde Tibeter* und *Das Auge von Tibet*. Jetzt greift er zu *Der verlorene Sohn Tibets*: „Das passt", denkt er. Auch Sherab ist ein verlorener Sohn Tibets. Vor Jahren hat er seine Heimat verlassen. Heute lebt er mit seiner Familie in London. Nach der Besetzung Tibets durch die Chinesen sind viele buddhistische Mönche und Nonnen, aber auch ganz normale Familien geflohen.

Sherab zuckt zusammen, als es an seiner Wohnungstür klingelt. Es ist schon nach Mitternacht und er erwartet keinen Besuch. Doch das schrille Klingeln hört nicht auf. Durch den Türspion kann er niemanden erkennen.

Noch während er zögert, hört er eine drängende Stimme. „Bitte schnell aufmachen!" Im Halbdunkel erkennt er seinen Cousin Khorda. Er sieht blass aus, gequält und mitgenommen. „Bitte, lass mich rein", stammelt er. „Ich werde verfolgt. Es geht um Leben und Tod."

Khordas für das Wetter viel zu dünne Jacke ist völlig durchnässt, die Haare hängen ihm wirr und klatschnass ins Gesicht. „Kann ich heute Nacht bei euch schlafen? Ich weiß nicht, wo ich sonst hin soll."

Sherab zögert. Verwandten oder Landsleuten in Not zu helfen, ist für ihn zwar selbstverständlich. Aber er hat auch Angst. „Da sind richtig gefährliche Typen hinter mir her." Sherab zieht Khorda in den Flur und schließt die Tür. „Nur heute Nacht. Du weißt, ich helfe gerne. Aber ich will meine Familie nicht in Gefahr bringen."

Eigentlich war sich Sherab Tsering sicher, dieses Kapitel seiner Vergangenheit hinter sich gelassen zu haben. Das Netzwerk half zwar in sozialen Brennpunkten, kümmerte sich auch gelegentlich um Drogenabhängige. Aber er hatte sich erfolgreich darum bemüht, in anderen Bereichen eingesetzt zu werden. Dafür gab es gute Gründe.

Auch am nächsten Morgen sieht Khorda noch übernächtigt aus. Blass und müde schlürft er seinen tibetischen Yak-Buttertee, dessen salzigen Geschmack er so liebt. Khordas späte Ankunft in der Nacht ist der Familie nicht aufgefallen. Das Frühstück verläuft ungewöhnlich ruhig.

Sherabs Frau Nyama hat schnell bemerkt, dass ihr Cousin zwar höflich, aber sehr einsilbig auf Fragen nach der Familie antwortet. Wahrscheinlich gehen ihm andere Dinge durch den Kopf, über die er nicht sprechen will. Kaum sind sie allein, beginnt Khorda:

„Ich bleibe nicht lange. Sonst bringe ich deine Familie in Gefahr!" Sherab beugt sich neugierig vor: „Was ist los? Worum geht es eigentlich?" „Aus Sicherheitsgründen sage ich dir nur das Nötigste. Nur so viel: Du weißt, dass wir uns als engagiertes Netzwerk auch um ehemalige Straftäter kümmern und sie in einem unserer Klöster betreuen." Sherab nickt. „Vor ein paar Wochen ist ein ehemaliger Bandenchef eines berüchtigten Drogenrings bei uns gelandet. Zuerst waren wir sehr skeptisch. Denn für solche Typen ist unser Projekt eigentlich nicht gedacht. Aber dann waren wir uns sicher, dass er wirklich aussteigen will."

„Wie konntet ihr ihm helfen?" „Mit Gesprächen, der Möglichkeit zur Meditation und Einkehr und etwas Startkapital für eine neue Existenz." „Und was erwartest du von mir?" „Was wir bisher getan haben, ist nicht genug. Der Mann steht immer noch auf der Abschussliste des Drogenrings." „Und wie soll ich da helfen?" „Du hast doch Kontakte zu dieser Einrichtung in Deutschland. Wenn er dort vorübergehend untertauchen könnte… Dort suchen sie ihn bestimmt nicht."

„Ich glaube, du irrst dich. Meine Eltern hatten diesen Kontakt. Das ist Jahrzehnte her. Und das Zentrum ist auch weggezogen."

„Dann erkundige dich bitte, wo die jetzt sind. Es geht um Leben und Tod."

Sherab wiegelt die Bitte nicht nur aus Furcht vor negativen Konsequenzen ab. Die Erwähnung des Buddhistischen Zentrums erinnert ihn an eine Phase seines Lebens, mit der er lange abgeschlossen hat, an die er sich nicht gern erinnert. Als Khorda weiter drängt, verspricht er, sich zu erkundigen, ob das Zentrum noch existiert. Aber er fühlt sich nicht wohl bei dem Gedanken.

KAPITEL 9

Im Frühjahr beginnt für den Hobby-Imker Hermann Josef Schuster eine wichtige Zeit: Seine Bienenvölker erwachen aus ihrem Winterschlaf und bereiten sich auf die kommende Tracht vor. Die Winterbienen müssen durch frische Jungbienen ersetzt werden. Schuster genießt die ersten warmen Tage und beobachtet den regen Bienenflug. Wenn die Bienen, wie heute Morgen, kräftig fliegen und Pollen eintragen, ist das Volk in Ordnung und kümmert sich bereits um die Brut. Wenn nicht, muss die Königin genauer unter die Lupe genommen werden.

Hermann Josef Schuster ist 86 Jahre alt und seit vielen Jahren verwitwet. Nach seiner Pensionierung ist er in die Nähe von Gemünd gezogen. Dort wohnt er in einem schmucken alten Fachwerkhäuschen, umgeben von einem großen Garten. Die zahlreichen Obstbäume, Gemüse- und Kräuterbeete sind eine einzige blühende Oase. Auf dem angrenzenden Grundstück tummeln sich Hühner, Schafe und Pferde. Schuster besitzt acht aktive Bienenstöcke, die viel Arbeit machen; denn das Bienenjahr beginnt in der Eifel schon im Februar.

Schusters ehemals schwarzes Haar ist längst ergraut, und er geht leicht gebeugt, auch wenn er sich immer wieder korrigiert. Seine braunen Augen blicken intensiv wie in jungen Jahren. Der pensionierte Oberstudienrat für Deutsch und katholische Religionslehre interessiert sich sehr für Sprache, Literatur und spirituelle Themen. Im Schuldienst schätzten ihn seine Kollegen, und bei seinen Schülerinnen und Schülern war er wegen seines reichen Wissens, seiner großen Geduld und seines ausgeprägten Gerechtigkeitssinns beliebt.

Der rüstige Alt-Imker hat seine Arbeit an den Bienenstöcken für heute beendet und gerade ein Bier in seinem Stammlokal bestellt. Das rustikale *Gasthaus zur Post* mit seiner gemütlichen, einladenden Atmosphäre ist ein beliebter Treffpunkt für Einheimische und Gäste. Die Wände sind mit historischen Fotos geschmückt und spiegeln die lokale Kultur und Geschichte wider. Und die vielen Porträts von Promis, die hier schon einmal eingekehrt waren: Willy Millowitsch, Heino...

Seit der Pensionierung verbringt Schuster viele Tage damit, seine Bienenstöcke zu pflegen und Honig zu ernten. In guten Jahren können das bis zu 500 Kilogramm sein, aber dann muss das Wetter mitspielen und die Bienendamen müssen ausreichend Nahrung bekommen. Der Hobby-Imker nutzt jede sich ihm bietende Gelegenheit, um sein Wissen über Bienen weiterzugeben. Gern vergleicht er seine früheren Schüler mit Bienen. Dabei denkt er nicht in erster Linie an deren sprichwörtlichen Fleiß. Das ist, wie man inzwischen weiß, wohl nur ein Vorurteil. Denn an sich ist die Biene faul und setzt geschickt andere Kolleginnen ein, die ihre Arbeit erledigen.

Schuster muss schmunzeln, wenn er an das geschäftige Treiben vor den summenden Bienenstöcken denkt, wenn er den emsigen Flugverkehr der Sammelbienen vor seinem geistigen Auge sieht. Dabei ist längst bekannt, dass selbst die vermeintlich fleißigste Arbeiterbiene im Durchschnitt gerade mal drei bis viermal am Tag zum Sammeln ausfliegt. Und wieder muss er schmunzeln: Wie oft hat er seinen Schülern gepredigt, dass sich Einzelkämpfertum nicht lohnt, dass alle aufeinander angewiesen sind. Teamwork, wie bei seinen Bienen, rechnet sich viel mehr. Oder wie eine gewöhnliche Arbeitsbiene sagen würde: „Teamwork ist super, eine andere macht das schon."

Der alte Imker weiß aber auch um die Abgründe der Bienenwelt. Und diese machen ihm regelrecht Angst, wenn er ihr Verhalten auf sich und seine Mitmenschen überträgt... Denn im Schwarm herrscht ein gnadenloser Kampf um den Thron der Königin. Nach der Devise: Es kann nur eine geben. Man kämpft so lange um die Nachfolge, bis eine der Kämpferinnen an den Stichen und dem Gift der anderen stirbt.

Neuerdings greift in Imkerkreisen die Angst vor den Killerbienen um sich, eine gefährliche Kreuzung aus europäischen und afrikanischen Honigbienen. Killerbienen sind äußerst aggressiv, reagieren empfindlicher auf Störungen und stechen eher zu.

„Wann hat dich eigentlich das letzte Mal eine deiner Damen gestochen?" Schuster, immer noch in Gedanken bei den Killerbienen, schaut zum Nachbartisch, von dem die Frage kommt. Dort sitzt Jupp, etwa 175 Zentimeter groß und massig. Er mag wohl seine 115 Kilo Lebendgewicht auf die Waage bringen. Jupp ist ein alter Waldarbeiter, der die Umschulung zum Nationalpark-Ranger damals nicht mitgemacht hat. Er sitzt vor einem halben Liter hellem Eifeler Landbier aus einer kleinen Privatbrauerei im idyllischen Schleiden und wischt sich den Schaum vom Mund. Neben dem Bier wartet ein Gläschen Mechernicher „Blei". Das braucht Jupp, um sein Eifelsteig-Schnitzel zu verdauen, das er hier einmal in der Woche mit innerer Zustimmung und Genuss verspeist. Für Jupp ist die Schänke sein zweites Wohnzimmer und man kann fast die Uhr danach stellen, wann er hier seine Mittagspause macht.

„Gestern noch", antwortet der alte Imker. „Aber das macht mir schon lange nichts mehr aus. Die Bienen von heute sind nicht mehr so gefährlich wie die von früher. Bis auf die Killerbienen, aber die haben um meine Stöcke bisher einen Bogen gemacht." Spöttisch fügt er hinzu: „Übrigens rate ich dir, Jupp: Hüte dich vor dem Imker. Der hat tausend Freunde, die Dir nachstellen können!" Jupp brummt eine flapsige Bemerkung und wendet sich wieder genüsslich seinem Schnitzel mit knusprigen Speckbratkartoffeln, Champignons und Sauce Hollandaise zu.

Die Killerbienen gehen Hermann Josef Schuster nicht aus dem Kopf. Um sich abzulenken, schlägt er den *Eifeler Beobachter vom 30. März* auf.

Nandita Srikumari beruft sich auf Mahatmas Gandhi

Von Greta Reiser

Heute stellen wir die Konferenzteilnehmerin Nandita Srikumari vor. Sie ist langjähriges Mitglied der „Sarvodaya-Shramadana Bewegung." Diese Begriffe stammen aus der altindischen Sprache, dem Sanskrit, und bedeuten so viel wie „Wohlergehen" oder „Fortschritt für alle".

Die Organisation wurde 1958 von einer Studentengruppe in Colombo unter der Leitung von A. T. Ariyaratne gegründet. Sie beruft sich auf die Vision des Sarvodaya im Sinne des von Mahatma Gandhi angestrebten neuen Indiens auf der Basis von Gewaltlosigkeit und Liebe. Grundgedanke ist die Verwirklichung einer ausgewogenen Gesellschaft, in der Frieden herrscht, die Grundbedürfnisse der Menschen befriedigt werden und in der alle am Entwicklungsprozess beteiligt sind.

Dies wird heute in über 5.000 Dörfern Sri Lankas durch vernetzte Gemeinschaften angestrebt. Gemeinsam sollen folgende „zehn Grundbedürfnisse" befriedigt werden: eine saubere Umwelt, ausreichend sauberes Wasser, eine Grundausstattung an Kleidung, angemessene Unterkunft, eine Basisgesundheitsvorsorge, eine Grundversorgung an Energie, gute Bildung und Ausbildung sowie Kommunikationsmöglichkeiten. Auch ihr Mann Rajan Srikumari, der sie zu der Konferenz begleiten wird, engagiert sich bei Sarvodaya.

Nachdenklich hängt Hermann Josef Schuster die Zeitung in den Ständer. War es dieselbe Person? Eine Namensgleichheit wäre schon ein merkwürdiger Zufall! Er hatte Rajan vor Jahren einmal gekannt. Erinnerungen stürmen auf ihn ein. Als junger Mensch wechselten Rajans Stimmungen und Meinungen ständig. Oft ließ er sich von anderen beeinflussen. Er konnte sein Fähnchen schnell in den richtigen Wind hängen, vor allem, wenn es sich für ihn lohnte. Konflikten ging er geschickt aus dem Weg. Zu oft suchte er Zustimmung und Bestätigung von außen. Und mit der Wahrheit nahm er es nicht so genau. Hauptsache, er stand im Mittelpunkt.

Doch irgendwann geschah etwas Verhängnisvolle, Und er, Hermann Josef Schuster hatte irgendwie versagt! Inzwischen aber schien Rajan für ehrenwerte Ziele zu kämpfen. Das freute ihn.

„Stimmt etwas nicht?", unterbricht ihn Willi Schmitz. Der Wirt ist ein Mann von kräftigen Statur, die von harter Arbeit und Liebe zu gutem Essen zeugt. Mit einem offenen Ohr und einer freundlichen Begrüßung sorgt er dafür, dass sich jeder Gast wie zu Hause fühlt. „Ist ein Freund von dir gestorben?" Willi Schmitz weiß, dass seine älteren Gäste oft Todesanzeigen studieren. Hermann Josef Schuster zuckt zusammen: „Nein, eher unerwartet ins Leben zurückgekehrt..."

Heute führt ihn sein Weg vom Infopunkt Einruhr am Ostufer des Obersees entlang auf die Höhe der Staumauer Paulushof. Er genießt die Stille am Uferweg. Leider ist sie viel zu kurz.

Stimmen, zunächst leise, dann immer deutlicher, ein Schwatzen und Kichern: Eine Gruppe Wandernder unterschiedlichen Alters hat sich versammelt, um die zweite Etappe des Wildnis Trails in Angriff zu nehmen. Immerhin 20 Kilometer sind es von Einruhr bis Gemünd. Bunte T-Shirts, wetterfeste Jacken, Wanderschuhe und Rucksäcke gehören ebenso zur Ausrüstung wie Wanderstöcke.

Die fröhliche Gruppe wartet auf ihren Ranger, den man schon von weitem in seiner olivgrünen Jacke und dem großen Reiterhut kommen sieht.

Ruhig liegt er da, der Obersee, der als Trinkwassertalsperre dient. In seiner Oberfläche spiegeln sich die Bäume. Um diese frühe Zeit ist noch kein Schiff unterwegs, die Stimmen sind verhallt. Weiter geht es am Südufer des Sees entlang bis zur Urfttalsperre. Steil geht es hinauf auf die Dreiborner Hochfläche zur Wüstung Wollseifen, dem 1946 auf Räumungsbefehl der britischen Truppen verlassenen Dorf, weiter „Ordensburg".

Gedankenverloren blickt er auf und lächelt. Menschen aus seiner Vergangenheit würden auftauchen, völlig unerwartet. Dort oben würden sie leben. Ob sie dort sicher waren?

In ihm reifte ein Plan. Speziell ausgebildetes Personal und verschiedene Sicherheitsexperten, so hatte er gelesen, würden erst kurz vor Kongressbeginn eintreffen. Wäre das nicht eine gute Gelegenheit, unerkannt an der Konferenz teilzunehmen, ohne seine Identität preiszugeben?

Um nicht sofort als Betrüger entlarvt zu werden, müsste er geschickt vorgehen, auf den ersten Blick wie ein legitimer Kongressteilnehmer wirken. Mit dem passenden Fachjargon und einer glaubwürdigen Lebensgeschichte könnte er vorgeben, einer von ihnen zu sein. So käme er an wertvolle Informationen und könnte kritische Schwachstellen ausloten.

Aber sein Plan hat einen Haken. Er könnte zu früh auffliegen. Seinen Namen hat er zwar geändert. Doch er ist sich nicht sicher, ob man ihn nach so langer Zeit nicht doch wiedererkennt. Das sollte er lieber nicht riskieren, oder?

KAPITEL 10

„**W**arum machen die keine zweite Kasse auf?" Verärgert blickt Sarah auf die Schlange der Kundinnen und Kunden mit ihren zum Teil prall gefüllten Einkaufswagen. „Das wird dauern", seufzt sie frustriert. Ausgerechnet heute, wo sie es wieder einmal eilig hat. Die Zeit scheint still zu stehen, während die Frau vor ihr langsam die Waren auf das Band legt.

Angespannt schielt Sarah auf die Uhr. Ihre Geduld ist längst am Ende und sie spürt auch die Ungeduld der anderen Kunden. Die Kassiererin scheint sich in Zeitlupe zu bewegen, und jedes Piepen der Scannerkasse lässt Sarah innerlich aufstöhnen. Warum dauert das so lange? Sie schaut ungeduldig auf die Uhr.

Johannes wird sicher gleich eine kritische Bemerkung machen, die nur er lustig findet. Quälend langsam vergehen die Minuten und Sarah fragt sich, ob sie jemals aus dieser Schlange herauskommen wird. Hastig stapelt sie schließlich ihre Einkäufe auf das Band, bezahlt und verlässt mit einem Seufzer der Erleichterung den Laden.

Klar, die Besprechung hat schon begonnen, als Sarah atemlos in den Raum stürmt. Sie ärgert sich, dass alle Blicke auf sie gerichtet sind. „Jetzt ist unsere wandelnde Uhr auch da." Johannes blickt kurz hoch. „Du bist zwar spät dran, aber immerhin so pünktlich, um den Kaffee noch halbwegs warm zu erwischen."

„Wir müssen diese *Eifel-Kameradschaft* in einen größeren Zusammenhang stellen." Sarah platzt mit dieser Aufforderung heraus, noch bevor sie sich gesetzt hat. „Nicht schon wieder, Sarah. Tessa, sitz!" Johannes Nöthen wirft seiner Labradorhündin ein Leckerli zu. Tief seufzend lässt sich Tessa auf ihr Kissen fallen. „Doch. In letzter Zeit häufen sich die Hinweise, dass der Einfluss rechtsextremer, teils gewaltbereiter Organisationen in der Region zugenommen hat", insistiert Sarah.

„Halten wir den Ball doch besser flach. Ich bezweifele, dass die Eifel rechtslastiger ist als andere Regionen." Johannes klingt skeptisch. „Das behauptet doch keiner. Rechte Spinner gibt es überall. Leider! Aber trotzdem blicken einige Kenner der Szene mit Sorge auf die Eifel. Nicht weit von hier betreibt bekanntlich ein vorbestrafter Neonazi ein Versandportal." „Den beobachten wir doch. Und Versandportal heißt ja nicht, dass die Empfänger der Sendungen alle hier in der Gegend wohnen."

„Die *Kameradschaft* hat mal wieder eine Demo vor der Flüchtlingsunterkunft in Marmagen geplant. Da sollten wir vor Ort sein." „Ausgerechnet jetzt!" „Warum ausgerechnet jetzt? Ist doch verständlich, dass so ein kleiner Ort mit knapp 1700 Einwohnern die große Zahl von 700 Flüchtlingen nicht gut verkraftet." „Das ist doch Schnee von gestern. Man hört doch überall, dass sich die Lage inzwischen wieder beruhigt hat! Die Demonstrierenden wollen doch nur Stimmung machen!"

Es ist nicht das erste Mal, dass ich die Vielfalt von Köln vermisse, denkt Sarah. Dort war es immer selbstverständlich, weltoffen und tolerant zu sein. Schließlich hießen die Förderprogramme, an denen sich ihre Heimatstadt aktiv beteiligte, NRWeltoffen und DiversCity. Da ging es um aktive Toleranz, Gleichberechtigung und Respekt. Das sollte eigentlich überall funktionieren.

„Ich habe gelesen, dass es zwischen den Einheimischen und den Flüchtlingen inzwischen ganz normal läuft!", wendet sich Sarah an ihre Kolleginnen und Kollegen. „Mag sein. Aber die Demonstranten machen jetzt vor der Europawahl wieder ein Fass auf und schüren die Ängste der Menschen, die um ihre Sicherheit fürchten..." „Man sollte die Häuser mit Sicherheitsschlössern versehen und auf keinen Fall die Frauen und Mädchen abends allein auf die Straße lassen..."

„Ich kenne diese Stammtischparolen", unterbricht Sarah ihren Kollegen Johannes. „Ich möchte dich mal sehen, wenn Tilda etwas älter ist und abends allein ausgehen will. Für meine Tochter Lotte wünsche ich mir jedenfalls Sicherheit. Und so viele junge Männer auf einem Haufen, das ist ein Problem, ärgert sich Johannes.

„Da bin ich ganz bei dir. Aber diese Rechten mit ihren Parolen gehen mir tierisch auf die Nerven." „Wir sollten die Ängste der Bürger ernst nehmen." „Das tun wir ja auch. Ich fürchte nur, dass die von der `Blauen Partei` bei der Europawahl wieder stark zulegen werden. 'Blaue Partei`'", Sarah schüttelt sich. „Das gab's früher nur im Karneval". „Komm runter, Sarah!"

Bald sitzen sie im Auto. Johannes steuert sicher durch die teilweise engen Straßen und folgt der Beschilderung in Richtung Nettersheim.

„Ist das heute nur eine Demo oder mehr?" Johannes überlegt. „Ja und nein. Eigentlich handelt es sich um eine normale Demo. Und die ist angemeldet. Wahrscheinlich werden die üblichen Parolen gebrüllt. Was mir Sorgen macht, ist, es gibt Hinweise, dass ein paar gewaltbereite Typen anreisen und das Ganze eskalieren könnte." „Was machen wir hier eigentlich? Demonstrationen sind doch nicht Sache der Kripo." „Diese Typen, die sich unter die Demonstranten mischen, sind oft gut bewaffnet", gibt Johannes zu. „Wir wissen, dass es Rechtsextremen und Reichsbürgern leider immer wieder gelingt, an Waffen zu kommen." „Dass Rechtsextreme einfach eine Waffenbesitzkarte bekommen, macht mich unheimlich wütend!", empört sich Sarah.

„Oft besitzen sie ja schon eine Waffe. Und eine bereits erteilte waffenrechtliche Erlaubnis kann ihnen nicht so einfach wieder entzogen werden. Bei Verdacht muss die Waffenbehörde ein Verfahren einleiten. Die Betroffenen können aber Widerspruch einlegen. Und das tun sie auch, zum Teil mit Erfolg." Johannes macht eine kurze Pause. „Um an einen Waffenschein zu kommen, versuchen manche Rechtsextremisten auch, Sport-schützen oder Jäger zu werden. Leider erfahren die Waffenbehör-den nicht immer, dass Rechtsextremisten eine Waffe beantragen oder bereits erhalten haben. Denn nicht jeder Rechtsextremist wird den Waffenbehörden vom Verfassungsschutz gemeldet. Manche sind so raffiniert, dass sie die Jägerprüfung nicht in der Nähe ihres Wohnortes ablegen. Das erschwert im Verdachtsfall die Identifizierung. Waffenbesitz ist für diese Gruppen ein wich-tiges Thema."

Sarah nickt. „Und sie versuchen auch immer wieder, illegal an Waffen zu kommen." „Leider muss ich zugeben, dass dein Ver-dacht berechtigt ist." „Ach was!" „Wir haben einen Hinweis be-kommen, dass eine militante Organisation hier in der Nähe Waf-fen versteckt hat und möglicherweise mit der *Eifel-Kameradschaft* zusammenarbeitet."

Johannes und Sarah schauen über die Menge. Mehrere Teil-nehmer tragen schwarz-weiß-rote Fahnen und Transparente: *„Kriminelle Ausländer raus!"* *„Schützt unsere Frauen und Töchter"*. Bisher scheint es der Polizei gelungen zu sein, die Sicherheit auf-recht zu erhalten. Ein Redner stellt sich auf eine größere Holzpa-lette und beginnt zu sprechen. Seine Worte gehen im allgemeinen Geschrei unter. Sarahs Blick bleibt an einer Gruppe älterer Frauen hängen, die selbstgebastelte Schilder hoch halten: *„Menschen-rechte statt rechte Menschen"* und *„Omas gegen Rechts zeigen Cou-rage"* ist darauf zu lesen. Ihre Gesichter strahlen Entschlossenheit und Stolz aus, während sie sich lautstark für mehr Toleranz und faires Miteinander einsetzen.

„Man ist nie zu alt, um Flagge zu zeigen", lobt Sarah die bunt gekleidete Truppe. Einige beginnen zu singen. „Diese Demonst-ranten sind mir auch am liebsten", muss Johannes zugeben. „Bei denen bleibt alles friedlich. Du siehst, es gibt nicht nur in deinem geliebten Köln wachsame Menschen."

„Bei den Jungs da drüben bin ich mir aber nicht so sicher. Guck mal, wer da ist!" Sarah hat den Antiquitätenhändler entdeckt, der trotz des ohrenbetäubenden Lärms mit zwei weiteren Männern in ein Gespräch vertieft ist. Unauffällig zückt Sarah ihr Smartphone. Wißkirchens Gegenüber, eine Glatze, mittelgroß und kräftig gebaut, trägt eine Lederjacke und gestikuliert lebhaft mit den Händen. Seine Augen leuchten vor Begeisterung, oder ist es Fanatismus? Er scheint einen wichtigen Gedanken zu erläutern.

Der Antiquitätenhändler in Sporthose und cremefarbenen T-Shirt nickt zustimmend. Er hat die Arme verschränkt, aber sein Gesichtsausdruck verrät, dass er aufmerksam zuhört und gelegentlich etwas einwirft. Seine Stirn ist leicht gerunzelt, als würde er über das Gesagte nachdenken. Der dritte Mann mit einem schwarzen T-Shirt und einer Kappe steht etwas abseits, hat Sarah und Johannes den Rücken zugekehrt. Trotz des Lärms um sie herum scheinen die drei Männer ganz in ihr Gespräch vertieft zu sein.

„Die haben hier sicher keine Videoüberwachung der Demo?" „Kann ich mir nicht vorstellen." „Dann ist es ja gut, dass ich ein paar Fotos gemacht habe. Hoffentlich taugen die was." „Das wäre nicht schlecht. Lass uns zurückfahren."

Sarah beobachtet Johannes, der zunehmend nervös wirkt. „Du, ich habe wirklich Kohldampf!" Johannes biegt kurz entschlossen nach links ab. „Ganz in der Nähe", bricht es aus dem fast verhungerten Hauptkommissar heraus, „gibt es eine supergute Imbissbude. Ich kenne den Besitzer, Wurst-Erwin, der hat die schärfste Currywurst der Nordeifel." Schon dieser Gedanke macht Nöthen sichtlich ungeduldig. „Da fahren wir jetzt mal ganz schnell hin."

„Ach nö", Sarah klingt verzweifelt. „Nicht immer diese blöde Currywurst! Die ist völlig ungesund. Man schlägt sich nur den Bauch voll und ist hinterher müde." Johannes ist nicht mehr zu halten: „Mein Opa hat immer gesagt, und der Mann hatte recht:

Hab Sonne im Herzen und Currywurst im Bauch, dann bist du glücklich und satt bist du auch." Unbeirrt steuert er mit seinem Dienstwagen *Erwins Wurstbraterei* an, wo Erwin wie ein kleiner König in seinem Reich regiert. Man sieht ihn schon von weitem: ein rundum wohlgenährter, adrett gekleideter kleiner Herrscher, denimfarbener Latzschürze mit dem Schriftzug „Wurst-Erwin" und gleichfarbiger Kappe.

Johannes Nöthen galoppiert immer schneller auf die Imbissbude zu, der Duft von Pommes und Bratwurst übt eine hypnotische Faszination aus, sein Gehirn ist ausgeschaltet. Vor der Currywurstbude stehen einige bequeme Stühle und Tische mit Aschenbechern und Serviettenspendern. Die Oberkommissarin hat ihren vergeblichen Widerstand längst aufgegeben. Jetzt hofft sie nur noch inständig darauf, dass „Wurst-Erwin" auch noch etwas Anderes als Wurst anbietet. Sie hat einen Jieper auf Salat, je grüner und je mehr, desto besser, dazu ein herzhaftes Dressing. Auf der Wurstbude prangt das Motto: *Ein Leben ohne Currywurst ist möglich, aber sinnlos.*

Wurst-Erwin hat Johannes erkannt. Inmitten seiner Fritteusen und Frittier- Körbe, Besteck- und Servierbehälter steht er da und grinst breit. „Johannes, Alter, mal wieder da. Willst du 'ne Currywurst?" „Darauf hab' ich richtig Bock", keucht Johannes, endlich am Ziel seiner Glückseligkeit angekommen. „Mach mir ne Currywurst mit Pommes-Schranke. Mach mal ordentlich Curry obendrauf. Ich halt es nicht mehr lange aus."

Wurst-Erwin schiebt die Bratwurst durch seinen Currywurstschneider und kippt die Pommes aus dem Fett in einen Frittier Korb. Mayonnaise und Ketchup auf die Pommes, Wurst-Erwins spezielle Currysauce nach absoluter Geheimrezeptur auf die zerkleinerte Wurst, jede Menge Curry obendrauf. Fertig. „Hier, Johannes. Lass es dir schmecken!" Johannes ist selig. Sarah blickt skeptisch auf das Angebot: Currywurst, Bratwurst Thüringer Art, Bockwurst, Frühlingsrollen, Schnitzel, Pommes klein und groß. „Haben Sie keinen Salat?" fragt sie ernüchtert den Herrscher über die Imbissbude. „Schätzchen, meinst du Nudel- oder Kartoffelsalat?" Sarah gibt auf. „Mach mir drei thailändische Frühlingsrollen, da sind wenigstens Spurenelemente von Kohl, Möhren und Zwiebeln drin."

Johannes wischt sich die Hände mit der Serviette ab: „Die habe ich jetzt gebraucht." „Du scheinst ja Stammgast zu sein. Bist du mit Lotte auch öfter hier?" Die Miene des Hauptkommissars verfinstert sich. „Früher schon. Aber Lotte isst seit einiger Zeit kein Fleisch mehr." „Wirklich?! Das muss hart für dich sein. Nur ein kleiner Tipp!" Sarah kann nicht anders. „In der Nähe von Arloff, gegenüber vom Netto, gibt es neuerdings einen veganen Foodtruck." „Da kann ich mich gerade noch zurückhalten." „Spaß beiseite. Ich könnte dir ein paar leckere vegetarische Rezepte geben, die gar nicht schwer sind."

Sarah schielt auf die Uhr. Tilda hatte sie heute Morgen daran erinnert, sie ja pünktlich vom Schulausflug abzuholen. Die Klasse will wandern und anschließend eine Imkerei besichtigen. „Das Frühjahr ist eine wichtige Zeit für Imker", hat die Lehrerin erklärt. „Dann fangen die Bienen an, aus ihren Stöcken zu kommen und Pollen zu sammeln, um ihr Volk zu ernähren. Für die Kinder wird der Besuch bestimmt spannend. Und sie dürfen viele Fragen stellen." „Du musst weg", erinnert sich Johannes. „Ich fahr dich schnell nach Hause. Ich weiß ja, dass du Tilda abholen musst."

Meike Keller ist eine erfahrene Organisatorin, die für einen reibungslosen Ablauf der Veranstaltungen sorgt. Mit viel Liebe zum Detail kümmert sie sich darum, dass sich jeder Gast wohlfühlt und Aufenthalt und Programm optimal aufeinander abgestimmt sind. In knapp zwei Monaten soll hier eine internationale Friedenskonferenz mit einer Reihe prominenter Teilnehmer stattfinden. Das erforderte eine längere Vorbereitungszeit als sonst.

Eigentlich sollte sie bei der Konferenzplanung von ihrem bewährten Mitarbeiter Harald Jahnke unterstützt werden. Doch der hatte für Ende Mai Urlaub genommen. Man würde ihr stattdessen einen gewissen Gerhard Bergmann zur Seite stellen. Für ihn ist Vogelsang IP eine neue Wirkungsstätte. Seine Referenzen klangen fantastisch. Angeblich löste er jedes Problem in Windeseile und blieb immer professionell. Kollegen, die ihn von anderen Konferenzen kannten, sangen wahre Loblieder. Trotzdem. Auf Harald war immer Verlass. Bei dem wusste Meike, wie er tickte, bei Bergmann nicht.

Gegen Bergmann hat sie eigentlich nichts einzuwenden. Wahrscheinlich ist er auch ok. Was sie aber an den Mails, die sie schon ausgetauscht haben, stört, ist, dass er immer meint, alles besser zu wissen. Ständig macht er Vorschläge, was man optimieren könnte. Er möchte auch gerne ein paar Tage früher kommen, um Organisatorisches zu besprechen. Als ob man das auf Vogelsang IP nicht ständig machen würde! Meikes Blick fällt auf den neuesten Artikel vom 6. April des *Eifeler Beobachters:*

Adil Mahmud setzt sich für den Dialog mit Mandäern ein

Von Greta Reiser

Heute stellen wir Adil Mahmud vor. Er hat sich in seinem Heimatland Irak nachhaltig für den Dialog und die Verständigung zwischen Muslimen, Mandäern und anderen Minderheiten eingesetzt. Manche behaupten, dass er eingeladen wurde, weil er immer wieder für Friedensinitiativen spendet. Experten vermuten, dass Adil Mahmud einige wertvolle Stücke erwerben konnte, die 2003 der Plünderung des Nationalmuseums in Bagdad zum Opfer fielen. Diese Plünderung weckte den Appetit der Sammler, und Adil Mahmud war einer von ihnen.

Gegenüber der Presse erklärte er mehrfach, er fühle sich im Recht. Da er über die finanziellen Mittel verfüge, wolle er so viel wie möglich vom kulturellen Erbe seines Landes retten. In seinem

Privathaus mit speziell gesicherten Kellergewölben seien die Artefakte sicherer aufgehoben als in manchem

staatlichen Museum. Viele seiner Schätze sind für Kunsthändler von enormem Wert.

Meike Keller überlegt. Gehört dieser Mann zu den besonders gefährdeten Konferenzteilnehmern?

Die Teilnehmenden wurden als unterschiedlich gefährdet eingestuft. Einigen würde Sicherheitspersonal zur Seite gestellt werden, das sie während der gesamten Konferenz begleitete. Andere würden ihre eigenen Leibwächter mitbringen.

Auch die Frage, ob der Einsatz verdeckter Überwachungstechnik zur Gewährleistung der Sicherheit notwendig sei oder einen Eingriff in die Privatsphäre darstelle, wurde im Vorfeld intensiv diskutiert.

Besonders wichtig war die Organisation sicherer Transportmöglichkeiten von und zum Veranstaltungsort. Am Eingang gab es eine Sicherheitskontrolle, die Unbefugten den Zutritt verwehrte. Wie verfuhr man mit den anderen Besuchern?

Auch die täglich eintreffenden Lieferanten würden genau kontrolliert werden. Aber konnte man die Gäste daran hindern, Vogelsang zu verlassen, um die Umgebung zu erkunden? Sie waren schließlich keine Gefangenen. Es gab sogar eine Bushaltestelle auf dem Gelände: Die Linie 63 von Simmerath über das Forum Vogelsang nach Schleiden und der SB 82 zum Bahnhof Kall.

Die Unterbringung der Gäste würde in den neuen Neugrad-Häusern am Rande des historischen Gebäudekomplexes erfolgen. Jedes dieser Häuser ist aus natürlichen Materialien gebaut und mit modernem Komfort ausgestattet. Ob für die Teilnehmer ein Shuttle-Service zu den Tagungsräumen eingerichtet wird, steht noch nicht fest.

„Es war gar nicht so schwer gewesen", überlegt Gerhard Bergmann. „Sie hatten seine Bewerbung akzeptiert. Bald würde er da sein, wo er sein wollte. Er hatte sein Ziel erreicht. Und damit hatte er zwei Fliegen mit einer Klappe geschlagen."

Doch so einfach war das alles nicht. Er musste äußerst vorsichtig vorgehen und seine Schritte genau auswählen, seine Pläne mit absoluter Diskretion umsetzen. Wenn er jetzt auflöge, wäre alles umsonst.

KAPITEL 11

„Schon wieder kein Frühstück zu Hause, Hannes?" Ursula Lanzerath räumt Zeitschriften ins Regal und begrüßt ihren Stammkunden. „Nein, aber deine Brötchen sind besonders lecker, Uschi. „Danke. Ich weiß. Einen Moment." Sie schneidet zwei Scheiben Fleischwurst ab und wirft sie Tessa zu. Mit einem gierigen Habs sind sie verschwunden. Die Labradorhündin wedelt heftig mit ihrer Rute, ihre Augen sind dankbar und fordernd zugleich auf die großzügige Spenderin gerichtet.

Ursula ist die Seele des Ladens, bekannt für ihre unermüdliche Betriebsamkeit und ihr Organisationstalent. In ihrem kleinen, unscheinbaren Laden verbirgt sich eine Schatzkiste voller lokaler Köstlichkeiten und Waren des täglichen Bedarfs. Die Regale sind prall gefüllt mit saisonalen Produkten aus der Region, vom handgemachten Ziegenkäse bis zum frisch gebackenen Dinkelvollkornbrot. Der kleine Laden bietet eine Alternative zu den großen Supermarktketten.

Sie begrüßt ihre Stammkunden mit Namen und weiß genau, wer was am liebsten kauft. Selbstverständlich kennt sie auch die kulinarischen Vorlieben von Johannes Nöthen und seiner Tessa. „Wie soll ich Tessa daran gewöhnen, dass es zwischendurch nichts zu fressen gibt, wenn du sie so verwöhnst?!" Er schaut Tessa leicht resigniert an. „Sitz! Mehr gibt es nicht!" Doch Tessa achtet nicht auf ihn. Schmachtend blickt sie zu der Ladenbesitzerin auf, wedelt und stupst sie auffordernd mit der Schnauze an. „Das ist wirklich das letzte Stück!", seufzt sie. „Dir und meiner Bonnie kann ich wirklich nichts abschlagen!"

„Da habe ich leider weniger Glück," scherzt Johannes. „Meine geheimen Wünsche hast du nie erhört Uschi, bis auf die leckeren Brötchen!" „Wir waren nur noch nie zur gleichen Zeit Single.

Damals, vor zehn Jahren, beim Florianstag." Ursula macht eine bedeutungsvolle Pause... „Da hätte ich nicht nein gesagt. Aber das ist lange her!" Sie streicht sich durch die kurzen, lockigen Haare und lächelt verschmitzt.

Ihre Gedanken gehen acht Jahre zurück... Es ist Anfang Mai 2016, der Tag Florians, des Schutzpatrons der Feuerwehrleute. Er wird oft angerufen, wenn es brennt oder Wassergefahr besteht. Es ist ein warmer, sonniger Tag. Fröhliches Lachen und Musik erfüllen die Luft. Bier fließt in Strömen. Auch sie trinkt mehr, als ihr gut tut. Johannes lächelt sie an, bevor er sich wieder seinen Zechkumpanen zuwendet. Sie stellt sich vor, dass zwischen ihnen mehr sein könnte.

Mit dem kühlen Bier in der Hand gesellt sie sich zu ihm und überlegt, ob sie den ersten Schritt wagen soll. Die Musik im Hintergrund schwillt an, als er sich zu ihr umdreht. Sie tauschen Geschichten aus, lachen über lustige Begebenheiten, genießen die entspannte Atmosphäre. Dann tanzen sie eng umschlungen. Aus einer Laune heraus gibt sie ihm ihre Handynummer. Er notiert sie sich lachend, hat aber nie anrufen...

„Erinnerst du dich auch an den Florianstag damals?", fragt Ursula und springt zurück in die Gegenwart. „Na klar", lacht Johannes, obwohl er sich nur wage erinnert. Sie ahnt, dass er nicht die Wahrheit sagt. „Zeit für einen Kaffee?" Sie deutet auf die Sitzecke, in der manche Gäste bei einer Tasse Kaffee verweilen und den Gerüchten lauschen, die im Dorf kursieren. „Ja, ein Kaffee wäre genau das Richtige."

„Sag mal, hast du auch mit der Konferenz auf Vogelsang zu tun? Die hatten heute einen kurzen Bericht darüber auf Radio Euskirchen." „Nur am Rande. Der Personenschutz und die Absperrungen werden von Düsseldorf aus geregelt. Damit haben wir nichts zu tun!" „Aber der ganze Sicherheitsaufwand kostet doch unsere Steuergelder! Müssen sich die denn alle unbedingt hier treffen?" „Die bringen zum Teil ihre eigenen Bodyguards mit, für die anderen sind natürlich unsere Sicherheitskräfte zuständig. Und das kostet schon eine Stange, glaube ich." Ursula Lanzerath holt noch ein paar mit Fleischwurst und Käse belegte Brötchen, legt sie auf das Tablett und beugt sich erwartungsvoll vor. „Wie muss ich mir das vorstellen? Wie genau sehen die Sicherheitsvorkehrungen aus?"

„Das volle Programm. Es gibt eine innere und äußere Absperrung des Geländes und jede Menge Zugangs- und Einlasskontrollen. Vielleicht sind auch ein paar Diensthundeführer mit SSH, also Sprengstoffspürhunden, unterwegs. So schnell kommt da kein Unbefugter rein. Und manche Konferenzteilnehmer brauchen besonderen Schutz. Dafür gibt es SEKs, Spezialeinsatzkommandos." „Sag ich doch, das kostet unsere Steuergelder." „Schon gut. Vielleicht habe ich ein bisschen übertrieben." „Klingt aber spannend."

„Aber es sind auch interessante Persönlichkeiten dabei. Der *Eifeler Beobachter* berichtet jeden Samstag." „Ich weiß." Die Ladeninhaberin schüttelt den Kopf. „Der Typ, den sie heute vorstellen, war früher bei der IRA. Unsere Polizei schützt also Terroristen! Die IRA hat doch auch nicht vor Gewalt zurückgeschreckt." Sie knallt den *Eifeler Beobachter* vom 13. April auf den Tresen und liest vor:

„Die Gewalt hat er längst aufgegeben." Johannes Nöthen beißt genüsslich in sein Fleischwurstbrötchen. „Später hat er sich immer gegen Gewalt ausgesprochen."

Vom IRA-Kämpfer zum Friedenaktivisten

Von Greta Reiser

Wie in jeder Samstagsausgabe stellen wir einen weiteren Teilnehmer der Konferenz vor: Der 62-jährige Michael Connacht gehörte viele Jahre zu den Verhandlungspartnern zwischen Irland und England. Früher war er aktives Mitglied der IRA.

Er war auch maßgeblich an den Friedensverhandlungen zum Karfreitagsabkommen vom 10. April 1998 beteiligt, das eine jahrzehntelange Phase der Gewalt im Nordirlandkonflikt beendete. Die Regierung der Republik Irland gab damals ihre Forderung nach einer Wiedervereinigung mit Nordirland auf.

Michael Connacht begrüßte seiner Zeit die Zusammenarbeit zwischen den irischen und nordirischen Behörden und die Auflösung der paramilitärischen Truppen der Irish Republican Army IRA, der Ulster Defence Association UDA und der Ulster Volunteer Force UVF. Aufgrund seiner früheren Kontakte war er ein wichtiger Verhandlungspartner und trug dazu bei, dass damals die Freilassung von mehreren Untergrundkämpfern in Aussicht gestellt und eine Kommission zur Aufklärung des Schicksals von Vermissten eingerichtet wurde.

Michael Connacht war auch 2006 an wichtigen Verhandlungen zwischen der Regierung der Republik Irland und der Regierung Großbritanniens im schottischen St. Andrew beteiligt.

Längst hat sich Connacht von der politischen Bühne zurückgezogen, doch als Experte ist er nach wie vor gefragt.

„So besonders ist die Friedenskonferenz eigentlich gar nicht", fällt Ursula Lanzerath ein. „Es gibt schon seit Jahren so ein internationales Friedenscamp auf Vogelsang. Das wird vom Deutschen Roten Kreuz und dem Kreisverband organisiert. Da werden die Teilnehmer nicht besonders geschützt und auch nicht in der Zeitung vorgestellt. Dabei leisten die auch wichtige Friedensarbeit." „Da hast du recht. Ich bin jetzt mal weg. Schönen Tag noch."

Kurz vor Beginn des zweiten abendlichen Rennens strömen die Zuschauer wieder auf ihre Plätze. Die letzten Wetten werden abgeschlossen, während die Besitzer ihre teilnehmenden Hunde auf den Rasen in der Mitte der Rennbahn begleiten. Bevor die Hunde in die Box gehen, findet eine letzte Doping-Kontrolle statt.

Michael ist genauso begeistert von Windhundrennen wie sein Enkel Sean. Bereitwillig erlaubt er ihm, einen kleinen Wettbetrag zu setzen. Er selbst hat schon weit höhere Preisgelder kassiert. Bevor das Rennen startet, holt Michael noch rasch ein Bier und eine Cola. Trotz seiner 62 Jahre sieht er immer noch gut aus, auch wenn seine einst leuchtend roten Haare inzwischen ergraut sind. Mit seinen strahlend blauen Augen und seinem gewinnenden Lächeln kommt er immer noch gut bei Frauen an.

Sean ist ganz aufgeregt, als er das surrende Geräusch hört. Er weiß, dass der Dummy unterwegs ist. Aus den mit einem lauten Knall geöffneten Box Türen schießen sechs Hunde unter den anfeuernden Rufen der Zuschauer auf die Rennbahn und hetzen dem falschen Hasen hinterher. Eine knappe Minute dauert das Spektakel. Dieses Mal haben Michael und Sean nichts gewonnen. Sean ist enttäuscht.

„Noch einmal!", bittet er seinen Großvater, als sie die Gläser auffüllen. „Na gut!", seufzt dieser. „Aber dann ist Feierabend. Dann gehen wir nach Hause." Michael liebt den Nervenkitzel des Sports. Am liebsten würde er jeden Samstag an einem oder mehreren Rennen teilnehmen.

Seine geschiedene Frau Deirdre sah das anders. Für sie waren solche Rennen Tierquälerei. Sie ist Mitglied im Windhund -Netzwerk, das sich für die Anerkennung der Rechte von Hunden einsetzt. Diese Rennen, das war ihre Meinung, sollten verboten werden, weil sie oft mit Leid und Missbrauch verbunden sind. Erfolgreiche Rennhunde würden erst ausgebeutet und nach dem Ende ihrer Karriere als Deck- und Gebärmaschinen missbraucht.

Auf Deirdre brauchte er schon lange keine Rücksicht mehr zu nehmen. Michael kramt in seiner Tasche nach dem Einladungsschreiben. Es ist richtig, die Einladung anzunehmen, stellt er fest, und zu dieser Konferenz zu fahren.

Dann könnte er auch seiner Beziehung eine Pause gönnen oder sie ganz beenden. Fiona wird immer anstrengender. Seit einigen Wochen macht er sich bewusst rar, verbringt weniger Zeit mit ihr. Auch fühlt er sich erleichtert, wenn sie allein etwas unternehmen will oder Pläne ohne ihn schmiedet. Früher störte ihn das massiv. Jetzt vermeidet er jede Auseinandersetzung, weil er das Gefühl hat, es lohne sich nicht. Es ist nicht die erste Beziehung, die er seit seiner Scheidung beendet hat.

Wieder hören sie das Klappern der sich öffnenden Box Türen. Eine weitere Meute Hunde beginnt die Jagd. Dieses Mal gewinnt Sean sogar eine kleine Summe. Michael ist nachdenklich. Morgen würde er nach Düsseldorf fliegen, um an der Konferenz in der Eifel teilzunehmen. Wie es sich wohl anfühlt, nach so langer Zeit zurückzukehren?

Er ist den Wildnis Trail schon mehr als einmal gewandert, vor allem jetzt im März, wenn die Wiesentäler in ein gelbes Narzissen Meer getaucht sind. Zunächst führt ihn sein Weg durch das Perlenbachtal hinunter, dann wieder hinauf, vorbei an Fuhrtsbach und Döppeskaul. Er durchquert das idyllische Erkensruher Tal, betritt die Anfänge der weiten Dreiborner Höhe, genießt den abenteuerlichen Höhenweg bei Hirschrott und den faszinierenden Blick über den Obersee.

Nie hätte er gedacht, diesen Namen noch einmal zu hören oder zu lesen! Unwillkürlich ballt er die Hand zur Faust. Hätte diese Person nicht ihr ganzes Leben lang von Schuldgefühlen und Gewissensbissen geplagt werden müssen? Nein. Sie hatte nie über die Folgen ihrer Taten nachgedacht. Sie konnte nichts wiedergutmachen. Aber die Schwere ihrer Schuld hätte zu innerer Zerrissenheit, tiefer Trauer und dem Wunsch führen müssen, von nun an ein vorbildliches Leben zu führen. Nichts dergleichen ist passiert. Sie machte weiter wie bisher, enttäuschte und betrog Menschen, nicht nur Menschen…

KAPITEL 12

„Gibt es heute Currywurst, wenn dein Kollege kommt und das sein Lieblingsessen ist?" „Hättest du gerne, Christoph. Aber das macht keinen Sinn. Erstens ist die nicht besonders gesund. Und außerdem würde sie uns nicht so gut schmecken wie die legendäre Erwin-Wurst." „Das ist gemein! Ich hatte mich schon so sehr darauf gefreut!" Christoph klingt enttäuscht. „Schade!", ruft Tilda. „Ich mag Currywurst auch. Aber die machst du nie!" „Tu mir einen Gefallen und schneide schon mal Gurken und Paprika für den Rohkostteller." „Dann haben wir wenigstens was Gesundes zu den Nudeln." Christoph ahmt die Stimme seiner Mutter täuschend echt nach. „Sei doch nicht so frech. Deck lieber schon mal den Tisch!"

„Mark, bringst du noch den Parmesan und eine Reibe mit?" Sarah hat gerade die Schüsseln mit Nudeln und Bolognese-Soße auf den Tisch gestellt, als es klingelt.

Johannes schaut leicht amüsiert auf Benjamin Berger, der ihn mit den Worten begrüßt: „Ich bin Polizeiritter und kann gut kämpfen." Sarahs Jüngster trägt eine Polizeiuniform über dem geliebten FC-Fußballtrikot. Auf seinen Kopf hat er einen Ritterhelm gestülpt. In der rechten Hand hält er ein Schwert, in der linken ein Paar Handschellen. „Schön, dass du pünktlich bist", begrüßt Sarah den Gast. „Wir können gleich essen." „Leider keine Currywurst, konnte Mama nicht überreden."

„Das hätte mich jetzt auch sehr gewundert." Johannes muss grinsen. Bald ist das gemütliche Esszimmer erfüllt von Essgeräuschen, Lachen und Geschirrklappern. Die Abendsonne taucht den Raum in ein warmes Licht. Sarah ist erleichtert, dass das Essen ohne die üblichen Streitereien abläuft.

Aber sie hat sich zu früh gefreut. Tilda häuft sich gerade begeistert eine weitere Portion auf den Teller, als Benjamin brüllt. „Lass mir was übrig!" Der Vierjährige mit den braunen Augen und den blonden Haaren hält seine Gabel wie ein Schwert. Dann schiebt er sie blitzschnell nach vorne und versucht, ein paar Nudeln vom Teller seiner Schwester zu ergattern. Christoph nutzt die Gelegenheit, um die Soßenschüssel zu leeren. Da er sich unbeobachtet fühlt, schiebt er schnell die Gurkenscheiben von seinem auf Tildas Teller. „Lass das, du Blödmann. Ich will keine Gurken." „Aber die sind doch soo gesund." Johannes genießt die ausgelassene Stimmung mehr, als er sich eingestehen will. Aber Sarah ist sauer. „Ihr geht jetzt auf eure Zimmer. Ich mache uns noch schnell einen Kaffee", wendet sie sich an Mark und ihren Gast.

„Sie sind bestimmt FC-Fan wie Sarah", äußert sich Johannes. Mark nickt. „Ich stehe auf Mönchengladbach." „Gut, dass ich kein Fohlen bin!" Sarah lächelt. „Der FC hat einfach die leidenschaftlichsten Fans! Schau dir nur mal die Stimmung im Rhein-Energiestadion an. Da kann Gladbach nicht mithalten." „Ach, komm`", spottet Johannes. „Das sagst du nur, weil ihr nichts anderes habt. Unsere Mannschaft spielt einen viel attraktiveren Fußball, auch international."

„Erfolg hin oder her, bei uns geht es um Herz und Tradition. Wir haben die treuesten Fans, die immer hinter der Mannschaft stehen, ejal wat och passeet", spricht Mark Sarah aus dem Herzen.

„Tradition? Tatsächlich lebt ihr doch nur in der Vergangenheit." Johannes lehnt sich genüsslich zurück: „Wir haben in den letzten Jahren viel mehr erreicht und spielen regelmäßig in Europa." „Mag sein, aber eure Fans sind doch nur Schönwetterfans. Wenn es mal nicht so gut läuft, ist das Stadion halb leer. Bei uns ist es immer voll, egal wie grottig die Jungs spielen." „Das habt ihr mit eurer Fahrstuhlmannschaft auch bitter nötig. Das mit den

Fans ist übrigens Nonsens. Unsere Fans sind genauso leidenschaftlich, aber wir haben eben höhere Ansprüche. Wir wollen nicht nur dabei sein, wir wollen gewinnen!" „Hoffentlich verliert ihr das nächste Derby nicht wieder. Denn egal wie gut ihr seid, gegen uns kommt ihr selten an", ist sich Mark sicher.

„Wir werden sehen. Am Ende zählt die Wahrheit auf dem Platz und nicht, wer am lautesten schreit." Christoph kommt ins Esszimmer. „Man hört euch bis nach oben. Dürfen wir noch was gucken?" „Meinetwegen!" Sarah überlegt. „Nur eine Folge und etwas, das Benny mitgucken kann. Johannes und ich müssen noch was besprechen." „Ich habe auch noch was zu tun." Leicht amüsiert verlässt Mark den Raum.

„Jetzt weiß ich, was bei dir los ist. Da brauchst du Nerven wie Drahtseile!" Johannes lässt sich in einen Sessel in Sarahs Büro fallen. „Irgendwie drehen wir uns im Kreis. Du hast den Verdacht, dass die *Eifel-Kameradschaft* inzwischen mit einer anderen, viel gefährlicheren Vereinigung zusammenarbeitet. Aber da wir nichts Genaues wissen, bleibt nur ein ungutes Gefühl."

„Dass wir nichts wissen, stimmt nicht", überlegt Sarah. „Die Kollegen waren doch neulich im Einsatz, als ehemalige Mitglieder der verbotenen und aufgelösten *Combat 18* ein rechtsextremes Konzert veranstaltet haben. Unsere Kollegen sind mit einem Großaufgebot angerückt, um die Veranstaltung aufzulösen. Sie mussten zwar nicht von der Schusswaffe Gebrauch machen, trotzdem kam es zu gewalttätigen Übergriffen. Die Einsatzkräfte wurden beschimpft und bespuckt, mehrere Demonstrierende sollen auch gegen das Waffengesetz verstoßen haben."

„Und was hat das mit der *Kameradschaft* und dem Antiquitätenhändler zu tun?" Johannes klingt skeptisch. „Da lag dieses verdächtige Flugblatt rum, und er erwähnte am Telefon die Kakushöhle." „Wir haben aber noch keine Beweise, dass da etwas Illegales läuft. Aber möglich ist es schon, dass die Höhle ein geheimer Treffpunkt ist. Schließlich ist dort abends nicht viel los. Es gibt genug Möglichkeiten, sich zu verstecken, wenn plötzlich jemand auftaucht. Aber eigentlich darf man die Höhle nachts nicht betreten wegen der Tiere. Doch wer kontrolliert das schon. "„Worauf willst du hinaus? Es ist egal, wo sie sich treffen, entscheidend ist, was sie vorhaben." „Genau. Die *Eifel-Kameradschaft* organisiert neuerdings auch Konzerte. Und zu diesen Veranstaltungen kommen Leute, die man im Auge behalten muss."

„Wissen wir, ob unser Antiquitätenhändler unter den Konzertbesuchern ist?", überlegte Sarah. „Nein. Die *Kameradschaft* ist auch nicht nur wegen der Musik attraktiv. Eine rechte Clique bietet Schutz und Gemeinschaft. Man trichtert neuen Mitgliedern unmerklich ein, wer angeblich schuld an ihrer Misere und ihren Problemen ist: Ausländer, die unsere Heimat überfremden und die `echten Deutschen` an den Rand drängen."

„Könnte auf Wißkirchen zutreffen. Ist mir aber zu vage. Deine Handyfotos von der Demo sind da schon interessanter. Der Typ, mit dem sich Wißkirchen unterhält, ist kein Unbekannter bei der Polizei." „Ach was!", triumphiert Sarah. „Der Typ gehört wahrscheinlich zu einer militanten Gruppe, die wegen möglicher antisemitischer Aktionen beobachtet wird."

„Und der andere Typ?" „Den kann man nicht so gut erkennen, weil er uns den Rücken zukehrt. Aber schau mal. Er hat eine auffällige Tätowierung am Hals. Kannst du erkennen, was das ist?" „Moment mal." Johannes studiert das Foto aufmerksam. „Das habe ich schon mal gesehen." „Das ist eine Othala-Rune, auch Odal-Rune genannt", erklärt Sarah.

„Im Dritten Reich haben unter anderem die Hitlerjugend und das Rasse- und Siedlungshauptamt der SS dieses Symbol verwendet. Auch bei Neonazis ist diese Rune sehr beliebt. Ich hätte gerne gehört, was die beiden zu besprechen hatten. Aber ich war zu weit weg." „Okay. Der eine Mann könnte Mitglied einer gewaltbereiten Gruppe. Sein...", beginnt Johannes zögernd. Es fällt ihm schwer zuzugeben, dass Sarah Recht hat.

„Inwiefern?" „Wir haben einen Hinweis bekommen, dass die bisher eher unauffällige *Kameradschaft* in eine größere Sache verwickelt ist. Wir vermuten, dass es dabei um illegale Waffen geht. Leider wissen wir noch nichts Genaues." „Wir dürfen das nicht auf die leichte Schulter nehmen. Bei der Tagung in Vogelsang sind auch jüdische und muslimische Teilnehmer anwesend. Beide werden von den Rechten massiv angegriffen!" Sarah zieht die aktuelle Ausgabe des *Eifeler Beobachters* aus ihrer Tasche. Frau Cohn, um die es im heutigen Artikel vom 20. April 2024 geht, könnte diesen Kreisen ein Dorn im Auge sein. Guck mal, was die schreiben:

Rebekka Cohns besonderer Weg zum Frieden

Von Greta Reiser

Wir setzen unsere Vorstellung der Konferenzteilnehmer mit Rebekka Cohn fort. Sie gehört zu den Aktivistinnen, die sich im Nahostkonflikt nicht für eine Ein- oder Zwei-Staaten-Lösung, sondern für eine Konföderation einsetzen, um den Frieden zwischen Israel und Palästina zu sichern. Ihr Slogan lautet: „Zwei Staaten. Eine Heimat". Alles begann im Ramadan mit einem geheimen Treffen in Beit Jala, zwei Kilometer östlich von Jerusalem. Muslimische und jüdische Nachbarn, die sich nur als Feinde kannten, bemerkten, dass sie etwas Wesentliches verband und dass sie das Recht des anderen respektierten, in diesem Land zu leben.

Aufgewachsen mit Slogans, dass man die Palästinenser ins

Meer treiben müsse oder dass die Juden nur gewalttätige Besatzer seien, erkannten die Teilnehmenden des Treffens, dass alle in dieses Land gehörten. Beide Seiten wollten nun das Recht des anderen auf seine Heimat anerkennen, mit dem Ziel einer Zweistaatenlösung in einem Staatenbund. Rebekka und ihre Mitstreiterinnen sind überzeugt, dass Gewaltlosigkeit stark macht und dass man mehr erreicht, wenn man seinen Zorn im Griff hat.

Rebekkas Mann David, der seine Frau zur Konferenz begleiten wird, ist Sozialarbeiter bei einer jüdischen Wohlfahrtsorganisation. Beide gehören dem liberalen Judentum an.

„Frau Cohn wird also besonders bewacht." „Ja. Soweit wir wissen, wird sie das Konferenzgelände nur in Begleitung von Personenschützern verlassen."

Noah wischt sich über die Stirn. Wie jedes Jahr durchsucht er mit seiner Mutter und seinen Schwestern das ganze Haus nach Chamez, den Getreideresten. Denn bald ist Sederabend. Und dann darf nichts mehr im Haus sein, was nicht für Pessach geeignet ist.

Dann erinnern sich Jüdinnen und Juden an die Flucht ihrer Vorfahren aus der ägyptischen Sklaverei. Bei ihrer überstürzten Abreise konnten sie keinen Sauerteig mehr ansetzen. Deshalb isst auch Familie Cohn in den nächsten Tagen nur ungesäuertes Mazzen Brot.

Noahs zehnjährige Schwester Judith springt aufgeregt auf und ab. Seit dem frühen Morgen übt sie die vier Fragen, die sie als Jüngste gleich ihrem Vater stellen wird. Denn wie jedes Jahr zu Pessach wird in der Familie der Auszug der Israeliten aus Ägypten erzählt und nacherlebt.

Beim Fragen stellt sich Judith vor, sie wäre dabei gewesen: Wie ihre Vorfahren, die israelitischen Sklaven, aus der schrecklichen Zwangsarbeit befreit wurden.

Rebekka hat gerade die Charosset-Mischung zubereitet. Charosset versinnbildlicht den Mörtel, den die Israeliten in Ägypten für ihre Fronarbeit verwendeten. Sie hat noch schnell zwei Äpfel und eine Tasse Walnüsse zerhackt und mit Zucker, Zimt und zwei Esslöffeln Wein zu einer dicken Masse verrührt. Als sie hastig das Wohnzimmer betritt, beginnt ihr Mann David mit der Rezitation aus der Pessach-Haggada:

„Daher ist es unsere Pflicht, ihm zu danken, ihn zu loben, zu preisen, zu verherrlichen, zu beneiden, anzubeten und zu feiern, ihn, der für unsere Väter und uns alle diese Wunder gewirkt: Aus Knechtschaft führte

er uns zur Freiheit, aus Kümmernis zur Freude, aus Trauer zur festlichen Feier, aus Finsternis zum strahlenden Licht, aus Sklaverei zur Erlösung ..."

Zuvor hatte Frau Cohn die Terrassentür geöffnet. Wenn am Sederabend vorgelesen wird: „Gieße deinen Zorn aus über die Heiden, die dich nicht kennen", wird Wein in das beste Glas des Hauses gegossen und die Tür für den Propheten Elija geöffnet. Für ihn bleibt symbolisch ein Platz am Tisch frei. Elija kehrt nach frommer Überlieferung zurück und kündigt den Messias an. Er gibt sich aber nicht zu erkennen, so dass er auch als Asylsuchender oder Bettler erscheinen könnte.

Alle zucken zusammen, als auf einmal eine keuchende Gestalt durch die Terrassentür tritt. Es ist weder der Messias noch ein Bedürftiger, sondern Ephraim Blue, Rebekka Cohns Kollege: „Entschuldigt, dass ich euch mitten in der Feier störe. Ich weiß auch, dass ihr im Mai eigentlich etwas anderes vorhabt. Ich habe die Einladung gleich mitgebracht." Stirnrunzelnd schaut Rebekka auf den Brief. „Das hätte doch Zeit gehabt! Oder du hättest eine E-Mail schicken können." „Ja, klar. Aber du kannst stolz darauf sein, dass du zu dieser wichtigen Konferenz eingeladen wurdest. Du solltest unbedingt zusagen. Bei der Tagung werden dir vermutlich mehr Leute zuhören als hier. Und die Landschaft soll übrigens auch sehr reizvoll sein."

Rebekka denkt nach. Eigentlich wollte sie schon immer in diesen Teil Deutschlands.

Fünf Wochen später

Bald würde er aus dem Schatten der Bedeutungslosigkeit heraustreten. Diejenigen, die ihn so lange nicht beachtet hatten, würden ein böses Erwachen erleben. Sie alle waren Heuchler. Zu Unrecht hatten sie sich im Licht der Öffentlichkeit gesonnt. Zu Unrecht hatte man Loblieder auf sie gesungen, auf diese vermeintlichen Botschafter des Friedens. Vieles hatte sich inzwischen geändert, auch Menschen konnten sich ändern. Was war aus seinen ehemaligen Freunden geworden? Warum hatte er nicht erkannt, dass sie schon damals verlogene und korrupte Subjekte waren?!

Jetzt schienen sie sich geläutert, ihre Taten bereut und sich zum Besseren gewandelt zu haben. Er bezweifelte das zutiefst.

Oh ja - sie hatten genügend Sicherheitsvorkehrungen getroffen. Aber das war kein Problem für ihn. Er hatte einen genauen Plan. Alle hatten ihre Schwachstellen. Und genau dort wollte er sie erwischen. Und wo sie sterben sollten, das hatte er sich genau überlegt. Der Ort sollte auf ihre Schuld hinweisen, auf ihren Verrat.

KAPITEL 13

Hanna Meyer freut sich immer, wenn Kunden in ihrer *Schmö-kerecke* nach Krimis fragen, vor allem, wenn es sich um Autoren handelt, die auch ihr am Herzen liegen. Besonders schätzt sie, wenn historische und kulturelle Elemente in die Handlung eingebunden werden, und die unterschiedlichen Ermittlungsmethoden der Hauptfiguren zum Tragen kommen. Seit Jahrzehnten verschlingt sie die Romane von Elizabeth George, deren Werke durch komplexe Charaktere, tiefgründige Handlungen und charakteristische Aspekte der britischen Gesellschaft bestechen. Fast noch mehr als die Handlung schätzt Hanna die Charakterentwicklung der Hauptermittler Thomas Lynley und Barbara Havers, ihr privates Umfeld, ihre Alltagsprobleme.

In den letzten Monaten hat sie auch fast alle Inspector-Rutledge-Romane von Charles Todd, Pseudonym eines Mutter-Sohn-Duos, zum zweiten Mal gelesen. Sie spielen in der Zeit nach dem Ersten Weltkrieg und zeichnen sich durch historische Genauigkeit und tiefgründige Charakterstudien aus. Sowohl Täter, Ermittler als auch Opfer sind von den brutalen Kriegsereignissen geprägt.

Den Kunden, der gerade ihre Buchhandlung besucht, kennt Hanna Meyer nicht. Sehr bedächtig und zurückhaltend wirkt dieser dunkelhaarige, eher untersetzte Mann mit den braunen Augen. Er schaut sich die Auslagen auf den verschiedenen Büchertischen an, scheint aber etwas anderes zu suchen. „Can I help you? Kann ich Ihnen helfen? "„Bitte, sprechen Sie ruhig deutsch mit mir." „Ich suche einen Krimi von Eliot Pattison." „Oh, sie interessieren sich für Tibet. Ich kenne diese Romane. Sie sind anspruchsvoll, aber immer spannend." Sherab Tsering strahlt. Er hätte nicht gedacht, dass eine Buchhändlerin in der Eifel die

Romane seines Lieblingsschriftstellers kennt. „Die meisten habe ich schon zweimal gelesen, weil sie in meiner Heimat spielen. *Die vier Toten von Tibet* kenne ich noch nicht." „Das könnte ich kurzfristig bestellen. Gehören Sie zu den Teilnehmern der Konferenz auf Vogelsang?" „Ja, ich bin noch ein paar Tage hier." Sein Deutsch ist erstaunlich gut, fast ohne Akzent.

Sherab Tsering schlendert ziellos durch den Laden und zieht schließlich ein Buch aus einer Bücherkiste. Nachdenklich liest er den Titel: *„Methadon. Chance oder Illusion?"* „Ich muss gestehen, dass ich mich da nicht so gut auskenne. Aber so ein Entzug muss mega hart sein. Da leidet man oft tagelang unter Schüttelfrost, Schweißausbrüchen und stechenden Schmerzen. Das habe ich zumindest gehört, und es klingt wirklich schlimm."

Im selben Moment ärgert sich Hanna Meyer über ihre Taktlosigkeit. Es geht sie doch gar nichts an, wenn der Kunde gerade zu diesem Buch greift. „Meinem Bruder ging es damals auch so. Er hatte Magenkrämpfe und Durchfall, musste sich ständig übergeben. Aber er hat es geschafft. Darauf ist er heute noch stolz." „Entschuldigen Sie bitte. Ich wusste nicht, dass Sie persönlich betroffen sind." „Schon gut. Das ist lange her."

Hanna Meyer würde sich sehr freuen, wenn sie sich mit ihrem Kunden etwas länger unterhalten könnte, vor allem über seine Teilnahme an der Konferenz. Aber sie möchte nicht aufdringlich sein. „Sie kennen den Dalai Lama wirklich gut?" Ihr Gesprächspartner lächelt freundlich zurück. „Oh ja. Wie Sie sicherlich wissen, ist Seine Heiligkeit bekannt für seine Botschaften des Friedens, der Gewaltlosigkeit und des Mitgefühls sowie für seinen Einsatz für die Unabhängigkeit Tibets."

Hanna strahlt. „Bereits 1989 erhielt er den Friedensnobelpreis. Damals, in den 80er Jahren, war er sogar in der Eifel und hat hier das Buddhistische Zentrum besucht." „Das wissen Sie noch?" „Ja", erinnert sich Hanna Meyer lächelnd, „meine Eltern haben ihn gesehen und waren hin und weg." Ihr Gegenüber lächelt verständnisvoll. „Meine Eltern haben zu der Zeit auch in der Nähe des Buddhistischen Zentrums gewohnt." „Ach ja." „Dann kennen Sie die Eifel." „Nein, ich war damals..." Das Telefon klingelt. Hanna Meyer muss im Nachbarraum einen längeren Auftrag entgegennehmen.

Sherab Tsering ist ganz vertieft in seine Gedanken. Kurz vor seinem Besuch in der Buchhandlung geschah etwas Unerwartetes. Er saß an einen der Tische vor einem Café und beobachtete das lebhafte Treiben der Passanten.

Soeben hatte er seinen Nachmittag geradezu feierlich eröffnet mit einem prachtvollen Buttercremegebäck: *Granatsplitter*, dazu eine Tasse Kakao mit einer Haube feinster Schlagsahne und einem Hauch von Kaffeepulver. Nur in Deutschland schmeckt das Gebäck so, wie er es in Erinnerung hatte. Granatsplitter ...

Tsering gerät ins Träumen, ein Königreich für dieses Gebäck! Diesen Kuchen-Klassiker, ein unregelmäßig geformtes, längliches Gebilde mit unebener Oberfläche, überzogen von einer zarten Schokoglasur, in der sich auch mal Mandelstifte verstecken können, findet man wohl nur noch in ausgewählten Konditoreien. Sherab Tsering verliert jegliches Zeitgefühl, während er dieses bergige Kunstwerk aus Rührkuchenstücken, Mürbteig-Rum-Aroma, Nüssen und Schokoladenstückchen, vor allem aber dieser unendlich leckeren Buttercremefüllung, anschaut. Sherab erstarrt vor kulinarischer Ehrfurcht. Die Zeremonie des Einverleibens, an sich ein brutaler Akt, scheint sich im Zeitlupenstil abzuspielen, fast so wie in einem Italo-Western: Vorsichtig, ganz vorsichtig trifft die Kuchengabel auf die zarte Schokohülle, bricht sie behutsam auf, so dass feine Haarrisse entstehen – in der Kunst würde man von Krakelee sprechen. Die Buttercreme-Köstlichkeit bietet den Eindruck größter Fragilität. Sein geschultes Ohr nimmt einen kaum hörbaren Knacks wahr.

Vor ihm schlendern drei junge Frauen vorbei, bleiben an dem bunt dekorierten Schaufenster einer Boutique stehen. Allein oder in Gruppen tummeln sich Menschen jedes Alters. Die Stimmung ist locker und entspannt. Etwa 50 Meter weiter mündet die Gasse auf einen größeren Platz. Hinter ihren Marktständen preisen Händler lautstark ihre Waren an.

Auf einmal entdeckt er ihn. In seinen kühnsten Träumen hat er sich nicht vorgestellt, dass er ihn jemals wiedersehen würde. Zugegeben, die Zeit hat ihre Spuren hinterlassen – graue Haare, Falten, ganz sicher ein paar Kilos mehr. Auch der Beobachtete scheint ihn erkannt zu haben. Sherab will aufspringen, bleibt aber doch sitzen. Ihn beschleicht eine Mischung aus Freude und Furcht.

Die Freude kommt aus den Erinnerungen an die vielen Abenteuer ihrer gemeinsamen Jugend, an die Nächte, in denen sie bis zum Morgengrauen geredet und über ihre Dummheiten gelacht haben. Ein Teil von ihm ist richtig froh über das Wiedersehen. Aber da ist auch diese Unsicherheit, das schlechte Gewissen. Sherab zweifelt, ob er einfach an die schönen Erinnerungen anknüpfen kann, ob sie überhaupt noch etwas gemeinsam haben und sich nach den vielen Jahren noch verstehen. Schlagartig überkommen ihn Unsicherheit, Angst und ein dumpfes Schuldgefühl. Er hat sich damals äußerst mies verhalten. Jetzt wäre die Gelegenheit, Reue zu zeigen, sich zu entschuldigen. Er könnte versuchen, das, was er so lange versäumt hat, wiedergutzumachen. Aber wäre das nach so langer Zeit überhaupt möglich? Der andere schaut ihn mit unergründlicher Miene an, scheint auf etwas zu warten. Fieberhaft will sich Sherab die richtigen Worte zurechtlegen, die Umstände erklären, die damals zu seinem Verrat geführt hatten. Er ist hin- und hergerissen. Seine Unentschlossenheit lähmt ihn. Als er sich schließlich zögernd von seinem Stuhl erhebt, ist der andere längst weitergegangen.

Jetzt, in der Buchhandlung, wirkt das Erlebte nach. Sherab zuckt zusammen, als sein Handy vibriert. Er lauscht der Stimme, dann wirkt er nachdenklich, unsicher und verstört. Als Hanna zurückkommt, ist der Mann aus dem Laden verschwunden. Ihr Kollege Peter Heimbach kommt gerade von der Post. „Eben war noch ein Kunde da." „Stimmt. Der hätte mich fast umgerannt. Ist was mit dem?" „Nichts Besonderes, aber ein interessanter Mann."

Khaled Husaini ist fasziniert vom Blick auf den Rursee. So eindrucksvoll hat er sich den Tagungsort nicht vorgestellt. Unwillkürlich denkt er an einen Besuch vor vielen Jahren auf der *Qalat al-Husn*, in Europa als *Krek de Chevalier* bekannt, einer mächtige Burganlage in Syrien. Die Kreuzritter errichteten große Teile dieser Festung, die später zum Objekt der Begierde verschiedener Mächte wurde. Vergeblich belagerte sie der berühmte Sultan Saladin 1188, bevor sie in die Hände der Mameluken fiel, die sie mehrfach erweiterten. Im syrischen Bürgerkrieg wurde die Festung schwer beschädigt. Seit gut zehn Jahren steht *Krek de Chevalier* auf der Liste des gefährdeten Kulturerbes der UNESCO.

Die „Ordensburg" blickt dagegen auf eine deutlich kürzere Geschichte zurück. Auch sie hat bewegte Zeiten hinter sich, keine Frage. Von beiden Burgen ist der Blick ins Tal überwältigend. Khaled überlegt, wie er seinen Vortrag am Abend gestalten soll. Vor ein paar Jahren war das noch einfacher. Als bekannter Kritiker des Assad-Regimes legte er fachkundig dar, wie der Einfluss ausländischer Mächte mit Waffenlieferungen an Parteien, die sie für ihre eigenen Interessen brauchten, maßgeblich zur Instabilität der Region beigetragen hatte.

Nun galt Syrien wieder als ein Land, in das man angeblich ohne Gefahr für Leib und Leben zurückkehren konnte. Er sah das anders. Aber wie sollte er seine Bedenken den Zuhörenden plausibel machen? Er muss ihnen erklären, dass auch im Ausland lebende Kritiker des Assad-Regimes nach wie vor in Gefahr sind, auch wenn sich die Interessen der Zuhörer längst auf andere Themen verlagert haben. Das Assad-Regime praktiziert nach wie vor willkürliche Verhaftungen und geht brutal gegen Andersdenkende vor. Allein im Jahr 2023 wurden 1407 Menschen verhaftet, darunter 43 Kinder und Frauen. Mehr als 50 Menschen starben an den Folgen von Folter. Auch in Deutschland wurden Gott sei Dank Prozesse gegen Verantwortliche des syrischen Regimes geführt, die an Folterpraktiken beteiligt waren.

Er möchte auf die weiterhin bestehende Gefahr für Regimekritiker aufmerksam machen und gleichzeitig Verständnis dafür zeigen, dass kriminelle und terroristische Gefährder abgeschoben werden sollten. Er weiß auch, wie schnell man unter falschen Verdacht gerät.

„Die Geschichte der ehemaligen „Ordensburg" ist sehr interessant." Khaled Husaini hat den schlanken Mann mit den graublauen Augen und den buschigen Augenbrauen nicht kommen gehört. Sein federnder Gang und seine sportliche Haltung fallen ihm jedoch sofort auf. Er ist Araber wie ich, bemerkt er sofort. Einen Augenblick später weiß Khaled, dass es sich um den Konferenzteilnehmer handelt, auf den er angesetzt wurde. Er hatte Bedenken, ihn zu treffen, konnte ihm aber kaum aus dem Weg gehen.

Kurz nach seiner Ankunft war er einem der Organisatoren der Konferenz begegnet, der ihm auf den ersten Blick unsympathisch war. Khaled überlegt, was er tun kann, um seine spontane Antipathie zu überwinden. Das aufgesetzte Lächeln stört ihn. Der Mann erinnert ihn an Onkel Hasan, eine echte Nervensäge. Meistens kam er unangemeldet vorbei, erwartete aber, sofort bedient zu werden. Er erzählte immer die gleichen Geschichten, die man schon tausendmal gehört hatte. Zu allem hatte er eine Meinung und gab ungefragt Ratschläge. Egal, ob es um die Erziehung der Kinder oder politische Themen ging: Onkel Hasan wusste alles besser. Und er ließ es einen auch noch spüren. Aber der Mann hier auf dem Konferenzgelände ist nicht Onkel Hasan. Der ist zwar anstrengend, aber letztlich harmlos. Khaled spürt, dass von seinem Gegenüber Gefahr ausgeht. „Ich soll Ihnen diesen Umschlag geben", hatte er mit tonloser Stimme verkündet. Und doch schwang eine unmissverständliche Drohung mit. Ein Blick in den Umschlag genügt. Schon vor Wochen hatte man Khaled befohlen, Adil Mahmud während der Konferenz über sein Sicherheitssystem auszufragen oder um jeden Preis die nötigen Informationen zu beschaffen. Er wollte nicht. Aber man hatte ihm unmissverständlich bedeutet, dass er es sich nicht leisten könne, die Kooperation zu verweigern. Schließlich wolle er sein Aufenthaltsrecht nicht gefährden ...

Gedanken rasen durch seinen Kopf. Welche Rolle spielt der Mann, der ihm den Umschlag gegeben hat? Offiziell ist er für die Gäste zuständig. Von seinem Auftrag kann er eigentlich nichts wissen. Er kennt den Mann nicht, kann ihn nicht einschätzen. Sein Magen zieht sich zusammen. Er spürt einen Druck in den Ohren und hat keine Lust, sich weiter in diese Sache verstricken zu lassen.

Während er noch überlegt, wie er weiter vorgehen soll, kommt ein großer, schlanker Mann um die 60 auf die beiden zu. Khaled Husaini ahnt sofort, dass Adil Mahmud den Neuankömmling mit den roten Haaren und den grauen Strähnen kennt. Dieser begrüßt ihn mit einem kurzen Lächeln, das auf ein unerwartetes Wiedersehen schließen lässt. Was für ein Wiedersehen? Ein Wiedersehen, bei dem man nach Jahrzehnten eine alte Freundschaft wieder entdeckt, bei dem man in Erinnerungen schwelgt und die Vergangenheit aufleben lässt? Vermutlich nicht.

Khaled ist sich sicher, dass sein Begleiter den anderen zwar erkannt hat, ihn aber mit Vorsicht und einer Mischung aus Unsicherheit und Zurückhaltung betrachtet. „Ich bin Michael Connacht", stellt sich der Ankömmling vor. „Khaled Husaini." Als Adil Mahmud seinen Namen nennt, lächelt Michael leicht amüsiert: Oder bildet sich Khaled das nur ein? „Wir sehen uns nachher beim Essen." Mahmud verschwindet, ohne dass Khaled

Husaini das Gespräch fortsetzen kann. Eigentlich ist er erleichtert. Wenige Minuten später entdeckt er den Gesuchten. Der hat sich auf einer Bank niedergelassen und genießt offensichtlich die Aussicht. Die Gelegenheit ist günstig. Bis zum Abendessen ist noch etwas Zeit.

Adil Mahmud hat gerade eine WhatsApp-Nachricht erhalten: „Du musst unsere Forderungen erfüllen, sonst geht`s deiner Familie an den Kragen. Ich rate dir: Geh nicht zur Polizei! Du weißt, was zu tun ist." Adil Mahmud steckt in der Klemme. Natürlich wird er sich nicht erpressen lassen und schon gar nicht seine Familie in Gefahr bringen. Die geforderten Vermögenswerte sind längst in Sicherheit. Aber gewisse Kreise werden so lange nicht locker lassen, bis er nachgibt und sie aushändigt. Er spürt, dass der Absender der WhatsApp-Nachricht es verdammt ernst meint. Aber er lässt sich nicht erpressen. Schließlich geht es nicht nur um seine Sicherheit. Er hat einen ausgeklügelten Plan. Der wird ihm zumindest etwas Zeit verschaffen.

Seine Gedanken schweifen zurück. Wie so oft denkt er an Kamal Shaker. Einst waren sie Freunde. Doch dann hatte die Geschichte ihres Landes einen unüberbrückbaren Graben zwischen ihnen aufgerissen. Als Kinder waren sie Nachbarn. Sie hatten miteinander gespielt, obwohl er Muslim und Kamal Mandäer war. Diese vor mehr als 1500 Jahren entstandene gnostische Gemeinschaft, die von einem Gegensatz zwischen dem Reich des Lichts und der dunklen materiellen Welt ausging und der Taufe große Bedeutung beimaß, galt im Islam wie Christen und Juden als „Volk des Buches". Und weil Mandäer eine heilige Schrift besaßen, genossen sie in islamischen Ländern eigentlich Minderheitenschutz.

Adil war damals noch ein Kind. Bald darauf gingen seine Eltern als Diplomaten ins Ausland und nahmen ihn mit. Als er in den Irak zurückkehrte, hatte sich die Situation der Mandäer dramatisch verändert. Islamische Extremisten hielten sie nun für

Ungläubige und verfolgten sie brutal. Adil und Kamal wollten an ihre alte Freundschaft anknüpfen. Doch nichts war mehr wie zuvor. Dann brachen dramatische Ereignisse über sie herein. Bis heute aber hielten sie Kontakt. Kamal lebte inzwischen in Schweden. Nun teilt Kamal ihm mit, dass er von undurchsichtigen Personen aufgesucht wurde, die ihn hartnäckig nach seinem Freund ausfragen, vor allem nach dessen Kunstschätzen. Sie müssten handeln, um dieser Bande das Handwerk zu legen, meinte er. Fragt sich, nur wie.

Adil beschließt, vor dem Abendessen noch kurz in das Ferienhaus zu gehen, in dem die Gäste paarweise untergebracht sind.

Als er die Tür öffnet, ist er überrascht und wütend zugleich: „Was um alles in der Welt haben Sie an meinem Laptop zu suchen?" Der Mann, der gerade in seiner Tasche wühlt, wirbelt herum. Seine Augen weiten sich vor Überraschung, als er den anderen erkennt. Er erhebt sich, bleibt regungslos stehen. Warum war er so sicher gewesen, dass dieser Mahmud vor dem Essen nicht mehr in sein Zimmer käme? „Was suchen Sie? Wer hat Sie beauftragt?" Husaini schweigt, unfähig, sich von der Stelle zu rühren. „Wer hat Sie auf mich angesetzt? Raus mit der Sprache!" „Ich wollte nur", stammelt Khaled. „Was wollen Sie mit meinem Rechner?" „Sie müssen mir glauben, ich will das eigentlich nicht. Man hat mich dazu gezwungen. Sonst ..." Khaled verstummt. Er weiß nicht, wie er seine prekäre Situation erklären soll. „Ich vermute, es geht um meine Kunstsammlung. Wissen Sie, was die von mir wollen?" Adil Mahmuds Stimme klingt inzwischen kühl und sachlich. Seine anfängliche Wut scheint verflogen. Doch Khaled ist die Situation äußerst unangenehm.

„Ich muss Ihnen etwas erklären", hebt Adil Mahmud an. „Der illegale Handel mit Kulturgütern hat nach Angaben der UNESCO einen Wert von zehn Milliarden Dollar pro Jahr. Ein Teil dieser Gewinne fließt in die Finanzierung von Kriegen und des weltweiten Terrorismus." „Davon habe ich gehört."

„Auch ich besitze einige Stücke, die viel wert sind. Wie die in meinen Besitz kamen, muss niemand wissen, auch Sie nicht." Mahmud macht eine Pause. „Aber ich möchte unbedingt verhindern, dass die Gegenstände in falsche Hände geraten. Die Kriminellen, die Sie kontaktiert haben, wollen mit dem Erlös ihre Verbrechen finanzieren. Viele Terroristen nutzen antike Kunstschätze, um sich durch deren Verkauf zu finanzieren, auch der von uns beiden verhasste IS. Was genau haben die von Ihnen verlangt?" „Ich soll ihren Laptop stehlen. Vielleicht vermuten sie, dass Sie ihre Sicherheitsdaten gespeichert haben. Sie wollen erreichen, dass Sie die Sachen rausrücken oder verraten, wo und wie sie gesichert sind. Freiwillig mache ich das nicht. Die sagen, sie finden Wege, mich und meine Familie abzuschieben. Sie wollen beweisen, dass ich ein Gefährder bin und so weiter." Khaled Husainis Stimme wird leiser. „So etwas Ähnliches habe ich mir schon gedacht. Aber ich habe einen Plan, wie wir beide heil aus der Sache herauskommen."

Aufgewachsen ist er in einem kleinen Dorf in der Nähe von Simmerath als Sohn einer alteingesessenen Bauernfamilie. Jeden Morgen steht der Vater vor Sonnenaufgang auf, um die Tiere zu füttern und die anfallenden Arbeiten zu erledigen. Die Mutter, eine ruhige Frau mit einem sanften Lächeln, kümmert sich um den Haushalt, die Kinder und den Gemüsegarten.

Er ist schon immer wissbegierig gewesen. Seine Nachmittage verbringt er damit, alle Bücher zu lesen, die er in die Finger bekommt. Trotzdem bleibt ihm genug Zeit, durch die Natur zu streifen. Seine Eltern erkannten schon früh seinen Wissensdurst und seine Liebe zum Lernen. Trotz ihrer Arbeit auf dem Hof sorgen sie für eine gute Ausbildung.

Als er zum Gymnasium zugelassen wird und kurze Zeit später das Stipendium in Aussicht gestellt wird, ist die ganze Familie stolz. Er erinnert sich noch genau an den Tag, als der Brief mit der Zusage kam. Die Mutter hat seinen Lieblingskuchen gebacken und der Vater nimmt sich früher frei, um diesen besonderen Moment mit der Familie zu feiern.

Gemeinsam sitzen sie um den Küchentisch. Er weiß, dass dies der Beginn eines neuen Kapitels in seinem Leben ist. Und er ist fest entschlossen, seine Familie stolz zu machen. Schnell spricht sich sein Erfolg im Dorf herum.

Nachbar Anton Schmidt, selbst Lehrer, kommt, um zu gratulieren. Er hat immer an die Fähigkeiten des Jungen geglaubt und ist überzeugt, dass er Großes erreichen kann.

Frau Weber, die in einem schmucken Haus am Ende der Straße wohnt, bringt als Geschenk einen Korb mit frisch gepflückten Kirschen. Bildung, sagt sie, sei das wertvollste Geschenk, das man einem Kind machen könne.

Der Pfarrer betont, wie wichtig es ist, junge Talente zu fördern. Durch seine Hilfe hatte er das Stipendium für das renommierte Internat erhalten.

Zuerst hat er Angst, will lieber von zu Hause aus ein Gymnasium besuchen. Doch das Internat lockt mit einem besonderen Angebot: kleine Klassen mit durchschnittlich 17 Schülern, intensive Betreuung während des Unterrichts und bei den Hausaufgaben, Zusatzkurse und Förderprogramme. Und ein Stipendium würde er bekommen können. Das alles klingt fast zu schön, um wahr zu sein. Das finden zumindest seine Eltern.

KAPITEL 14

Als die Autotür zufällt, spürt er die kalte Nachtluft. Der in Dunkelheit gehüllte Parkplatz wirkt ruhig und unheimlich zugleich. Die einzige Lichtquelle sind die Fenster eines etwa 100 Meter entfernten Hauses. Irgendwie kommt ihm die Umgebung bekannt vor. Aber genau erinnern kann er sich nicht. „Das ist doch nicht der Parkplatz von Vogelsang?", denkt er beklommen. Nachdem er den alten Freund in der Fußgängerzone wiedererkannt hatte, schickte dieser ihm eine Nachricht. Er wollte mit ihm reden und anschließend zur Tagung zurückbringen, schrieb er. Keine Ahnung, woher er seine Nummer hatte. „Ich habe von dir in der Zeitung gelesen! Du bist berühmt geworden und hast Großes geleistet." Seine Stimme klingt bewundernd. Mit Erleichterung stellt Sherab fest, dass der andere anscheinend keinen Groll mehr hegt, dass die alte Sache vergessen zu sein scheint, dass der andere die Tür zu Vergebung und Versöhnung öffnen will.

Doch jetzt, in der bedrohlichen Finsternis, ist er sich nicht mehr so sicher. Als sie nach rechts abbiegen, hört er Wasser plätschern. Dann geht es langsam bergauf. Die Bäume des Waldes ragen wie schweigende Wächter in den Nachthimmel, ihre Umrisse sind nur schemenhaft zu erkennen.

Nur das gelegentliche Knacken der Zweige und das Rauschen der Blätter im Wind unterbrechen die Stille. Die Geräusche mahnen eher zur Vorsicht, als dass sie zum Verweilen einladen. „Wohin gehen wir?", stammelt er furchtsam. Sein Begleiter schweigt. Inzwischen versteht er nicht mehr, wie er so leichtsinnig sein kann. Warum hat er sich überreden lassen mitzukommen. Er ist überrascht worden und fühlt sich überrumpelt. Dabei hätte er doch wachsam sein müssen.

Unwillkürlich kommen ihm alte Geschichten und Sagen in den Sinn. Bruchstücke von Zeilen eines Gedichtes von Joseph von Eichendorff fallen ihm ein. Vor langer Zeit hat er es in der Schule gelernt:

Es ist schon spät,

es wird schon kalt,

was reitst du einsam durch den Wald?

Der Wald ist lang, du bist allein,

Du schöne Braut! Ich führ dich heim!

Groß ist der Männer Trug und List,

Vor Schmerz mein Herz gebrochen ist!

Wohl irrt das Waldhorn her und hin,

o flieh, du weißt nicht, wer ich bin.

Es ist schon spät, es wird schon kalt,

kommst nimmermehr aus diesem Wald!

Hin und wieder vernimmt Sherab ein leises Rascheln und Knacken. Er wirft einen verstohlenen Blick zurück auf den nächtlichen Waldweg. Still und verloren liegt er da. Er ahnt die lauernde Gefahr. „Ich will nicht weiter! Mir ist kalt. Ich habe Angst." Sein Begleiter hält ihn kurz fest, damit er nicht über eine Wurzel stolpert, zieht ihn dann stetig vorwärts. Plötzlich wird Sherab klar, wo sie sind: Jetzt erkennt er den Matronentempel, den er einmal vor langer Zeit in einem anderen Leben besucht hat. Unvermittelt taucht er in eine Welt vor fast 2000 Jahren ein.

„Warum sind wir hier", flüstert er. Er spürt bereits das Unheil. Als er das letzte Mal vor vielen Jahren an diesem Ort war, hatte ihn sein Begleiter inständig um etwas gebeten. Doch er hatte sich geweigert. Anfangs plagte ihn immer wieder sein schlechtes

Gewissen. Aber inzwischen hat er die Sache verdrängt. Es ist zu lange her, nicht mehr wichtig, oder? Was geschehen ist, kann man nicht ungeschehen machen. Lange hat er sich dies eingeredet. In den ersten Jahren lässt ihn die Erinnerung an seine Feigheit nachts oft nicht schlafen. Er empfindet Reue und Scham. Dann hat er schließlich die Last der Schuld verdrängt und gelernt, mit seiner Schuld zu leben, sie als Jugendsünde abzutun

Er späht in die Dunkelheit. Wie soll er den Weg zurückfinden? Er sieht fast nichts außer pechschwarzer Finsternis. Und sein Begleiter hat immer noch nicht mit ihm gesprochen. Endlich bricht er das Schweigen: „Erinnerst du dich an diesen Ort und an unser Gespräch von damals?" Sherab nickt. „Ich höre nichts!" „Ich, äh… glaube schon." Seine Stimme ist nur noch ein Ächzen.

„Ich habe dich inständig angefleht, deine Schuld einzugestehen und mich zu entlasten. Meine ganze Zukunft hing davon ab." Sherab schweigt. „Aber du hast alles abgestritten und jegliche Verantwortung abgelehnt." „Das waren Jugendsünden, alles längst vergessen!" Sherab weiß es inzwischen besser. Nur zu gern würde er es ungeschehen machen, was er seinem Freund damals eingebrockt hatte. „Die Folgen deiner Tat haben mein Leben zerstört. Apropos Tat: Du hast damals verdammt schlechtes Karma gesammelt. Als Buddhist solltest du dir darüber im Klaren sein. Hast du keine Angst vor deiner nächsten Wiedergeburt?" Er lacht höhnisch. „Ich habe mich ein bisschen schlau gemacht. Mit dem, was du auf dem Kerbholz hast, wirst du kaum als Mensch wiedergeboren. Höchstens als hungriger Geist. Du kennst diese gierigen, gefräßigen Wesen. Ihre übergroßen Bäuche sind dick und aufgebläht. Ihre engen Mäuler und dünnen Hälse machen es ihnen unmöglich, diese riesigen Bäuche zu füllen. Nie können sie satt werden. Oder du wirst als Tier wiedergeboren, als eklige Kakerlake oder anderes Ungeziefer, das man mit dem Fuß zertreten kann."

„Ich habe mich verändert und viel Gutes und Nützliches getan", stammelt Sherab. Ich war maßgeblich an der Gestaltung des Treffens zwischen Barack Obama und dem Dalai Lama im Juli 2011 beteiligt. Meine Rolle bei den Gesprächen ist international anerkannt, mein Einsatz wird von den Medien gelobt." „Ich habe dich genau beobachtet. Ja sicher. Du hast Gutes für dein Land getan." Eine Leichte Ironie schwingt aber in seiner Stimme mit.

„Doch du hast dich nie ganz von der Drogenwelt entfernt. Erst neulich wolltest du einem Verbrecher, der viele Menschenleben auf dem Gewissen hat, eine neue Zukunft ermöglichen! Hast du mir nicht vor vielen Jahren erklärt, dass ein Buddhist auf Rauschmittel verzichten soll? Du hast gegen deine eigenen Ideale verstoßen." „Das kann ich dir erklären, mein Cousin..." „Deshalb wird niemand glauben, dass du nichts mehr mit Drogen zu tun hast", fällt ihm sein Begleiter brutal ins Wort. „Und ich werde den letzten Beweis liefern." „Ich habe vor Jahrzehnten einen erfolgreichen Entzug gemacht..."

In diesem Moment begreift Sherab, dass er verloren ist. Er spürt unermessliche Angst. „Was kann ich tun, damit du mich verschonst?", stammelt er. Stille! Sein Herz rast. Seine Gedanken kreisen um das Unausweichliche. Vergeblich versucht er, seinen Atem zu kontrollieren, bemüht sich, ein paar schöne Momente seines Lebens heraufzubeschwören. Zu spät beginnt er, sich zu wehren. Er ist sich nur allzu bewusst, dass er kaum eine Chance hat. Vergeblich durchforschen seine Augen die undurchdringliche Dunkelheit.

Trotzdem rennt er los, stolpert aber bereits nach ein paar Schritten. Geschickt ergreift der andere seinen Knöchel, hebt ihn kaltblütig an, wodurch er noch weiter aus dem Gleichgewicht gerät. Sherab taumelt, als er rücksichtslos zu Boden geworfen wird. Dann spürt er, wie sein Begleiter mit all seiner Kraft ausholt und die Taschenlampe auf seinen Kopf schlägt. Er spürt einen dumpfen Schmerz und verliert das Bewusstsein.

Spürte er jetzt Erleichterung oder gar Freude? In den letzten Wochen hatte er sich gefragt, wie sie wohl reagierten. Würden sie so tun, als wäre nichts Wichtiges passiert? Würden sie ihn einfach so begrüßen, Reue zeigen oder gar um Verzeihung für das Unverzeihliche bitten?

So lange hatte er gewartet. Aber der Zorn und die Bitterkeit waren immer noch da. Im Gegenteil! Sie waren stärker geworden. Er hatte gehofft, dass sie wenigstens Angst empfinden würden, richtig große Angst, in dem Moment, in dem sie merken, dass es kein Entrinnen gibt.

Sherab hatte ihn auf der Straße erkannt. Zuerst war er unsicher, vielleicht wollte er sich entschuldigen. Aber er ließ die Gelegenheit verstreichen. Später, im Wald beim Matronentempel, hatte ihn die Panik überwältigt. Er hatte gespürt, dass er sterben würde. Sherab hatte vor Schreck geweitete Pupillen und keuchte, aber nur stoßweise. Seine Hände zitterten. Er flehte um Gnade. Vergeblich. Er hatte es bis zum Ende ausgekostet. Und was ging jetzt in ihm vor? Stolz, Genugtuung, Erleichterung? Er war sich nicht sicher.

KAPITEL 15

Bereits am Vormittag hatten sich die Ermittler zu einer Dienstbesprechung getroffen, um sich über die bisherigen Ergebnisse auszutauschen. Am Nachmittag treffen sie sich erneut. In der Zwischenzeit überträgt jeder Ermittler seine Erkenntnisse in seinen eigenen Rechner. Die Kollegen sind untereinander vernetzt, so dass jeder jederzeit den aktuellen Stand des Falles abrufen kann. „Wir wissen noch viel zu wenig über den Toten", merkt Sarah Berger-Roth skeptisch an. „Was seine politische Karriere angeht, ist der *Eifeler Beobachter* sehr hilfreich. Weitere Recherchen im Netz decken sich im Wesentlichen mit Reisers Ausführungen."

„Also", Johannes Nöthen holt tief Luft. „Ich habe ein wenig recherchiert. Sherab Tsering, so heißt der Tote, war tibetischer Buddhist. Aber die meiste Zeit lebte er nicht in Tibet, sondern im indischen Dharamsala. Dort hat die tibetische Exilregierung ihren Sitz. Vor einiger Zeit ist Tsering nach London gezogen." „Interessant, und?" „Der Verstorbene hat den Dalai Lama jahrelang zu Gesprächen nach China begleitet. Immer wieder hat er sich für dessen Rückkehr nach Tibet eingesetzt und die dortigen Menschenrechtsverletzungen der Chinesen angeprangert." „Mit seinem Tod hat das wohl nichts zu tun. Der Dalai Lama und die Eifel – irgendwie passt das nicht zusammen."

„Diesmal hast du keine Ahnung." Johannes Nöthen setzt gekonnt sein überlegenes Lächeln auf. „Ob du es glaubst oder nicht, der Dalai Lama war vor gut 40 Jahren hier in der Eifel. Als er das buddhistische Zentrum in Wachendorf besuchte, war hier jede Menge Trubel. Meine Tante Gertrud ist noch heute begeistert von dem stets lächelnden buddhistischen Oberhaupt und seinem

Werben für Gewaltlosigkeit, Frieden und Toleranz". „Wow! Ist das Zentrum noch da?" „Nein, die sind weggezogen, glaube ich."

„Kommen wir zu dem Toten. Anscheinend ist er an einer Überdosis gestorben. Aber seine Familie in London beteuert felsenfest, dass er in seinem Leben nie Drogen konsumiert hat. Es gestaltet sich auch schwierig, Verwandte noch Freunde zu befragen.." „Geht das nicht per Mail?" „Doch. Mit seiner Frau haben wir mehrere Mails ausgetauscht. Sie und ihre Tochter stehen immer noch unter Schock. „Die Armen! Das muss schlimm sein. Bei Todesfällen tun mir die Kinder besonders leid."

„Mir auch. Ich habe mit Frau Tsering ein Videotelefonat geführt. Trotz ihres Kummers hat sie versucht, uns zu helfen, so gut sie konnte." „Was hast du herausgefunden?" „Sie betont immer wieder, dass ihr Mann keine Drogen nimmt. Da ist sie sich sicher." „Kann man ihr glauben?" „Ich weiß nicht. Auf mich wirkt sie jedenfalls aufrichtig. Außerdem hat die Gerichtsmedizin außer der tödlichen Überdosis keine Hinweise auf einen längeren Drogenkonsum gefunden. In einem solchen Fall sind meistens Herz oder Lunge geschädigt." „Interessant!"

„Und noch etwas. Frau Tsering hat erwähnt, dass ihr Mann Linkshänder war." „Ja, und?" „Die Spritze mit der tödlichen Dosis wurde in die linke Armbeuge injiziert. Ich habe noch einmal im gerichtsmedizinischen Bericht nachgeschaut. Ein Linkshänder hätte sich in die rechte Armbeuge gestochen." „Genau. Das ist zwar kein schlüssiger Beweis, aber ein starkes Indiz dafür, dass er sich die Dosis nicht selbst verabreicht hat."

„Stimmt", überlegte Sarah, „ein Linkshänder macht wichtige Dinge automatisch mit links. Ich bin selbst Linkshänderin. Als ich mir nach meinem Fußbruch Thrombosespritzen setzen musste, wäre ich nie auf die Idee gekommen, die rechte Hand zu benutzen." „Also doch Mord?" „Das müssen wir beweisen." „Hat sich Frau Tsering auch zu dem Armreif und der Holzkette geäußert?" „Beides besaß ihr Mann schon, als sie sich kennenlernten, wahrscheinlich Erinnerungsstücke aus seiner Jugend. Sie meint, dass der Armreif ein Geschenk von Sherabs Eltern sei."

„Haben sie eine besondere Bedeutung?" „Auf dem Armreif stehen die Schriftzeichen *Om Mani Padme hum. Mani* steht für Mitgefühl, *Padme* für Weisheit. *Hum* steht für die Unteilbarkeit und Weisheit, mit der die Energie des Universums durch den Menschen transformiert wird. Klingt kompliziert." „Der Tote war also ein frommer Mann!" „Zumindest war er seiner buddhistischen Tradition verpflichtet. Doch solche Armbänder tragen auch Nicht-Buddhisten. Die Gebetskette war wohl ein Geschenk, das Sherab Tsering sehr am Herzen lag. Die 108 Perlen stehen nämlich für die 108 Bände der gesammelten Lehren Buddhas. Sie sollen helfen, sich zu konzentrieren und geistige Ruhe zu finden." „Helfen uns diese Schmuckstücke bei unseren Untersuchungen?" „Schwer zu sagen."

„Und die anderen Konferenzteilnehmer? Kennen die ihn näher?" „Die, mit denen wir gesprochen haben, kennen ihn nur flüchtig. Sie halten es für unwahrscheinlich, dass Sherab Tsering Drogen genommen hat. Aber das muss ja alles nicht stimmen." „Genau. Und kennen sie ihn so gut, dass sie es wissen können?"

Wie immer, wenn er angespannt ist, wendet sich Johannes seiner Tessa zu. Aufgeregt wedelt die Labradorhündin mit ihrer Rute, während ihr Herrchen eine Tüte mit ihren Lieblingsleckerlis öffnet. Diesmal setzt sie sich nach einem sanften „Sitz"-Kommando geduldig hin. Ihre dunklen Augen funkeln erwartungsvoll. Johannes wirft ihr ein Leckerli zu, das Tessa geschickt aus der Luft fängt.

„Und wie ist Sherab Tsering zum Tempel gekommen? War er allein oder in Begleitung? Die Konferenzteilnehmer können doch nicht einfach so mir nichts, dir nichts, das Gelände verlassen und überall herumspazieren ..." „Genau. Es stellen sich die üblichen Fragen: Wer hat was, wann, wie genau, warum und womit gemacht? Einige Fragen können wir schon beantworten. Wir haben den Fundort, der wahrscheinlich auch der Tatort ist, den ungefähren Todeszeitpunkt und die Überdosis, die in unserem Fall die Tatwaffe darstellt."

„Warum war das Opfer am Matronentempel?", wendet sich Sarah an ihren Kollegen. „Hat ihn jemand zu diesem Ausflug überredet? Die Fußspuren deuten eindeutig auf zwei Personen hin." „Richtig. Aber leider wissen wir noch nichts über den Täter. Warum wollte er Tsering beiseite schaffen? Außerdem muss er von seinen körperlichen Fähigkeiten her in der Lage gewesen sein, die Tat zu begehen."

„Das schließt einen älteren Täter oder eine ältere Täterin mit Geh- und Gleichgewichtsproblemen aus. Immerhin muss der Weg vom Parkplatz zum Matronentempel bewältigt werden." „Ist aber leicht zu schaffen, wenn man nicht stark behindert ist." „Stimmt. Sherab Tsering war ein durchschnittlich kräftiger Mann, nicht besonders durchtrainiert, aber auch nicht schmächtig."

„Dass eine Frau ihn überwältigt und ihm die Überdosis gewaltsam verabreicht hat, ist unwahrscheinlich", vermutete Sarah. „Das stimmt einerseits." Johannes kratzt sich am Kopf. „Aber eine Frau, die er kennt und der er vertraut, könnte ihn zu einem romantischen Abendspaziergang überredet und dann plötzlich überrumpelt haben." „Das ist in der Tat nicht auszuschließen. Wir stehen also noch ziemlich auf dem Schlauch." „Wir haben alle Reifenspuren auf dem Parkplatz gesichert. Da haben aber mehrere Autos geparkt."

Johannes` Smartphone vibriert. Er verlässt für einen Moment den Raum. Kurze Zeit später kommt er zurück, wirkt aber etwas verärgert. „Meine Ex. Die ruft auch immer im unpassendsten Moment an. Sie hat einen dringenden Termin. Ich muss heute meine Tochter vom Voltigieren abholen, also früher weg. Wo waren wir stehen geblieben?"

„Wieso das Opfer da überhaupt war? Der Todeszeitpunkt ist kurz vor Mitternacht. Wieso läuft um diese Zeit ein Ortsfremder durch den stockdunklen Wald? Wer könnte ihn zu so einer hirnrissigen Nachtwanderung überredet haben?"

„Auf alle Fälle jemand, den er kannte, oder?" „Wir müssen uns noch einmal mit seinem familiären Umfeld beschäftigen. Vor allem aber sollten wir unbedingt mit den anderen Konferenzteilnehmern sprechen. Außerdem müssen wir seine letzten Schritte genau verfolgen. Wen könnte er hier in der Eifel getroffen haben?"

KAPITEL 16

Zuletzt brachte ihm die Göttin kein Glück mehr. Rajan Srikumari hat in den vergangenen Monaten viel Geld verloren. Seine Frau darf nicht wissen, dass er wieder spielt. Zu lange hat sie gegen seine Spielsucht gekämpft, ihn sogar zu einer Therapie überredet. Wiederholt hat er damals tagelang in Casinos vor den bunten Kästen gehockt, die unendlich viel Geld schlucken, aber kaum etwas ausspucken. Dann versprach er hoch und heilig, nie wieder ins Casino zu gehen oder mit Freunden zu zocken.

„Diwali war eine Ausnahme!", versichert er Nandita. „Da haben doch alle gespielt! Jeder weiß: Die Göttin Lakshmi verheißt auch Glückspielern Erfolg. Lakshmi-Puja, der dritte Tag des hinduistischen Diwali-Festes, gilt als besonders günstig für Glücksspiele, da die Göttin das Glück selbst verkörpert. Auch Nandita Srikumari nimmt dann gern an einer Verlosung oder Tombola teil. Vorher schmückt sie das ganze Haus festlich; denn die Göttin beehrt nur Häuser, die voller Licht sind.

Rajan liebt Diwali nicht nur wegen der Möglichkeit zu ausgelassenem Glücksspiel. Seit seiner Kindheit verbindet er dieses Fest mit einer Vielzahl von farbenfrohen und würzigen Gerichten: Minze, Koriander, Kreuzkümmel, Senfkörner spielen hierbei eine geschmackliche Hauptrolle. Linsendahl, duftender Basmati-Reis, pikantes Chutney und Raita-Dip, die von ihm so geliebte erfrischende Sauce aus Joghurt, Gemüse und Gewürzen, erscheinen vor seinem geistigen Auge auf dem Thali, dem traditionellen Metalltablett. Besonders gut bereitet Nandita Raita mit Gurken und Tomaten zu. Dazu trinkt er jetzt am liebsten Chai Masala, einen aromatischen, würzigen schwarzen Tee mit Kardamom, Zimt, Nelken und Ingwer. Warum überfällt ihn immer ein Bärenhunger, wenn er an Divali denkt?

An Diwali ging Rajan immer ins Casino oder spielte Poker mit Freunden. Doch in der Therapie riet man ihm davon ab. Wie leicht wird man rückfällig! Diwali ist schon ein halbes Jahr vorbei. Trotzdem leiht sich Rajan in den letzten Monaten immer wieder Geld, um spielen zu können. Dass er wieder verlieren könnte, kommt ihm gar nicht in den Sinn. Jetzt würde er nicht nur Ärger mit seiner Familie bekommen, sondern auch mit denen, die ihm das Geld geliehen haben.

Er weiß nicht, wer genau die Geldverleiher sind. Auf alle Fälle handelt es sich um unsympathische, brutale Menschen. Die werden äußerst unangenehm, wenn jemand seine Schulden nicht zurückzahlt. Diese Typen vergeben Kredite zu extrem hohen Zinsen, weit über dem marktüblichen Niveau. Sie nutzen Rajans Notlage schamlos aus, weil sie ahnen, dass er keinen Zugang mehr zu herkömmlichen Bankkrediten hat.

Dass er den Betrag vermutlich nicht zurückzahlen kann, ist ihnen egal. Er muss sich nach anderen Einnahmequellen umsehen. Seiner Frau sollte er besser nichts erzählen. Die würde nur alles brühwarm ihrem Bruder berichten, und dann wüsste die ganze Familie Bescheid. Hätte er doch bloß vorher aufgehört!

Schon jetzt belästigen sie ihn mit ständigen Anrufen und Mails. Sie schüchtern ihn damit nicht nur ein, sondern bedrohen ihn auch. Für die Sicherheit seiner Familie können sie, wie sie unverblümt und süffisant anmerken, leider nicht garantieren…

Rajan hat Angst. Die Einladung, die Nandita und er vor einigen Wochen erhielt, erweist sich geradezu als Segen. Sie können für einige Zeit von der Bildfläche verschwinden. Hoffentlich würden die Blutsauger ihn dort nicht finden.

Rajan konnte noch nie gut mit Geld umgehen. Er neigt zu unüberlegten Ausgaben. Nie ist es ihm gelungen, Rücklagen für Notfälle auf die Seite zu legen. Im Gegenteil. Er hat in seiner Firma sogar Geld unterschlagen. Wenn das herauskommt! Oft verflucht er seine Impulsivität. Immer wieder fällt er auf Werbungen und Trends herein, gibt Geld für Dinge aus, die er eigentlich nicht braucht.

Als Nandita die Einladung erhält, macht er sich sofort auf die Suche nach Spielmöglichkeiten in der näheren Umgebung. Die Spielbank in Bad Neuenahr ermöglicht eine Mischung aus traditionellem und modernem Glücksspiel, noch dazu in einem elegantem Ambiente. Das Casino bietet den Bereich „Classic Casino", in dem Roulette, Black Jack und Poker gespielt werden können, sowie Jackpot Corner für das moderne Automatenspiel.

Wegen des Hochwassers im Juli 2021 war sie vorübergehend vom Kurhaus in den Bahnhof umgezogen. Jetzt läuft der Betrieb wieder normal.

Dass man das Casino stilvoll und angemessen in gepflegter Kleidung – am besten mit Jackett, Hemd und Krawatte – betritt, ist für Rajan kein Problem. Aber wie soll er dorthin kommen, ohne dass seine Frau es bemerkt? Mit dem Zug oder Bus wäre das zu umständlich. Er muss ein Auto mieten.

Es ist kalt und regnerisch. Deshalb sind nicht viele Menschen unterwegs. Eigentlich wollte er früher aufbrechen und vor Einbruch der Dunkelheit zurück sein. Aber das hat er leider nicht geschafft. Den Mietwagen stellt er absichtlich nicht in der Nähe des Casinos ab, sondern auf einem weiter entfernten Parkplatz. Da er noch etwas Zeit hat, überlegt er, ob er nicht in eines der indischen Restaurants bei Bad Neuenahr einkehren soll.

Er macht sich nichts vor. So wie in seiner Heimat würde das Essen für Touristen sicher nicht schmecken. Aber es ist irgendwie verrückt. Jedes Mal, wenn er spielt, denkt er an Diwali. Und das ist mit opulentem Essen verbunden. Er verspürt Heißhunger auf Samosas, leckere Teigtaschen, die seine Mutter auf unnachahmliche Weise mit Köstlichkeiten aus verschiedenen Gemüsecurrys, manchmal auch mit Fleisch oder Fisch, gefüllt hat. Sicherlich standen auch Pakoras auf dem Speiseplan. Nandita bereitete oft eine ganze Platte dieser Köstlichkeiten zu: umhüllte Gemüse und Fleisch mit diesem unnachahmlichen Teigmantel. Niemals würden sie so gut schmecken wie bei seiner Frau. Aber er hat Hunger...

Die WhatsApp-Nachricht erreicht ihn völlig unerwartet. „Wir sind dir gefolgt und wissen, wo du bist und was du vorhast. Wenn du diesmal etwas gewinnst, sind wir rechtzeitig da und kassieren. Wenn nicht, wird es unschön." Ihm ist mulmig zumute, als er das Casino betritt. Nach zwei Stunden ist ihm klar, dass sich der Aufwand nicht gelohnt hat. Wieder einmal hatte er kein Glück. Nur kleine Beträge, bei weitem nicht genug, um seine Schulden zu begleichen.

Er verlässt das Casino und macht sich auf den Heimweg. Als er verstohlen zurückschaut, erblickt er am Ende der Straße eine Gestalt. Er hat nicht damit gerechnet, dass die Geldeintreiber schon hier auf ihn warten. Er verschärft sein Tempo. Vielleicht schafft er es noch, vor dem Verfolger zum Auto zu kommen. Der schwache Schein einer einzelnen Straßenlaterne erhellt notdürftig die dunkle Nebenstraße. Die Luft ist kalt und feucht, jedes Geräusch erscheint lauter als es ist. Jetzt hört Rajan Schritte hinter sich.

Er verschärft sein Tempo, aber auch die fremden Schritte werden eiliger. Sein Herz beginnt zu rasen. Angst steigt in ihm auf. Plötzlich ist der Verfolger direkt hinter ihm. „Ich habe kaum etwas gewonnen", stammelt er. Der andere schweigt. Rajan zuckt zusammen. Das darf doch nicht wahr sein! Nach so vielen Jahren könnte ihm sein Gedächtnis einen Streich spielen! Aber wenn er es doch ist...

„Kennen wir uns?" stottert er. „Du kanntest mich einmal, sogar sehr gut." Obwohl seit der letzten Begegnung fast 40 Jahre vergangen sind, überkommen ihn zwiespältige Gefühle. Eine Flut alter Konflikte, Missverständnisse und Streitigkeiten bricht über ihn herein. Inzwischen ahnt er, wer ihn verfolgt. Seine Phantasie arbeitet auf Hochtouren.

Der vermeintliche Fremde erinnert ihn an jemanden, den er am liebsten vergessen würde. Die Angst vor dem Unbekannten, doch irgendwie Vertrauten, vor dem, was auf ihn zukommen könnte, lähmt ihn. Doch als er ihm ins Gesicht blickt, wirkt der Verfolger überraschend freundlich. Rajan ist erleichtert, doch die Angst bleibt. „Das hätte ich jetzt nicht gedacht. Bist du es wirklich?" „Ja, du hast dich nicht geirrt. Nimmst du mich in deinem Auto mit nach Gemünd?"

KAPITEL 17

Johannes und Sarah befinden sich direkt im Forum Vogelsang IP, in unmittelbarer Nähe zu den im Besucherzentrum gelegenen Dauerausstellungen „Bestimmung Herrenmensch" und „Wildnis(t)räume". Der Raum, in dem sich die Tagungsteilnehmer versammelt haben, bietet einen gigantischen Panoramablick auf den Urftsee. Der lichtdurchflutete Saal beeindruckt die beiden sehr.

Sarah überlegt, in welcher Sprache die Befragung stattfinden soll. Ob ihr Englisch ausreicht? Queen's English spricht sie ja nicht gerade, eher Schulenglisch mit einigen Lücken... Johannes Nöthen mustert die Anwesenden und meint, unterschiedliche Stimmungen wahrzunehmen.

„Wenn man die Zeitungsberichte liest, sind das alles beeindruckende Persönlichkeiten", staunt er anerkennend. „Aber bei einem so plötzlichen Todesfall reagieren sie vermutlich ähnlich wie die meisten Menschen. Irgendwo müssen auch sie Schwächen haben. Auch die besten unter uns sind nicht perfekt."

„Sie wissen, warum wir hier sind. Ein Kollege von Ihnen ist ums Leben gekommen. Wir bitten Sie, sich nacheinander in einen Nebenraum zu begeben. Dort werden wir sie befragen."

Der Raum, in dem Adil Mahmud Platz nimmt, ist deutlich kleiner, aber ebenso mit moderner Kommunikations- und Medientechnik ausgestattet. Zwei große Fenster sorgen auch hier für viel Tageslicht.

Der große, hagere Mann betritt den Raum und setzt sich auf einen der Stühle. Seine Bewegungen wirken kontrolliert, nichts geschieht hektisch. „Would you like to have the interview in English?" Sarah kramt ihr bestes Schulenglisch zusammen. „Thanks, but I speak passable German." Die Stimme klingt angenehm, fast akzentfrei. „How good did you know Sherab Tsering?"

Adil Mahmud überlegt. „Sein Name ist mir geläufig. Ich habe auch einiges über ihn gelesen, vor allem über seine Zeit an der Seite des Dalai Lama." „Kannten Sie ihn persönlich?" „Am Tag meiner Ankunft habe ich ihn kurz gesehen, danach nicht mehr." „Sie sind sich vorher nie begegnet?"

Sarahs Gegenüber wirkt gelassen, strahlt Ruhe und Entspanntheit aus. Der Blick ist konzentriert und aufmerksam, aber nicht starr oder ängstlich wie bei manchen Leuten, die sich in der Gegenwart der Polizei unwohl fühlen.

„Sind Sie Sherab Tsering vor der Konferenz persönlich schon einmal begegnet?" Adil Mahmud lehnt sich schweigend zurück, atmet tief durch, dann schüttelt er leicht den Kopf. „Haben Sie etwas bemerkt?" „Als ich ihn gesehen habe, unterhielt er sich gerade mit Rajan Srikumari und David Cohn." „Wissen sie zufällig worüber?" „Sorry, ich stand zu weit weg."

„Danke. Bitte Frau Cohn zu uns!" Auch Rebekka Cohn wirkt gelassen, als Sarah und Johannes mit ihr das Gespräch aufnehmen.

Sarah hat viel über die engagierte Aktivistin gelesen. Das Projekt einer Konföderation – „Zwei Staaten, eine Heimat" – statt einer Ein- oder Zwei-Staaten-Lösung hat sie beeindruckt, auch wenn dieser Ansatz nach den Angriffen der Hamas kaum noch Befürworter findet. „Kannten Sie Sherab Tsering gut?" „Nein, überhaupt nicht. Aber ich war echt geschockt, als ich hörte, dass er gestorben ist. Wissen Sie, wer ihm etwas angetan hat? Oder war es ein Unfall?"

Rebekkas Stimme ist weich und gleichmäßig. Sie spricht ruhig, mit Pausen, um die richtigen Worte zu finden. Obwohl sie den Toten nicht kennt, wirkt sie betroffen und schockiert. Ihre dunklen Augen sind voller Empathie.

„Die arme Familie." Sie ringt um Fassung, ihr Mitgefühl ist deutlich spürbar. „Wissen Sie etwas über den Toten, das uns eventuell weiterhelfen könnte?" „Ich fürchte, nein."

„Dann ist ihnen nicht bekannt, ob er Drogen genommen hat?" „Das kann ich mir kaum vorstellen." Rebekka Cohn klingt geschockt. „Dann sagen Sie bitte Ihrem Mann Bescheid, dass er zu uns kommen möchte, Frau Cohn."

David wirkt deutlich angespannter als seine Frau. „Ihr Name ist David Cohn?" „Ja". „Wie gut kannten Sie den Toten?" David versucht, selbstbewusst zu wirken, indem er eine aufrechte Haltung einnimmt und festen Blickkontakt mit Johannes und Sarah sucht. Seine Hände zittern jedoch leicht. „Nur flüchtig."

„Sie haben am Ankunftstag mit Sherab Tsering gesprochen?" „Ja, das stimmt. Wir haben uns allgemein unterhalten. Nichts Wichtiges. Small Talk, worüber man sich eben so unterhält."

David spricht schneller und lauter als nötig, auch wirkt sein kurzes Lachen unecht. Johannes hat von Anfang an das Gefühl, dass der Mann etwas verbirgt. Das gezwungene Lächeln, das David ausstrahlt, reicht nicht bis in seine Augen. Immer wieder wandern seine Blicke zur Tür, als suchten sie ein Schlupfloch. „Sie wissen also auch nicht, ob Herr Tsering Drogen genommen hat?", fragt er unvermittelt.

„Mein Gott, nein! Ganz bestimmt nicht. Wie kommen Sie denn darauf?" Er sieht aus wie ein Schauspieler, der seine Rolle schlecht gelernt hat, denkt Sarah. David Cohn wirkt auf mich wie ein unsicherer Mensch, der einen Balanceakt vollführt zwischen dem Wunsch, kompetent und sicher zu wirken, und der Angst, entlarvt zu werden.

Auch Khaled Husaini wirkt ziemlich aufgelöst. In Syrien laufen Polizeiverhöre ganz anders ab. Die Vernehmer machen Angst, wechseln sich ab, um den Gefangenen zu zermürben. Die Fragen sind endlos, wiederholen sich ständig, werden von

Drohungen und Einschüchterungen begleitet. Oft wird man stundenlang ohne Pause verhört. Körperliche Gewalt und Schläge sind an der Tagesordnung. Auch die Androhung von Gewalt gegen Familienangehörige ist eine gängige Methode. Obwohl er weiß, dass er hier nichts dergleichen zu befürchten hat, ist er sehr unsicher.

Irgendwie tut er Sarah und Johannes leid, wie er da so mit gesenktem Kopf und eingezogenen Schultern vor ihnen sitzt. Er guckt nicht in ihre Augen und zögert, als sie ihn anspricht. „Haben Sie den verstorbenen Sherab Tsering vor der Konferenz getroffen?" Khaled Husaini zögert, dann schüttelt er den Kopf. „Aber Sie haben Angst. Das sieht man." „Das hat nichts mit dem Toten zu tun." Seine Stimme ist kaum vernehmlich und unsicher.

„Sie haben nichts zu befürchten", mischt sich Sarah ein. „Niemand wirft ihnen irgendetwas vor. Es handelt sich um eine reine Routinebefragung." Khaled Husaini scheint nicht ganz überzeugt zu sein. „Kennen Sie die anderen Teilnehmer?" „Nein. Ist ihnen irgendetwas an ihnen aufgefallen?" Er überlegt. „Ich glaube, Adil Mahmud und Michael Connacht kennen sich." „Wie kommen Sie denn darauf?" „Nur so ein Gefühl..." Khaled versucht, mit der Polizei zu kooperieren. Das macht sicher einen guten Eindruck und lenkt vom eigentlichen Problem ab. Das hat ihn seine Erfahrung gelehrt.

Der Mann, den sie jetzt befragen, ist das genaue Gegenteil von Husaini. Michael Connacht mit seinen rot-grauen Haaren und dem aufrechten Gang strahlt aus jedem Knopfloch Selbstbewusstsein aus. Aufreizend langsam faltet er seine Zeitung zusammen, verstaut in aller Ruhe seine Zigarettenpackung in der Hosentasche und setzt sich breitbeinig hin.

„Ihr Name ist Michael Connacht." „Exakt." „Kannten Sie den Verstorbenen näher?" „Leider nein", antwortet der Ire ruhig. „Ich habe ihn erst auf dieser Konferenz kennengelernt." Sein

Gesichtsausdruck ist entspannt, die Stirn glatt, ohne Anzeichen von Sorgenfalten.

„Wissen Sie, ob er einen der anderen Konferenzteilnehmer näher kannte?" „Tut mir leid, nein." Johannes kann sich des Eindrucks nicht erwehren, dass der ältere Mann gelangweilt wirkt und wenig Mitgefühl für den Toten zeigt. Aber er ist sich nicht sicher, ob diese Gelassenheit nur gespielt ist.

Michael reagiert mit einem bedauernden Lächeln, als wolle er Johannes' Verdacht entkräften. „Natürlich bin ich schockiert und betroffen, dass so ein schreckliches Verbrechen geschehen ist. Ich verabscheue Gewalt zutiefst." „Das tun wir alle." Johannes wechselt das Thema.

„Sie wissen also auch nicht, ob der Tote Drogen genommen hat?" Michael Connacht zögert kurz, dann schüttelt er den Kopf. Sarah kann seinen Blick nicht deuten, aber sie ahnt, dass der Ire mehr weiß, als er zugibt.

Als er den Raum verlässt, sagt Johannes zu Sarah. „Bevor ich mit seiner Frau spreche, möchte ich mich mit Rajan Srikumari unterhalten. Ich glaube, Sherab Tsering hat ihn am Tag seiner Ankunft getroffen." „Ich guck mal, wo er ist."

Nach wenigen Minuten kommt Sarah zurück. „Seine Frau kann ihn nicht finden. Sie hat ihn heute am frühen Nachmittag zum letzten Mal gesehen." „Das ist merkwürdig." „Er scheint nicht auf dem Gelände zu sein, hat sich auch nicht abgemeldet. Frag doch mal, ob die hier Anwesenheitslisten führen."

Michael Connacht ist erleichtert, dass die Befragung vorbei ist. Der Mord an Sherab Tsering beschäftigt ihn mehr, als er zugeben will. Aber das muss ja niemand wissen, schon gar nicht die Polizei. Die soll ruhig davon ausgehen, dass er ihn nicht kennt.

Etwas Ablenkung könnte er jetzt gut gebrauchen. Auch die attraktive Mitarbeiterin, die ihn am Tag seiner Ankunft empfangen hat, würde er gerne wiedersehen. Irgendwie ist sie genau sein

Typ. Michael setzt sein charmantestes Lächeln auf. Das kann er gut.

Er muss nicht allzu lange suchen. Die anziehende Frau, Anfang 40, strahlt Reife, Selbstbewusstsein und Lebenserfahrung aus. Ihr geblümtes Sommerkleid umspielt ihre wohlgeformten Beine. Er überlegt, wie er das Gespräch beginnen soll.

„Sie treiben sicher viel Sport, so wie Sie aussehen." „Wenn ich Zeit habe, spiele ich Tennis oder gehe joggen", antwortet Meike Keller.

„Ausgezeichnet. Und was machen Sie sonst noch in Ihrer Freizeit?" „Ich reise gerne und esse auch gerne gut." Lächelnd wendet sie sich wieder ihren Unterlagen zu. „Würden Sie mit mir essen gehen?" „Dafür ist während der Konferenz kaum Zeit. Sie sehen ja, was hier zu tun ist." Aber er hat den Eindruck, dass sie nicht abgeneigt ist.

Zugegeben, sie findet ihn ganz interessant. Aber ist es klug, am Arbeitsplatz zu flirten? Eigentlich sollte sie sich geschmeichelt fühlen. Schon wieder ein Besucher, der sich mit ihr verabreden will!

Verschiedene Gedanken gehen ihr durch den Kopf. Ich sehe gut aus. Wenn ich lächele, bin ich mir meiner Wirkung bewusst. Aber immer wieder schleichen sich auch leise Zweifel in ihre Gedanken. Habe ich mich vorteilhaft angezogen? Warum lande ich immer nur bei One-Night-Stands? Warum gelingt mir keine dauerhafte Beziehung?

Sie vergleicht sich mit anderen - mit den vermeintlich Perfekten in den sozialen Medien, mit einigen Freundinnen und Kolleginnen, die scheinbar alles im Griff haben. Sehen Männer, die mit ihr ausgehen wollen, nur ihr perfektes Äußeres? Haben sie den Menschen dahinter überhaupt wahrgenommen?

„Wie ist das nun? Können wir uns morgen verabreden?" Der Besucher hat sich nicht vom Fleck gerührt. „Morgen oder übermorgen kann ich nicht."

„Dann frage ich Sie in ein paar Tagen noch einmal." Michael Connacht schmunzelt leicht anzüglich, winkt ihr kurz zu und verlässt den Raum.

Gerade als Sarah und Johannes sich auf den Rückweg machen wollen, kommt Gerhard Bergmann auf sie zu.

„Ich halte es für meine Pflicht, Sie über eine wichtige Sache zu informieren. Es geht um die Sicherheit unserer Konferenzteilnehmer." Er schaut sich unauffällig um und zieht beide in einen kleinen Raum.

„Sorry, aber für die Sicherheit sind wir nicht die richtigen Ansprechpartner." Johannes ist überrascht.

„Ich möchte nur, dass Sie eine Zimmerdurchsuchung veranlassen." „Das dürfen wir gar nicht. Und das wissen Sie auch." „Wir haben schließlich keinen Durchsuchungsbeschluss. Eine Durchsuchung dient der Beschaffung und Sicherung von Beweismitteln und muss grundsätzlich von einem Richter angeordnet werden", wendet Sarah ein.

„Um was geht es überhaupt genau?"

Johannes steht leicht ungeduldig auf. „Ich habe den Verdacht, dass Khaled Husaini mit der Hamas zusammenarbeitet und eine unmittelbare Gefahr für Rebekka Cohn und ihren Mann darstellt."

Gerhard Bergmann ist sich der Wirkung seiner Worte bewusst. „Das sind schwerwiegende Vorwürfe." Sarah ist schockiert. „Was werden Sie unternehmen?" „Sie sollten sich umgehend an die Sicherheitskräfte hier vor Ort wenden." Gerhard Bergmann schaut den beiden nachdenklich hinterher.

„Wir sind verpflichtet, Bergmanns Verdacht nachzugehen, auch wenn er mir reichlich absurd vorkommt, oder?", wendet sich Sarah an Johannes. „Kann es sein, dass du voreingenommen bist, weil du die Husainis kennst? Du kannst doch unmöglich wissen, welche Kontakte der Mann im Verlauf seines bewegten politischen Lebens hatte." „Er steht aber nicht nur dem Assad-Regime, sondern auch dem IS, also auch der Hamas kritisch gegenüber." „Dann wird sich der Verdacht auch nicht erhärten."

Das Leben im Internat ist für ihn nicht in jeder Hinsicht neu. Regeln und Disziplin, die gibt es auch auf dem elterlichen Hof. Frühes Aufstehen und pünktliches Erscheinen zu den Mahlzeiten kennt er von zu Hause.

An das regelmäßige Lästern über das Essen muss er sich allerdings erst gewöhnen. Zu Hause aß man kommentarlos, was auf den Tisch kam. Meistens kochte seine Mutter einfache, schmackhafte Gerichte. Kritik üben würde er daran nie. Das gehört sich nicht. Aber nach einiger Zeit im Internat witzelt er wie die anderen über den Drahtverhau, der als Nudelauflauf bezeichnet wird, über die Frikadellen, die eigentlich Tibet- Knödel heißen sollten, weil noch niemand das Innere je erforscht hat. So wie die anderen verkündet er mit übertrieben verzogenem Gesicht, dass es ätzenderweise am Sonntag schon wieder explodiertes Huhn im Reisrand geben solle, kotz, kotz....

Die vorgegebene Gliederung des Tages empfindet er als angenehm: Dem morgendlichen Unterricht kann er mühelos folgen. Auf manche Fächer wie Geschichte, Deutsch und Latein freut er sich besonders. Dass die Hausaufgaben zu festen Zeiten unter Aufsicht stattfinden, sagt ihm zu. Anders als zu Hause kann er bei Fragen Rat einholen.

In seinen regelmäßigen Briefen nach Hause berichtet er begeistert von den zahlreichen Sport- und Freizeitaktivitäten am Nachmittag und Abend. Eigentlich fühlt er sich in der Schule sehr wohl. Die meisten Lehrer sind in Ordnung. Er weiß, dass er Fragen und Probleme mit dem Hausvater, der Hausmutter oder einem der Erzieher besprechen kann. Und unter seinen Mitschülern gibt es niemanden, den er nicht mag. Ganz im Gegenteil. Er hat Freunde gefunden. Dass die Eltern der Mitschüler wohlhabender sind, spielt kaum eine Rolle. Er bekommt ein Stipendium. Seine Familie hätte sich dieses Internat niemals leisten können. Aber das lässt ihn niemand spüren.

Mit seinen drei Zimmergenossen hat er sich besonders angefreundet. Die Schule legt großen Wert auf Vielfalt und Toleranz. Nicht zufällig teilen sich oft Schüler aus unterschiedlichen Ländern und Kulturen dasselbe Zimmer. Dass er über seinen katholischen Tellerrand blicken muss, ist zwar ungewohnt, stellt aber eine interessante Herausforderung dar.

KAPITEL 18

Eigentlich will Rajan allein zurück. Doch er fühlt sich überrumpelt. Zugleich ist er erleichtert, dass der Fremde kein Geld-Hai ist. Fast sofort hat er ihn wiedererkannt, auch nach mehr als 30 Jahren. Sein Haar ist grau-blond geworden. Eine Brille trägt er immer noch, aber nicht mehr das riesige Gestell von damals. Ein paar Kilos hat er auch zugelegt. Ob er wegen seines Namens immer noch gehänselt wird?

Rajan fühlt sich unwohl. Soll er ein Gespräch anfangen? „Welchen Weg willst du nach Gemünd nehmen? Über die A 61 oder die B 266?" Er ist so in Gedanken, dass er sich die Strecke nicht gemerkt hat. „Keine Ahnung! Ich gebe Gemünd ins Navi ein." „Nicht nötig. Ich kenne die Strecke genau und sage dir, wo wir lang müssen."

Eine Weile spricht keiner von ihnen ein Wort. Im Auto herrscht Stille, unterbrochen nur vom monotonen Brummen des Motors und dem gleichmäßigen quietschenden Swish-Swish der Scheibenwischer, die gegen die hartnäckigen Regentropfen ankämpfen. Rajan wirft einen flüchtigen Blick auf seinen Begleiter, der mit ausdruckslosem Gesicht aus dem Fenster starrt. Er will etwas sagen, irgendein Gespräch beginnen, um die bedrückende Stille zu durchbrechen. Doch die Worte bleiben ihm im Hals stecken. Es ist, als hätte das Schweigen selbst eine Barriere zwischen ihnen errichtet.

Rajan seufzt, ein kaum hörbares Zeichen seiner Nervosität. Hat er gehofft, dass diese Fahrt eine Chance sein könnte, nach so langen Jahren die Wogen zu glätten? Wohl kaum – die Anspannung ist fast greifbar. Kilometer um Kilometer frisst sich der PKW durch die Landschaft. Und mit jedem Kilometer wächst das schleichende Gefühl, dass diese Fahrt eine unheilvolle Bedeutung hat: Diese Reise in die Vergangenheit wollte er nie antreten, besteht sie doch aus ungesagten Worten und verpassten Gelegenheiten. Rajan hat die längst die Orientierung verloren und überlegt, wie lange sie schon unterwegs sind. Sprechen oder Schweigen. Er weiß nicht, was belastender ist.

Plötzlich schreckt er auf, liest ein Schild, zuckt zusammen. „Wir müssen da lang, glaube ich!" „Nein, nach links" Sein Begleiter verfällt wieder in brütendes Schweigen. Rajans Unsicherheit verwandelt sich in Angst. Die Dunkelheit scheint undurchdringlich, nur unterbrochen vom schwachen Licht der Scheinwerfer. Die Bäume am Straßenrand wirken wie gespenstische Schemen, die im Wind rauschen und ächzen. Rajan spürt Unruhe in sich aufsteigen. Seine Hände krampfen sich um das Lenkrad, seine Knöchel werden weiß. Jedes Geräusch lässt ihn zusammenzucken. Er versucht, sich auf die Fahrt zu konzentrieren, doch seine Gedanken schweifen immer wieder ab. Er fühlt sich beobachtet, sein Begleiter wird ihm immer unheimlicher.

Vor vielen Jahren hat er ihn gekannt. Aber jetzt weiß er nichts mehr über ihn. Die Angst steigt ihm in die Kehle und er atmet schwer, um sie hinunterzuschlucken. Er bildet sich das alles nur ein, es hilft nicht viel. Die Angst hat sich bereits festgesetzt und scheint mit jedem Kilometer nur zu wachsen. Er kann es kaum erwarten, wieder unter Menschen zu sein, bei seiner Frau, weg von dieser erdrückenden Dunkelheit, die seine nächtliche Autofahrt zum Albtraum macht. „Abbiegen! Da auf den Parkplatz! " Rajan gehorcht. „Hier steigen wir aus."

Rajan öffnet die Wagentür und fröstelt. Er weiß nicht, wo sie sind. Mitten in der Einöde, auf keinen Fall in Gemünd. Der Schauer ist vorbei. Überall glitzern Pfützen. Der wolkenverhangene Himmel spendet nur fahles Licht. Rechts ein kleines Gasthaus, dessen Fenster nicht beleuchtet sind. Links erhebt sich ein Hang mit einer Felswand, die von kleinen Öffnungen durchbrochen ist. Ab und zu dringt das blasse Licht des Mondes durch die aufgerissene Wolkendecke, durch die Äste der riesigen Bäume, die in den Himmel ragen.

„Weißt du jetzt, wo wir sind?" „Ich habe den Namen der Höhle vergessen", erinnert sich Rajan vage. „Archäologische Funde belegen, dass die Kakushöhle bereits von Neandertalern und auch später in der Eiszeit bewohnt wurde. Vor 12.000 Jahren nutzten Rentierjäger die Höhlen als Wohnstätte." Rajan kann nicht behaupten, dass ihn die Ausführungen besonders interessieren.

„Der Raum, in dem wir uns gerade befinden, heißt, *Große Kirche*, links liegt die *Dunkle Kammer*. Dort habe ich damals gehockt und eurem Gespräch gelauscht. Du erinnerst dich." Rajan nickt beklommen. „Du hast mein Tagebuch gestohlen und daraus vorgelesen. Du hast meine geheimsten Gedanken verraten. Die anderen haben gelacht. Noch nie habe ich mich so geschämt, mich so nach einem anderen Ort gesehnt. Und ich hatte dir vertraut."

Eigentlich ist Rajan ein verlässlicher und zurückhaltender Freund gewesen. Doch an diesem unglücklichen Tag will er sich wichtig machen, etwas Ungeheuerliches enthüllen, das ihn fasziniert und schockiert zugleich. Während des Ausflugs in die Höhle lässt er sich dazu hinreißen, den anderen zuzuflüstern, was er heimlich gelesen hat und was unbedingt geheim bleiben muss.

Hans hat sich verliebt, aber nicht in ein Mädchen. Rajan weiß sofort, dass er mit dieser Enthüllung einen großen Fehler begeht, einen Verrat. Zu spät bemerkt er, dass sein Freund das geflüsterte Gespräch mithört und erinnert sich an seinen schockierten Gesichtsausdruck. Augenblicklich versucht er, das Gesagte zurückzunehmen, aber es ist nicht mehr möglich. Die Worte hängen schon in der Luft und die Blicke der anderen verraten Sensationslust, Überraschung und Neugier.

In den nächsten Tagen wirkt das Erlebte nach. Rajan zieht sich zurück, meidet den Blickkontakt mit seinem Freund. Sein sonst so lebhaftes Wesen wirkt seltsam gedämpft. Es ist allzu offensichtlich, dass ihn der Verrat mitnimmt und er sich große Sorgen macht, das Vertrauen seines Freundes verloren zu haben. Hinzu kommt, dass dieser sich von ihm Geld geliehen hat, das er nicht zurückzahlen kann. Rajan beschließt, ein Gespräch mit ihm zu suchen. Doch das ist nicht mehr möglich.

„Warum gibst du nur mir die Schuld? Die anderen haben auch gelacht." „Aber du hast das Tagebuch gelesen, du hast mein Geheimnis verraten. Weißt du, wie man früher mit Verrätern umgegangen ist?" Rajan ist sprachlos. „Im Mittelalter hat man Verräter an den Pranger oder an den Schandpfahl gestellt. Verräter verloren ihren Ruf und ihre Stellung. Besonders schwere Verräter, wie du einer bist, wurden mit dem Tod bestraft. Und du hast auch das Geld, das ich dir geliehen habe, nicht zurückgezahlt." „Ich hätte es dir zurückgegeben." „Aber ich brauchte es sofort. Es war eine Notsituation." Der andere schüttelt schweigend den Kopf.

Rajan begreift schlagartig, dass er seine Chance vertan hat. Das Gesicht seines Begleiters zeigt keine Regung. Er zieht etwas aus der Tasche. Die Luft vibriert vor Spannung. Für einen Herzschlag scheint alles still zu stehen. Dann ein ohrenbetäubender Knall. Rajan sackt zusammen. Auf seinem Hemd breitet sich ein Blutfleck aus.

Johannes Nöthen liebt sein professionell durchgestyltes Büro. Hier kann er nicht nur effektiv arbeiten, sondern sich auch entspannen. Vor dem Fenster steht ein großer, meist aufgeräumter, höhenverstellbarer, also rückenfreundlicher Schreibtisch aus dunklem Holz. Darauf ein Rechner, zwei Monitore, eine Tastatur und eine Maus, links neben dem Schreibtisch der Multifunktionsdrucker. Neben einem Telefon und einer Schreibtischlampe liegen Notizblöcke, Ordner und ein Terminkalender griffbereit.

Vor dem Schreibtisch steht ein allen ergonomischen Ansprüchen gerecht werdender Bürodrehstuhl mit rotfarbenem Bezug. Für Besucher stehen gegenüber dem Schreibtisch zwei mit Kunstleder bezogene freischwingende Konferenzstühle mit Lehnen und ein kleiner runder Tisch. Darauf sind bereits zwei Kaffeegedecke, eine Batterie kleiner Mineralwasserflaschen und etwas Teegebäck für die erwartete Besucherin platziert. Da seine Tochter Lotte diese Woche bei ihm wohnt, hat er die Kollegin zu sich nach Hause eingeladen. Er mag Lotte abends nicht allein lassen.

Auf einem kleinen, höheren Regal sind mehre gerahmte Fotos von Lotte und Tessa aufgestellt. Daneben liegen eine Packung Leckerlis und Hundekekse, für Tessa unerreichbar. In der rechten hinteren Ecke des Arbeitszimmers befindet sich ein gemütliches Hundebett, in dem sich Nöthens Fellnase wie auf einer flauschigen Wolke fühlt. Tessa kann sich während Herrchens Arbeitsstunden ausruhen und ihm Gesellschaft leisten. Für Johannes Nöthen und seine pelzige Freundin eine Win-Win-Situation. Neben Tessas komfortablem Schlafplatz liegen verstreut Kauspielzeuge und ein Kauball herum, um Tessa zu beschäftigen. Ebenso griffbereit befindet sich neben einer Bürste und einem Handtuch für nasse Pfoten nach einem Regenspaziergang die Hundeleine. So kann Johannes seine Tessa jeder Zeit zu einem Spaziergang mitnehmen.

„I`d do anything for love," – im Radio laufen die Hits der 90-er Jahre. Die kraftvolle Stimme von Meat Loaf fasziniert Johannes auch nach Jahren noch. Seine Gedanken schweifen ab in die Vergangenheit… Bei diesem Song hat er sich zum ersten Mal verliebt. Sie hat lange blonde Haare, dunkelbraune Augen und Grübchen. Auf einem Liegestuhl sitzt sie unter einem Sonnenschirm. Er wagt nicht, sie anzusprechen. In der Strandbar sieht er sie dann wieder. Jetzt traut er sich. Ein wenig später tanzen sie eng umschlungen, vom Meer her weht ein frischer Wind, die Meereswellen rauschen rhythmisch, schwappen gleichmäßig auf den Strand. Dann schlendern sie gemütlich vorbei an der Brandung, über ihnen kreisen und kreischen die gierigen Möwen, stets auf der Suche nach Essbarem. In einer Mulde hinter einem sanften, mit Gras bewachsenen Sandhügel suchen sie sich einen geschützten Platz. Noch heute glaubt er, ihre leicht nach Sonnencreme duftende Haut riechen zu können... Es klingelt an der Haustür. Meat Loaf hat aufgehört zu singen.

„Tschuldigung, bin wieder mal etwas spät. Aber Christoph hatte noch Handball und Mark einen dringenden Termin." Sarah hat das Gefühl, Johannes bei etwas Wichtigem unterbrochen zu haben. Ihr Kollege ist jedoch entspannter und friedlicher als sonst. „Kein Problem, komm rein.". Lächelnd begrüßt er Sarah, die vom Arbeitszimmer ihres Kollegen beeindruckt ist. Ihr Zimmer zu Hause ist wesentlich kleiner und weit weniger aufgeräumt.

„Wo ist denn Tessa?" Sie zeigt auf den leeren Korb. „Oben bei Lotte vor dem Bett, nein, wahrscheinlich schon längst auf dem Bett. Wenn Lotte da ist, spiele ich die zweite Geige. Kaffee, Tee oder lieber Bier? Ich habe auch alkoholfreies Radler oder Weizen." „Gerne Radler!" Sarah lässt sich in einen Sessel fallen.

„Ich hatte noch ein Videogespräch mit Tserings Witwe", beginnt Johannes. „Die hat mir noch von einem seltsamen Besuch des Vetters ihres Mannes berichtet. Sie war beunruhigt. Dieser Vetter engagiert sich für Drogenabhängige. Sie meint, dass er ihren Mann in einer Sache um Hilfe gebeten hat. Aber Sherab Tsering wollte nicht." „Also doch Drogen!" „Frau Tsering betonte noch einmal, dass ihr Mann nie selbst Drogen genommen hat." „Wir sollten aber mit dem Vetter Kontakt aufnehmen."

„Sollten wir. Noch etwas. Hanna Meyer, die Inhaberin der *Schmökerecke*, hat sich bei uns gemeldet. Sherab Tsering war vor Beginn der Konferenz bei ihr im Laden und wollte einen Krimi kaufen." „Und?" Sarah beugt sich neugierig vor. „Und dann hat er in einer Bücherkiste ein Buch über Methadon entdeckt und sich merkwürdig verhalten", sagt Frau Meyer. „Jetzt, wo er tot ist, wollte sie uns davon erzählen."

„Was hat sie noch gesagt?" „Sie haben sich unterhalten." „Worüber?" Hauptsächlich über den Dalai Lama, den tibetischen Buddhismus und so. Aber sie bemerkte, dass Sherab Tsering dieses Buch über Drogenentzug in der Hand hielt, und als sie ihn darauf ansprach, sagte er, dass sein Bruder einen Entzug gemacht habe." „Er könnte auch von sich selbst gesprochen haben..."

„Das stimmt." „Wenn Tserings Tod das Ergebnis seiner Verstrickung in Drogengeschäfte ist, würde das die Überdosis erklären." „Schon. Man hat ihm dann absichtlich eine tödliche Dosis verpasst, damit er nichts verraten kann, oder aus Rache?" „Schon möglich. Aber warum ausgerechnet am Matronentempel?"

KAPITEL 19

Die Kinder stürmen vom Parkplatz in die Kakushöhle. Die sonst so wohltuende Stille – mit einem Schlag ist sie wie weggeblasen. „Nicht so schnell", ruft Lena lachend.

Doch schon hat Timo den ersten Hinweis am Brunnen entdeckt und hält triumphierend einen Teil der Schatzkarte in die Höhe. Anna und Christoph stürmen nach links auf die große Felswand zu. In einer kleinen Öffnung findet Nele einen weiteren Teil der Karte.

Nun gilt es, knifflige Fragen zu beantworten. Schließlich erreichen sie den Höhleneingang, wo eine Bank und zwei Schautafeln stehen. „Es ist immer wieder erstaunlich, was hier im Laufe der Jahrtausende passiert ist", erklärt Lena. Doch niemand hört zu. Sie greift in ihre Jackentasche und zuckt zusammen. So ein Mist. Ihr Smartphone hat sie im Auto liegen lassen. „Ich muss kurz zum Auto und mein Handy holen. Bitte wartet vor der Höhle, bis ich wieder da bin!" Sie hastet den Weg zurück, vorbei am Brunnen und dem Land Café.

Hannes und Max waren noch nie hier. Sie sind sichtlich beeindruckt von den mächtigen, leicht überhängenden Karstfelsen, aus dem Wurzeln ragen. Wenig später schlüpfen sie in die Höhle, bleiben kurz stehen. Nur die drei breiten Stützpfeiler erinnern an die Gegenwart.

„Wir sollen doch warten", ruft Christoph. Doch die anderen Kinder sind Hannes und Max längst gefolgt und stürmen in alle Richtungen, um die Höhle zu erkunden. Merle schleicht sich nach links in die dunkle Kammer. „Mist! Ist das nass! Ich glaube, meine Schuhe sind hin." Ihre Mutter hatte ihr geraten, Wanderschuhe anzuziehen. Aber Merle hatte ihren eigenen Kopf und bestand auf den schicken neuen Schuhen.

Nico läuft voraus und stürmt die Stufen hinauf. „Aua, ist das niedrig hier!", reibt er sich den Kopf. „Da muss man sich bücken." Christoph schleicht sich leicht gebeugt durch den oberen Teil der Höhle und zwängt sich zwischen den Felsspalten durch den oberen Ausgang ins Freie. „Wollt ihr nicht noch ein Stück der Karte finden?", ruft Tom. „Ja!"

Während sie über die Stufen nach oben rennen, wirft keiner einen Blick nach links, wo sich das Fledermausgitter befindet. Merle hat etwas Wichtiges übersehen. Erwartungsvoll läuft sie zurück, rutscht aus, stolpert und fällt hin. Mit schmerzverzerrtem Gesicht reibt sie sich den Knöchel. Als sie sich wieder aufrichten will, sucht ihre Hand Halt auf dem Boden. Sie ertastet Leder, tastet weiter. Ihr Handrücken streift Stoff. Sie schaudert. Dann stößt sie einen schrillen Schrei aus.

Lena rennt den Weg zurück. Es war zu erwarten: Die Kinder haben nicht gewartet und sind schon in der Höhle. Da hört sie einen gellenden Schrei, dann noch einen. „Hat sich jemand verletzt?" „Hier ist jemand!", ruft Merle panisch. Aus dem Schatten der Höhle ragt ein Fuß in einem Lederschuh. Merles Rufe werden immer verzweifelter. „Da liegt ein Mann!". Sie schluchzt fassungslos, als Lena näher kommt und sie in die Arme nimmt.

Lena hat mehr Angst, als sie zugeben will. Bitte nicht näher kommen!", ruft sie den Kindern zu, während ihr das Herz bis zum Hals schlägt. „Hallo!", wendet sie sich an die Person, die neben der Treppe im hinteren Teil der Höhle liegt, direkt vor dem Gitter. Stille. Kein Atem ist zu hören. Der Mann antwortet nicht.

Zitternd richtet Lena ihre Taschenlampe auf die reglos am Boden liegende Gestalt. Riecht sie nicht schon nach Verwesung? Aber vielleicht bildet sie sich das nur ein. Man könnte meinen, der Mann schläft... Wäre da nicht der dunkle, eher schwarze als blutrote Fleck auf Höhe der Brusttasche seines hellblauen Hemdes. Lena ist sich sicher: Der Mann ist tot. Was soll sie jetzt tun, damit nicht alle in Panik ausbrechen?

Mit zitternden Fingern wählt sie die 110, begleitet Merle zum Höhlenausgang und setzt sich zu ihr auf die Bank. „Es ist etwas Schreckliches passiert", beginnt sie stockend. „Bitte bleibt zusammen, lauft nirgendwo hin und rührt nichts an, bis die Polizei kommt." Die Zeit erscheint allen unendlich lang, doch tatsächlich sind erst zehn Minuten vergangen, als nacheinander ein Polizeiauto, ein Krankenwagen und ein Notarzt auf den Parkplatz fahren.

Alles läuft nach Plan. Es war nicht schwer, Rajan in Bad Neuenahr auf-
zulauern, wenn man seine Spielleidenschaft kennt. Mit Geld kann er nach wie
vor nicht umgehen. Im Laufe der Jahre braucht er immer mehr davon, und das
wird ihm zum Verhängnis. Er wird kriminell, veruntreut sogar Geld aus seiner
Firma. Sein Erstaunen und Erschrecken, als sie sich unerwartet gegenüberste-
hen, belohnt ihn für seine Mühen.

Vertrauensvoll nimmt Rajan ihn im Auto mit. Erst später dämmert es dem
ehemaligen Freund, dass er einen unverzeihlichen Fehler gemacht hat. Während
der Fahrt steigt Angst, nein Panik in ihm auf. Was mag ihm durch den Kopf
gegangen sein, als er das Gelände um die Höhle erkannte? Wie erwartet, zeigt
er keine Reue. Und dann später in der Höhle - kurz vor seinem wohlverdienten
Ende - freut er sich unbeschreiblich über das Entsetzen im Gesicht des anderen.

KAPITEL 20

Hermann Josef Schuster war nach dem Hochwasser 2021 mehrmals in Bad Münstereifel. Drei Jahre nach der Katastrophe hat sich die Stadt sichtlich erholt. Der für seine mittelalterliche Architektur bekannte Kurort hat große Fortschritte beim Wiederaufbau gemacht. Viele Geschäfte haben wieder geöffnet, andere sind noch nicht vollständig wiederhergestellt.

Schuster beginnt seinen Rundgang am Werther Tor, einem der vier noch erhaltenen Stadttore und markantes Wahrzeichen der Kurstadt. Die Fußgängerzone bietet eine gelungene Mischung aus alten Fachwerkhäusern und modernen Geschäften. Diese lebendige historische Zone zieht Besucher und Einheimische gleichermaßen an. Schuster flaniert gern entlang der Erft. Das Stöbern in den zahlreichen Geschäften reizt ihn weniger. Er bewundert die Freitreppe zur Erft in unmittelbarer Nähe der Burg. Die beiden Zugänge zur Freitreppe können künftig bei drohendem Hochwasser bis auf Höhe der angrenzenden Erftmauern mit Schotten verschlossen werden. Die Freitreppe ist auch ein Ort der Besinnung. Zahlreiche Steine mit Bildern eines Kölner Fotografen erinnern an das Engagement der Bürger beim Wiederaufbau.

Nach einer Weile setzt er sich an einen Tisch vor einem der vielen Cafés und beobachtet die Passanten. Schuster ist ein Genießer. Vor allem liebt er Kuchen. Seine Frau hat ihn in vielen glücklichen Ehejahren damit verwöhnt, und diese Tradition setzt er gerne fort, nicht zuletzt aus liebevoller Erinnerung. In seinem Lieblingscafé bestellt er ein Stück Nusstorte und ein Schälchen Schlagsahne extra. Früher hatte ihn die meist gut gelaunte Kellnerin noch gefragt, ob er die Sahne für den Tee brauche. Verblüfft hatte Schuster geantwortet, er wolle doch seinen Darjeeling nicht „umbringen". Die Sahne ist für den Nusskuchen - on top.

Schuster gießt den frischen, feinblumigen Darjeeling aus der Kanne in die Tasse. Natürlich muss es First Flush sein, der am frühesten im Jahr geerntete „Champagner unter den Tees". Die Konditorei hält ihn immer für Schuster bereit. Zufrieden mit seiner Bestellung und in Erwartung des nachmittäglichen Genusses schlägt der Imker den *Eifeler Beobachter* auf und stößt auf einen kurzen Artikel:

„Leichenfund am Matronentempel"

In den frühen Morgenstunden des Dienstags stieß ein Jogger in der Nähe des Matronentempel in Pesch auf eine Leiche.

Nach Angaben der Polizei und Staatsanwaltschaft handelt es sich bei dem Toten um den 54-jährigen Sherab Tsering, der zu diesem Zeitpunkt an einer Tagung auf Vogelsang IP teilnahm. Wie bereits berichtet, war Tsering ein Weggefährte des Dalai Lama und Mitarbeiter des Internationalen Netzwerks Engagierter Buddhisten.

Da die Ermittler ein Tötungsdelikt vermuten, wurde eine Mordkommission eingerichtet. Selbstmord oder Unfall werden nach derzeitigem Ermittlungsstand ausgeschlossen.

Hermann Josef Schuster ist erschüttert. Wieder begegnet ihm ein Name aus der Vergangenheit! „Wäre der Typ doch da geblieben, wo er hingehört, dann wäre ihm nichts passiert." „Wie bitte?"

Der Mann in Jeans und Rollkragenpullover wirkt eher unscheinbar. Nur die kurze, gescheitelte Frisur findet Hermann Josef Schuster etwas ungewöhnlich, irgendwie aus der Zeit gefallen.

„Überall sieht man nur Ausländer. Wir können nicht alle aufnehmen. Deutschland ist nicht das Sozialamt der Welt." „Die Teilnehmer der Konferenz sind wohl kaum auf unsere

Sozialleistungen angewiesen." „Die vielleicht nicht, aber andere. Vor allem die Flüchtlinge. Denen wird alles in den Rachen geworfen. Und unsere Arbeitslosen..." „Und das ist ein Grund, unschuldige Menschen umzubringen?!" Schuster wird wütend und ärgert sich gleichzeitig, dass er sich überhaupt auf diese Diskussion eingelassen hat.

„Was haben unsere Arbeitslosen mit dem Toten zu tun?" „Na, das sind doch alle Ausländer, die es sich da auf unsere Kosten gut gehen lassen."

„Was genau meinen Sie damit?" „Ich habe in Vogelsange ein Wörtchen mitzureden. Wir beherbergen einen ehemaligen IRA-Kriminellen. Und unsere sogenannten muslimischen Gäste sind bestimmt verkappte Islamisten."

„Woher wollen Sie das denn wissen?" Der alte Lehrer schüttelt resigniert den Kopf. „Ich habe da so meine Quellen. Also, es wird ein Riesenaufwand betrieben, damit diese Ausländer ungestört und gut bewacht tagen können. Und für andere wichtige Dinge ist kein Geld da."

„Die Bewachung hat ja hervorragend funktioniert. Wie um alles in der Welt ist der Tote zum Matronentempel gekommen und wer hat ihn ermordet?"

Der Redner hat inzwischen bezahlt und das Lokal verlassen. Schuster bleibt sitzen. Er sieht kraftlos aus.

Sarah, die ausnahmsweise Zeit für einen Cappuccino gefunden hat, verfolgt das Gespräch seit einigen Minuten vom Nebentisch aus. Sie überlegt, wo sie den älteren Herrn schon einmal gesehen hat...

Richtig! Das ist doch der Imker, der Tilda und ihre Freundinnen beim Schulausflug mit seinen anschaulichen Geschichten über Bienen beeindruckt hatte. „Darf ich mich zu Ihnen setzen?", beginnt sie das Gespräch. Schuster blickt erwartungsvoll auf.

„Meine Tochter war vor ein paar Wochen während ihres Schulausflugs bei Ihnen in der Imkerei." Schusters Blick hellt sich etwas auf. „Sie hat damals erzählt, dass Sie hauptsächlich die sanftmütigen und schwarmfreudigen Carnica-Bienen züchten und sich für bedrohte und seltene Bienenarten interessieren." „Schön, dass ihre Tochter sich das gemerkt hat. Die Kinder waren alle sehr aufmerksam."

„Das war ja eben eine wilde Diskussion. Ich habe nur einen Teil davon mitbekommen. Worum ging es da genau?" Herrmann Josef Schuster deutet auf die Zeitung. „Den Toten am Matronentempel. Den hat der Mann am Nachbartisch zum Anlass genommen, mit Stammtischparolen gegen Ausländer zu hetzen." Sarah nickt mitfühlend. „Das kann man sich kaum anhören!" Sie überlegt. „Ärgern Sie sich immer noch über den Spinner oder beschäftigt Sie sonst noch etwas?"

Herrmann Josef Schuster schaut sie nachdenklich an. „Sie kannten den Toten nicht, oder?", fragt Sarah aufs Geradewohl. Ihr Gegenüber wirkt kurz unsicher, scheint zu überlegen, was er sagen soll. „Ich...", beginnt er.

In diesem Moment springt er auf, schaut einem großen dunkelhaarigen Mann hinterher an und ruft: „Justus. Bist du es wirklich?" Der Fremde zuckt zusammen. Ein Hauch von Staunen breitet sich auf seinem Gesicht aus. Dann eilt er mit leuchtenden Augen auf den Älteren zu. Überrascht stellt Sarah fest, dass sie den Fremden kennt. In diesem Moment macht sich eine WhatsApp-Nachricht akustisch bemerkbar. Es ist Johannes. „Wir haben wieder einen Todesfall."

Warum berichten sie nicht, was für ein Schwein der Tote wirklich war? Seine Verstrickungen in Drogengeschäfte hätten sie doch längst aufdecken müssen! Stattdessen schwadronieren die Medien wieder über den Toten als tadellosen Begleiter des Dalai Lama bei Friedensgesprächen. Was hatte er falsch gemacht? Es gab doch genügend Indizien, die Sherabs Verbindungen zur Drogenszene dokumentierten!

Er ist maßlos enttäuscht. Er hatte sich nicht nur rächen wollen für das Grauenvolle, das in der von ihm so geliebten Eifel geschehen war. Sein Ziel war es, die Öffentlichkeit aufzurütteln. Alle sollten wissen, dass der Tote kein Heiliger war. Dass er in die Machenschaften einer Drogenbande verstrickt war. Dass er selbst Drogen genommen hatte. Warum schrieben sie nichts darüber? Warum haben sie das verschwiegen?

KAPITEL 21

Die Kinder sitzen vor der Höhle auf der Bank oder kauern auf dem Boden. Blass wirken sie und verstört. Sarah läuft zu Christoph und schließt ihn fest in die Arme. Anders als sonst lässt er sich das gefallen. „Wer hat den Toten gefunden?" Christoph deutet auf Merle.

Routiniert fragt Johannes alle, ob sie jemanden gesehen oder beobachtet haben. Dann erkundigt er sich behutsam bei Merle, wie sie den Toten gefunden hat.

„Am besten bringen wir Sie und die Kinder gleich nach Hause. Wir haben sicher noch Fragen. Aber das hat Zeit. Die Kinder sollten nicht länger hier bleiben."

Sorgenvoll blickt Sarah Lena und den Kindern hinterher. Christoph dreht sich kurz um. Auch aus der Entfernung erkennt Sarah, wie geschockt er ist.

„Es wird schwer sein, in der Höhle Spuren zu finden", mutmaßt Sarah. „Das stimmt. Aber Täter hinterlassen immer Spuren am Tatort. Die Herausforderung besteht darin, sie zu finden."

Kurz darauf beginnen zwei Polizisten in Schutzkleidung mit der Spurensicherung: mögliche Beweise wie Fingerabdrücke, DNA-Spuren, Blutspuren oder andere Hinweise auf den Täter. „Was ist das eigentlich für ein Holzgitter da hinten links?", erkundigt sich einer der Polizisten. „Ein Schutzgitter für Fledermäuse. Dahinter halten sie Winterschlaf. Warum fragt ihr? „Da sind einige Fingerabdrücke drauf." „Interessant. Vielleicht ergibt sich etwas, wenn wir sie mit unseren Datenbanken vergleichen." „Wir müssen die Laboranalyse abwarten. Was sagt der Arzt?" „Der Mann wurde erschossen und ist vermutlich 18-20 Stunden tot." „Welche Waffe wurde verwendet?" „Wissen wir noch nicht." „Wissen wir, wer er ist?" „Ja, er hat Ausweispapiere dabei." „Kommt er aus der Gegend?" „Nein."

Als sie sich auf den Rückweg machen, stellt Sarah betroffen fest: „Ich habe meinen Anhänger verloren. Tilda wird enttäuscht sein. Sie hat ihn mir geschenkt. Kommst du noch mal mit zum Gitter?" „Klar."

Vorsichtig tastet Sarah den Boden ab. Es dauert eine Weile, bis sie fündig wird. Dann stutzt sie. „Du, Johannes. Das Gitter hier ist angesägt. Man kann es öffnen. Weißt du, ob die Spusi dahinter geschaut hat?" „Nein. Ich hab denen gesagt, dass das ein Schutzgitter für Fledermäuse ist. Vielleicht haben sie es deshalb nicht aufgemacht." „Ja. Im Winter darf man das nicht öffnen. Aber jetzt ist bald Sommer..."

Sarah zieht das Gitter vorsichtig ein Stück nach vorne. „Johannes! Das darf doch nicht wahr sein!" Nöthen knipst die Taschenlampe an und deren kräftiger Strahl erhellt punktgenau die Dunkelheit. „Das glaube ich jetzt nicht. Wir müssen die Kollegen noch mal herbemühen."

Noch am selben Tag treffen die Ermittler erneut zusammen. „Der Tote in der Kakushöhle gehört ebenfalls zu den Konferenzteilnehmern auf Vogelsang! Das ist der Mann, den wir auch befragen wollten. Seine Frau konnte ihn nicht finden. Niemand wusste, wo er war. Wisst ihr, was das bedeutet?" Johannes Nöthen lässt seinen Blick über seine Kollegen schweifen. „Er heißt Rajan Srikumari und engagiert sich mit seiner Frau Nandita in diesem Projekt, das im *Eifeler Beobachter* beschrieben wird."

„Jetzt spielt die Höhle in doppelter Hinsicht eine wichtige Rolle bei den Ermittlungen. Ihr werdet nicht glauben, was Sarah und ich gefunden haben! Hinter dem Gitter waren Waffen und Sprengstoff versteckt. Wahrscheinlich ist das die Verbindung der

Kameradschaft zu der größeren Sache, nach der wir gesucht haben."

„Es scheint also alles darauf hinzudeuten, dass die rechte Szene bei den Morden eine Rolle spielt", äußert sich Oberkommissar Schmitz. „Zumindest sieht es so aus."

„Staatsanwältin Krüger wird uns gleich mitteilen, wie es weitergeht." Johannes Nöthen wirft Tessa ein Leckerli zu und krault sie hinterm Ohr. „Das war ja zu erwarten!", bemerkt Erwin Schmitz keine Spur überrascht, „dass wir nicht mehr allein ermitteln."

Ein kurzes Klopfen ist zu hören. Ohne ein „Herein" abzuwarten, öffnet sich die Tür. Die etwa 1,70 Meter große blonde Frau mit den graugrünen Augen wirkt selbstbewusst.

Mit Kennerblick bemerkt Johannes, dass sie großen Wert auf ihr Äußeres legt. Ihre Garderobe ist sorgfältig ausgesucht, und sie kennt anscheinend die neuesten Trends. Auch Armbanduhr, Halskette und Handtasche hat sie sorgfältig aufeinander abgestimmt.

Den Anwesenden fällt als erstes ihr fordernder Blick und ihr modischer, eher konservativer hellgrauer Hosenanzug auf. Dieser scheint auch Tessas Aufmerksamkeit zu erregen. Sie springt auf und schnuppert interessiert an dem grauen Hosenbein.

Julia Krüger weicht mit einem kleinen Aufschrei zurück. „Was hat der Hund hier zu suchen?" Hektisch zieht sie ein Desinfektionsspray aus der Tasche und sucht ihre Hose nach Hundehaaren ab.

Doch Tessa lässt sich nicht aus der Ruhe bringen. Ganz im Gegenteil. Sie scheint Julia Krüger zu mögen und kann ihre Begeisterung über die neue Besucherin kaum zurückhalten. Sie springt hoch, legt ihre Pfoten auf die Brust der Staatsanwältin und beginnt heftig zu schlecken. Dabei schlägt ihre Rute rhythmisch hin und her. Auch kleine, freudige Jaullaute gibt sie von sich.

„Tessa, sitz, sofort!" Johannes' Stimme ist schärfer als sonst. „Sitz!"

Julia Krüger hat eine Allergie gegen Hundehaare. Außerdem ist sie penibel auf Sauberkeit bedacht. Eine feuchte Hundeschnauze versetzt sie daher in Panik. Selbst Freunde mit Hunden besucht sie nur selten und mit großer Vorsicht. Ihre Wohnung ist blitzblank und frei von Tierhaaren.

Doch hier ist sie nicht in ihrer klinisch sauberen Wohnung. Der Hund ist immer noch da, aber er sitzt jetzt brav neben seinem Herrchen. Trotzdem schlägt Julias Puls schneller und ihre Hände zittern. Sie versucht, den Blickkontakt mit Tessa zu vermeiden, kann aber ihre innere Unruhe kaum unterdrücken.

In diesem Moment betritt Oberkommissarin Sarah Berger-Roth den Raum. „Ist das ihr Hund? Was hat der in einer Dienstbesprechung zu suchen?", blafft Julia Krüger herrisch. Dann versagt ihr die Stimme. Ihre Augen beginnen zu jucken. Sie kämpft gegen einen Hustenreiz an. „Schafft den Köter weg. Sofort. Ich bin ..." Hatschi. Sie zieht eine Packung Papiertaschentücher aus ihrer Handtasche.

Sarahs Blick fällt auf die Staatsanwältin. Normalerweise ist sie ganz Johannes' Typ, vielleicht ein bisschen zu konservativ, aber sonst passt sie exakt in sein Beuteschema.

Sarah nimmt sofort die angespannte Stimmung wahr. Der Hauptkommissar kocht vor Wut. „Tut mir leid, dass ich zu spät komme." Sie schaut sich um. „Die Kita hat angerufen. Ich musste meinen Jüngsten abholen, weil ..."

„Trotzdem ist es unverständlich, dass Sie zu spät zur Dienstbesprechung kommen. Lösen Sie Ihre Betreuungsprobleme und sorgen Sie dafür, dass sie nicht Ihren beruflichen Alltag beeinträchtigen."

„Und Sie", ihre Stimme hatte wieder den Befehlston angenommen, als sie sich Johannes zuwendet, schaffen Sie das Tier sofort raus. Sonst gibt es eine Dienstaufsichtsbeschwerde."

Mit hochrotem Kopf führt Johannes Nöthen seine Tessa nach draußen. Beruhigend spricht er auf sie ein, erklärt ihr die ungewohnte Situation.

„Was ihre Ermittlungen zu den beiden Toten betrifft: Sie sind nicht mehr zuständig. Da es sich bei den beiden Opfern um ausländische Gäste handelt, wird jetzt eine Sonderkommission gebildet. Sie sind auch nicht befugt, eigenmächtig weitere Befragungen der Konferenzteilnehmenden durchzuführen."

„Einen Moment, Frau Krüger!" Sarah versucht, sich zu konzentrieren. „Ja. Fassen Sie sich bitte kurz. Ich habe meine Zeit nicht gestohlen." Wir auch nicht, denkt Sarah und versucht, sich ihre Verärgerung nicht anmerken zu lassen. „Unsere Ermittlungen deuten darauf hin, dass die *Eifel-Kameradschaft* in etwas Größeres verwickelt ist, möglicherweise mit den Morden zu tun hat."

„Haben Sie Beweise? Welches Interesse sollte diese bisher unauffällige *Kameradschaft* daran haben, diese Prominenten umzubringen? Oder haben wir etwa ein Bekennerschreiben? Ich glaube, Sie haben den Bogen überspannt, Frau Oberkommissarin. Kümmern Sie sich lieber um die Motorradraser hier in der Eifel oder um die Taschendiebe, die in der Fußgängerzone von Bad Münstereifel ihr Unwesen treiben, wenn es Ihre Betreuungssituation zulässt."

.Staatsanwältin Krüger greift nach ihrer Jacke und legt sie über den Arm. „Die Fundorte der Toten sind mögliche Treffpunkte der *Kameradschaft*. In der Nähe des zweiten Tatortes wurden Waffen und Sprengstoff gefunden", stammelt Sarah und ärgert sich über ihre Unsicherheit.

„Das steht bestimmt auch in Ihrem Bericht. Den werde ich selbstverständlich genau studieren. Und wir werden natürlich auch wegen unerlaubten Waffenbesitzes ermitteln. Sind Sie jetzt zufrieden?"

Johannes kehrt ohne Tessa in den Raum zurück und verfolgt das Gespräch mit undurchdringlicher Miene. „Mach dir nichts draus. Die Alte spinnt doch!" bemerkt er betont lässig, als die Staatsanwältin den Raum verlassen hat. „Ich dachte erst, sie wäre genau dein Typ, so aufgetakelt", versucht Sarah zu scherzen. „Willst du mich beleidigen? Ich kann diese eingebildete Kuh nicht ausstehen."

Als er merkt, dass Sarah immer noch entmutigt ist, fügt er hinzu: „Dass sie Tessa beleidigt hat, war die absolute Härte. Und wie sie dich angemacht hat, war auch völlig daneben!" „Die hat bestimmt keine Kinder!" Sarah lächelt beklommen. „Wer will schon Kinder mit der? Den musst du lange suchen!" Johannes lächelt ihr kurz zu. Sarahs Tag ist schließlich doch gerettet.

Staatsanwältin Krüger kehrt kurz in den Raum zurück, lächelt selbstgefällig und wirft einen letzten Blick in die Runde. „Wir ermitteln übrigens längst in eine andere Richtung. Unter die Konferenzteilnehmenden hat sich offenbar ein islamistischer Gefährder gemischt. Von dem geht wahrscheinlich eine größere Gefahr aus als von ihrer Stammtisch-Kameradschaft!"

Eine Weile fällt niemandem ein, was er sagen soll. „Ihre beknackte Bemerkung über die Fußgängerzone hat mich an etwas Wichtiges erinnert", beginnt Sarah schließlich. Sie wird unterbrochen, als ein Kollege den Raum betritt und eine Mappe auf den Tisch legt.

„Der forensische Bericht aus der Kakushöhle: Der Tote wurde im oberen Tei der Kakushöhle gefunden, links neben der Treppe, die zum hinteren Ausgang führt vor dem Gitter zum Schutz der Fledermäuse.

Der Schuss war tödlich, weil er direkt ins Herz ging und zu einem schnellen und hohen Blutverlust führte. Die Untersuchung des Tatorts ergab, dass der Schuss aus nächster Nähe abgegeben wurde, vermutlich einer Entfernung von 2-3 m. Daher kann man von einer hohen Geschoßgeschwindigkeit ausgehen. Der Schütze muss unmittelbar vor dem Opfer gestanden haben.

Abgesehen von der Schusswunde in Brusthöhe konnten keine weiteren Verletzungen festgestellt werden. Die toxikologische Untersuchung des Toten anhand von Blut- und Gewebeproben ergab weder das Vorhandensein von Alkohol oder Drogen noch anderer Substanzen.

Die Waffen- und Munitionsanalyse hat ergeben, dass die gefundene Patronenhülse von einer Glock 17 stammt, die bekanntlich bei Polizei, Militär und Sportschützen beliebt ist. Es wurde Munition vom Kaliber 9x19 mm Parabellum verwandt. Die Tatwaffe haben wir nicht gefunden. Direkt neben dem Toten befanden sich Pulverrückstände auf dem Höhlenboden.

Immer wieder kehren seine Gedanken zu jenem Tag zurück, der so vieles verändert hat. Der Tag, an dem er gekränkt und verletzt wurde, an dem Menschen, die er für echte Freunde hielt, ihn verraten und gedemütigt haben. Aber schon vor diesem verhängnisvollen Tag geschahen Dinge, die sein Vertrauen erschütterten. Menschen, an die er glaubte, hatten ihn betrogen, verraten, im Stich gelassen.

Dabei war es am Anfang ganz anders gewesen. Im Gegensatz zu vielen anderen Schülern musste er nie um seine Noten bangen, konnte nach dem Unterricht viel mit seinen neuen Mitschülern unternehmen. Oft ruderten sie mit den schuleigenen Booten auf dem Rhein.

Von den vielen handwerklichen Angeboten wählte er die Holzwerkstatt und wurde immer geschickter. Schon lange vor Weihnachten freute er sich darauf, seine Eltern mit einer selbstgemachten Holzschale und einem Vogelhäuschen zu überraschen.

Man konnte Musikunterricht nehmen oder im Chor mitsingen. Als besonders feierlich empfand er das gemeinsame Singen in der Adventszeit. Auch die Theater-AG faszinierte ihn. Es fiel ihm nicht schwer, sogar lange Rollentexte auswendig zu lernen.

An Sonn- und Feiertagen unternahm man Spaziergänge oder Wanderungen. Jedes zweite Wochenende war Heimfahrsonntag. Die Schüler, die in der Nähe wohnten, fuhren nach Hause. Manche wurden sogar vom Chauffeur der Eltern abgeholt. Für ihn war es zu teuer, so oft nach Hause zu fahren. Auch seine Zimmergenossen blieben an diesen Wochenenden im Internat, weil ihre Eltern zu weit entfernt wohnten. Sie waren eine eingeschworene Gemeinschaft, teilten alles, auch den Inhalt der Päckchen, die ab und zu von zu Hause eintrafen.

KAPITEL 22

Hanna Meyer und Lena Diefental treffen sich auf einen Kaffee. Das Bistro *Kaffeeklatsch* ist schick im französischen Landhausstil mit viel Kiefernholz eingerichtet.

Lena liebt diesen Ort, an dem sie oft nur einen Kaffee trinkt, manchmal aber auch eine Quiche oder eine Zwiebelsuppe genießt. Dann kommt sie oft ins Träumen. Wie gerne würde sie selbst so ein kleines Café führen, mit leckeren Blechkuchen, Sahnetorten, feinem Gebäck und verschiedenen Kaffeespezialitäten. Als Postzustellerin kann sie wenigstens ab und zu aus der tristen Realität in die Welt der Phantasie abtauchen. Aber die Arbeit und der anstrengende Alltag mit den Kindern... Ob ihr Mann das auch so verlockend findet?

„Was darf ich Ihnen bringen?", unterbricht die Kellnerin etwas gestresst ihre Gedanken. „Ich hätte gerne einen French Press", und Hanna ergänzt: „Für mich bitte einen Latte Macchiato. Mit Milch, auf gar keinen Fall mit Sahne!" „Darf es etwas vom Kuchenbuffet sein?" Beide entscheiden sich spontan für ein Stück Obststreuselkuchen mit Sahne.

„Übrigens, dein Döppekuchen neulich war grandios. Da hat Annegret gar nichts mehr gesagt. Und das will was heißen", lobt Lena. „Sarahs Pasties auch." Die Kochgruppe hatte sich vorgenommen, öfter auch mal über den Eifeler Tellerrand zu schauen und internationale Gerichte zu probieren. Deshalb hat Sarah, die neuerdings auch Mitglied im *Kochclub* ist, gestern ein unglaublich leckeres Pasty-Rezept aus ihrer zweiten Heimat Cornwall mitgebracht, wohin sie seit ihrer Kindheit regelmäßig reist. „Was dem Eifler sein Döppekuchen, ist dem Cornishman seine Pasty – eine wahre Delikatesse", verkündete sie mit leuchtenden Augen. Die D-förmige Teigtasche, gefüllt mit Rindfleisch, Kartoffeln, Rüben und Zwiebeln, war im 13. Jahrhundert eine Delikatesse der gehobenen Gesellschaft. Später wurde sie zur traditionellen Speise der Bauern und Bergleute in den Kupfer- und Zinnminen. Die Pasty war praktisch ein Eintopf ohne Topf, sie konnte auf einer Schaufel erhitzt oder kalt gegessen werden.

Damit es beim Verzehr nicht zu Verwechslungen kam, entwickelten die liebenden Ehefrauen eine geniale Idee: Sie buken die Initialen des Besitzers in den äußeren Teig Rand. Dieses Teigstück wurde als letztes gegessen oder sogar weggeworfen, um die in den Zinnminen drohende Arsenvergiftung zu vermeiden.

Plötzlich muss Hanna grinsen. Lena schaut sie fragend an. „Ich denke gerade an die Buchstaben auf dem Teig Rand?" „Ja, und?" „Stell dir vor, was für ein Durcheinander unter Tage entstanden wäre, wenn nicht nur die Ehefrauen, sondern auch die Geliebten oder Freundinnen Teigtaschen mitgegeben hätten." „Was meinst du damit?" Lena ist verdutzt. „Stell dir den gestandenen Bergmann John Trelawney vor – oder wie auch immer er heißt. Plötzlich stehen zwei Teigtaschen mit seinen Anfangsbuchstaben da. Und alle tuscheln und fragen sich, wer es außer seiner Frau wohl so gut mit ihm meint und mit wem er was am Laufen hat." „Du hast wirklich eine blühende Fantasie ."

Nachdenklich blicken die beiden Frauen auf die Straße. Lena stößt Hanna an. „Guck mal, aber unauffällig." „Wohin?" „Zu dem Typen mit dem grünen Hemd." „Unauffällig, habe ich gesagt." „Kennst du ihn? ","Nein." „ Kannst du ihm folgen? Mich kennt er wahrscheinlich."

Hanna Meyer lässt sich nicht zweimal bitten, Detektivin zu spielen. Sie weiß, dass sie eine gute Beobachterin ist und oft winzige Details wahrnimmt, die anderen entgehen. Ihre Liebe zu Büchern und Rätseln hat sie dazu inspiriert, ihre eigenen detektivischen Fähigkeiten zu entwickeln. Wie immer hat sie einen Notizblock und einen Stift dabei. Schon ist Hanna um die Ecke verschwunden. Das Warten kommt Lena sehr lang vor.

Endlich taucht Hanna wieder auf. Verstohlen schaut sie sich um, bevor sie sich zu ihrer Freundin setzt. „Der Typ ist zum Antiquariat Wißkirchen gegangen." „Bist du sicher? Bist du ihm in den Laden gefolgt?" „Das wäre zu auffällig gewesen. Aber ich habe durchs Fenster gespäht. Er stand hinter der Theke. Sieht so aus, als ob er der Ladenbesitzer ist. Jetzt erzähl mir doch mal, warum du den Knaben so verdächtig findest."

„Ich habe doch den Kindergeburtstag in der Kakushöhle vorbereitet." „Da, wo sie jetzt den Toten gefunden haben." „Genau." „Klingt spannend." „Als ich am Tag vorher die Teile der Schatzkarte versteckt hatte, kam mir plötzlich dieser Typ entgegen. Sein Gesicht konnte ich kaum erkennen. Ohne mich zu grüßen, rempelt er mich an und war im Nu verschwunden." „Es gibt eben unhöfliche Menschen.Und das war der Mann?" „Glaube ich zumindest. Ganz sicher bin ich nicht." „Er könnte etwas mit dem Mord in der Höhle zu tun haben, worüber die in der Zeitung berichtet haben", mutmaßt Hanna. „Meinst du, ich sollte der Polizei von dem unhöflichen Kerl erzählen?" „Auf jeden Fall. Die sind bestimmt für jeden Hinweis dankbar."

Jedes Mal, wenn Johannes nach einem langen Tag voller Ermittlungen nach Hause kommt, begrüßt ihn seine treue Tessa mit wedelnder Rute an der Tür. Trotz der anstrengenden Arbeit lässt Johannes die Sorgen des Tages hinter sich, sobald ihn Tessa stürmisch begrüßt. Aus der Tasche zieht er eine kleine Dose mit Leckerlis – nicht nur eine Belohnung für den Hund, sondern auch ein Ritual, das ihm hilft, von der Anspannung der Arbeit abzuschalten.

Geduldig sitzt die Labradorhündin da, den Blick fest auf die Hand ihres Herrchens gerichtet, die sich langsam öffnet und ein Leckerli freigibt. Mit einem leisen „Bravo!" lobt der Hauptkommissar seine Tessa, während diese geschickt nach dem Leckerli schnappt. Es ist ein Moment der stillen Verständigung zwischen beiden, ein tägliches Ritual, das dem Kommissar einen Moment der Ruhe und Normalität in seinem sonst so hektischen Leben schenkt.

Johannes Nöthen sinnt nach: Gibt es einen Zusammenhang zwischen dem Toten am Heidentempel und dem Mord an Rajan Srikumari? Sie sind eigentlich nicht mehr für die Fälle zuständig. Aber es hat sich herumgesprochen, dass die Geldeintreiber, die Rajan Srikumari verfolgten, dringend gesucht werden. Seine Frau gibt zu, dass er sich oft verschuldet hat. Obwohl Rajan das vor ihr geheim halten wollte, entging ihr nicht, dass er bedroht wurde.

Aber Johannes kann sich nur schwer vorstellen, dass die Geldeintreiber ihn ermordet haben. Ein Toter kann schließlich keine Schulden mehr bezahlen.

Ein energisches Klopfen. Sarah tritt ein, streichelt Tessa ausgiebig und lässt sich in einen der Sessel fallen.

„Nach dem Waffenfund hinter dem Gitter der Fledermaushöhle laufen unsere Ermittlungen auf Hochtouren. Es ist mir ein Rätsel, dass die Staatsanwaltschaft offenbar nicht davon ausgeht, dass die Waffen oder der Sprengstoff in nächster Zeit eingesetzt werden sollten. Aber mich macht das nervös", berichtet Johannes. „Verständlich." „Da ist noch etwas…" „Ja?" „Gestern hat uns Lena Diefental erzählt, dass ihr noch etwas eingefallen ist. Als sie am Tag vor dem Kindergeburtstag die Hinweise für die Schatzsuche in der Höhle versteckte, fiel ihr ein Mann auf. Das ist natürlich an sich nichts Ungewöhnliches, weil viele Besucher die Höhle erkunden. Aber dieser Mann verhielt sich merkwürdig und wirkte gehetzt."

„Und?" „Sie glaubt, dass sie den Mann auf der Straße wiedererkannt hat, der sie bei den Vorbereitungen zu ihrer Geburtstagsfeier angerempelt hat." „Interessant." „Ihre Freundin ist dem Mann gefolgt. Er ist im *Antiquariat Wißkirchen* verschwunden.

Um sicherzugehen, haben wir Frau Diefental mit auf die Wache genommen und ihr Fotos von einigen Verdächtigen aus dem Kameradenkreis gezeigt", so Nöthen weiter. „Sie war sich bei den Fotos nicht ganz sicher. Morgen gibt es eine Gegenüberstellung mit Wißkirchen." „Läuft das nicht über die Krüger und ihre Soko?"

„Das ist ein Grenzfall. Wir lassen das über die Ermittlung *Eifel-Kameradschaft* laufen. Daran ist Frau Krüger nachweislich nicht interessiert. Der Typ war außerdem nicht zur mutmaßlichen Tatzeit des Mordes an Rajan Srikumari in der Höhle. Der Mann, den Lena Diefental gesehen hatte, trieb sich am Nachmittag auf dem Gelände herum. Die geschätzte Tatzeit lag jedoch zwischen 22 Uhr und Mitternacht. Trotzdem sollten wir der Sache nachgehen; denn es könnte einen Zusammenhang geben."

„Hast du schon gehört, in welche Richtung die Ermittlungen sonst noch gehen?" „Nur so ungefähr. Wir sind nicht mehr dabei." „Ich nehme an, dass sie alle Teilnehmer der Konferenz noch einmal unter die Lupe nehmen. Adil Mahmud ist ihnen im Zusammenhang mit illegalem Kunstraub aufgefallen."

„Wie das?" „Da gibt es diese *Operation Pandora*. Sie wird von der spanischen Guardia Civil geleitet und von Europol und Interpol unterstützt." „Was haben die gemacht?" „Verstärkte Kontrollen bei Händlern, an Grenzübergängen und auf Online-Plattformen: Fast elftausend gestohlene Gegenstände wurden beschlagnahmt, zahlreiche Personen festgenommen, über 100 Ermittlungsverfahren eingeleitet. Allein im Internet konnten über viertausend illegal erworbene Objekte identifiziert werden".

„Wo kommt unser Adil Mahmud ins Spiel?" „Das ist nicht ganz klar. Er besitzt wertvolle Kunstwerke. Und es besteht der Verdacht, dass er eine Organisation unterstützt, die Geldwäsche betreibt und mit Raubkunst Terror finanziert." „Krass. Aber hat das etwas mit den Toten zu tun?" „Keine Ahnung. Aber es ist interessant. Als er hier in Vogelsang war, ist bei ihm eingebrochen worden. Es wurden einige sehr wertvolle Artefakte gestohlen."

„Interessant. Könnte das etwas mit den Morden zu tun haben?" „Eher unwahrscheinlich. Aber sie gehen jeder Spur nach. Dieser Adil Mahmud scheint eine etwas schillernde Figur zu sein, mit einer teilweise dubiosen Vergangenheit?" „Wegen der Kunstraub-Geschichte." „Das auch. Er soll Kontakte zum IS gehabt haben. Aber das ist schon eine Weile her. Das sind eigentlich nur Vermutungen. Handfeste Beweise gibt es offenbar nicht. Seitdem führt er ein vorbildliches Leben, unterstützt Friedensinitiativen in seiner Heimat Irak, setzt sich für Gespräche zwischen Muslimen und Juden und für die verfolgten Mandäer ein."

„Mandäer?" „Habe ich gegoogelt. Die Mandäer stammen aus dem Irak und dem Iran und gehören einer jahrtausendealten Religion an. Sie glauben an einen Gott, den sie auch König des Lichts nennen, und an böse Dämonen. Da fließendes Wasser für sie sehr wichtig ist, leben sie gerne an Flüssen. Ihr letzter Prophet war Johannes der Täufer. Diese Minderheiten wurden schon zu Zeiten Saddam Hussains verfolgt. Immer wieder waren sie Übergriffen radikaler Gruppen ausgesetzt." „Und für den Dialog mit den Mandäern setzt sich Mahmud ein?" „Ja."

„Du hast erwähnt, dass sie jetzt alle Konferenzteilnehmer durchleuchten?" „Stimmt. Das betrifft übrigens auch den Vater von Christophs Schulfreund. Der ist offensichtlich nicht nur ein schutzbedürftiger Asylbewerber." „Khaled Husaini. Das glaube ich jetzt nicht." „Dachte ich mir. Auf diesem Auge bist du nämlich blind." „Um was geht es genau?"

„Jetzt wird es interessant." „Warum?" „Gerhard Bergmann hat sich bei der Staatsanwaltschaft gemeldet und den Verdacht geäußert, dass Khaled Husaini Kontakte zur Hamas hat. Er soll sich nur Zugang zur Konferenz verschafft haben, um einen Anschlag auf Rebekka Cohn zu planen." „Das wollte er uns auch weismachen. Aber Husaini ist doch ein erklärter Gegner des Assad-Regimes. Er hat als politisch Verfolgter in Deutschland Asyl bekommen." „Stimmt." „Und was wirft man ihm jetzt vor?" „Dass er sich bei Samidoun engagiert, einem palästinensischen Solidaritätsnetzwerk, das seit dem Angriff der Hamas auf Israel bei uns verboten ist.

Das Bundesamt für Verfassungsschutz spricht von rund 450 Hamas-Mitgliedern in Deutschland, die Propaganda verbreiten und Spenden sammeln." „Und gewalttätige Aktionen?" „Bisher nicht. Aber es wurden einige Mitglieder verhaftet, die Anschläge auf jüdische Einrichtungen geplant haben sollen." „Und Khaled Husaini soll einer davon sein?" „Das behauptet zumindest Bergmann." „Der spinnt doch! Wie will er das beweisen?" Sarah ist voller Bedenken.

„Du glaubst das nur nicht, weil dein Christoph mit Husainis Sohn befreundet ist." „Nein!" „Doch. Wenn sich der Verdacht mal nicht gegen Rechte richtet, bist du voreingenommen." „Nein! Extremismus muss immer bekämpft werden, egal aus welcher Richtung. Aber ich kenne die Husainis. Wir waren sogar mal zum Fastenbrechen bei ihnen eingeladen. Das sind keine Terroristen. Dafür lege ich meine Hand ins Feuer." „Aber du weißt schon, dass wir wachsam und vorsichtig sein und jedem Hinweis nachgehen müssen." „Schon."

„Übrigens private Fahndungsaufrufe wie die von Bergmann sind strafbar. Das verstößt gegen die Persönlichkeitsrechte", insistiert Sarah. Johannes schüttelt resigniert den Kopf.

„Diese Woche wohnt Lotte bei dir?" „Ja." „Habt ihr was Besonderes vor?" „Vielleicht ins Kino gehen, wenn ich Zeit habe. Lotte ist übrigens sehr aufgeregt." „Warum?" „Die Politiklehrerin hat sie und ein paar andere Schülerinnen ausgewählt. Sie dürfen die Konferenzteilnehmer interviewen. Das findet Lotte richtig spannend. Sie überlegt schon fieberhaft, was sie Frau Cohn fragen will."

Johannes schweigt nachdenklich. „Und du findest das nicht so gut?", überlegt Sarah. „Im Prinzip schon. Aber jetzt noch nicht. Ich bin gespannt, ob sie die Schülerinnen überhaupt reinlassen." „Aber bis jetzt ist da oben noch nichts geschehen. Die Morde sind an anderen Orten passiert." „Trotzdem! Ich habe ein verdammt mieses Gefühl. Immerhin hat es zwei Tote gegeben. Da muss Lotte nicht dabei sein." „Verstehe. Aber die Morde sind nicht auf Vogelsang passiert." „Es ist schon merkwürdig, dass beide Opfer Konferenzteilnehmer sind, oder?"

„Was ich dir gestern schon sagen wollte: Es gibt da jemanden, den wir unbedingt befragen müssen. Ich habe gesehen, wie er in Münstereifel einen Konferenzteilnehmer begrüßt hat, als würde er ihn schon lange kennen." „Wer ist das?" „Ein älterer Hobby-Imker, der in der Nähe von Gemünd wohnt, Hermann Josef Schuster." „Kennst du ihn näher?" „Nein. Tilda war mit ihrer Klasse bei ihm. Er versteht wohl sehr viel von Bienen und kann viel Interessantes erzählen."

KAPITEL 23

Dieses Mal unternimmt er seinen morgendlichen Lauf, um sich von der wachsenden Nervosität abzulenken. Seine alte Strecke meidet er aus verständlichen Gründen. Schließlich bietet die Eifel viele Möglichkeiten zum Joggen.

Er startet an einem kleinen Parkplatz am Waldrand, wo sich ein sanfter Pfad zwischen den Bäumen hindurchschlängelt. Der Weg ist weich und mit Laub bedeckt, das die Schritte dämpft. Die ersten Meter sind flach und bieten Gelegenheit, sich in der Stille des Waldes aufzuwärmen. Er muss seine Gedanken ordnen. Das hat er bitter nötig!

Nach etwa einem Kilometer wird der Weg leicht hügelig, was eine angenehme Herausforderung darstellt. Entlang eines schmalen Baches, dessen Plätschern beruhigend wirkt, überquert er eine kleine Holzbrücke. Dann öffnet sich der Wald wieder und gibt den Blick auf weite Wiesen frei.

Er läuft weiter, verwirft den Gedanken an eine kurze Rast und macht sich auf den Rückweg. Vergeblich hält er Ausschau nach Rehen, die hier gelegentlich in der Ferne äsen. Das letzte Stück führt zum Ausgangspunkt zurück. Dieser Teil des Weges ist wieder flacher, die Bäume sind lichter geworden und er sieht das Sonnenlicht durch das Blätterdach brechen. Leider hat ihm der Lauf nicht die erhoffte Entspannung gebracht.

Seine anfängliche Begeisterung für die *Kameradschaft* erlitt einen erheblichen Dämpfer, als er quasi gezwungen wurde, die Kisten mit den Waffen zu verstecken. Seit er weiß, was die neuen Kameraden vorhaben, plagt ihn sein Gewissen. Einfach aussteigen kann er nicht. Inzwischen steckt er mittendrin. Dann sähe man ihn als Verräter. Und er wäre allein. Familie und frühere

Freunde sind nicht mehr da. Vergeblich ringt er um eine Lösung, die das Verbrechen verhindert, ihn aber auch nicht zum Denunzianten macht. Diese Lösung gibt es nicht.

Aus für ihn nicht nachvollziehbaren Gründen hat man ihn zu einer Gegenüberstellung bei der Polizei vorgeladen. Er steht vor einer schwierigen Entscheidung, bei der es kein eindeutiges Richtig oder Falsch gibt.

Jede Entscheidung hat weitreichende Konsequenzen, nicht nur für ihn, sondern auch für seine Kameraden. Die Last der Verantwortung wiegt schwer und die Angst vor den Folgen einer falschen Entscheidung ist lähmend. Seit er in die Pläne eingeweiht ist, stellt er sich immer wieder die Frage, ob er mit den Konsequenzen seines Handelns leben kann. Schließlich handelt es sich um ein Gewaltverbrechen. Zwar hatten die Kameraden den Termin verschoben. Aber trotzdem stand die Bedrohung unmittelbar bevor.

Aber wenn er zur Polizei geht, wird man ihn fallen lassen. Nicht nur das. Sie würden sich rächen. Mit Verrätern ging man nicht zimperlich um.

Man fragt ihn, ob er seinen Anwalt informiert habe. Das hat er nicht. Erstens hat er keinen Anwalt und zweitens weiß er nicht, was er sagen soll. Die anwesenden Polizisten begrüßen ihn freundlich und erklären ihm den genauen Ablauf.

Man habe im Vorfeld mehrere Personen ausgesucht, die ihm in Alter und Aussehen ähneln. Selbstverständlich sei der Zeuge oder die Zeugin vorher in keiner Weise beeinflusst oder über seine Identität informiert worden. Bei einer möglichen Identifizierung werde genau geprüft, wie sicher sich der Zeuge sei. Diese Schritte sollen gewährleisten, dass die Gegenüberstellung fair und ohne suggestive Beeinflussung geschieht. Das Risiko einer Fehlidentifizierung soll möglichst verringert werden.

Während er neben den anderen Männern steht, überlegt er kurz, wie er seine Identität verschleiern kann. Bewusst hat er sich mit Pullover und Hose etwas anders als sonst gekleidet. Die mitgebrachte Kappe wird ihm sofort abgenommen. Er tut alles, um möglichst unbeteiligt auszusehen.

Als die Gegenüberstellung vorbei ist, fällt ihm ein, wer der Zeuge oder die Zeugin sein könnte, obwohl er sie nicht gesehen hatte: die Frau, die er in der Höhle fast umgerannt hatte, als er den Sprengstoff holen wollte. Hatte sie ihn doch erkannt?

Es beunruhigt ihn. Angst legt sich wie ein kalter Schatten auf sein Bewusstsein. Sein Herz beginnt zu rasen, seine Hände werden feucht, in seinem Magen bildet sich ein Knoten. Als die Polizistin zurückkommt, ist ihr Gesichtsausdruck ernst. „Ich fürchte, wir haben noch ein paar Fragen. Rufen sie lieber Ihren Anwalt an."

Khaled Husaini und Adil Mahmud haben sich für einen Abendspaziergang auf dem Gelände der ehemaligen „Ordensburg" entschieden. Sie genießen die Ruhe und die besondere Atmosphäre.

Langsam geht die Sonne unter und die historischen Gebäude, die noch heute den Machtanspruch des Nationalsozialismus widerspiegeln, und die beeindruckende Natur bilden eine einzigartige Kulisse. Beide hatten zuvor die Dauerausstellung „Bestimmung: Herrenmensch – NS Ordensburg zwischen Faszination und Verbrechen" besucht. Nachdenklich hatten sie die Exponate betrachtet, lasen die Texte und studierten die Bilder und Schautafeln. Als sie sich vom Hauptgebäude entfernen, genießen sie die Ruhe und den außergewöhnlichen Panoramablick auf den Obersee und den Urft Stausee.

„Ich verstehe immer noch nicht, warum Sie nicht wegen des Einbruchs besorgt sind", beginnt Khaled Husaini das Gespräch.

„Wir können ruhig du sagen", wendet sich Adil Mahmud an den Fragenden. „Nein, das war genau mein Plan." Husaini schaut verwirrt „Ich wollte, dass die einbrechen. Deshalb durftest du den Typen, die mich unter Druck gesetzt haben, ruhig den Tipp geben und den Sicherheitscode verraten."

„Ich verstehe immer noch nicht." „Die Teile, die sich zurzeit in meinem Haus befinden, sind nicht echt. Aber bis die das merken, wenn überhaupt, habe ich Zeit gewonnen. Die echten Stücke habe ich längst einem Museum vermacht. Ich hoffe, dass die Diebe, welche die Fälschungen in meinem Haus gestohlen haben, Ärger bekommen, wenn sie sie verkaufen wollen."

„Was will der denn jetzt noch?" Mahmud deutet auf Gerhard Bergmann, der in Richtung Besucherzentrum wetzt. Kurze Zeit später kommen zwei Sicherheitsbeamte auf Husaini zu. „Wir haben einen Durchsuchungsbeschluss. Folgen Sie uns bitte unauffällig in Ihren Bungalow."

Adil Mahmud macht Anstalten, ihnen hinterherzugehen. „Nein, Sie dürfen uns nicht begleiten, auch wenn sie im selben Haus wohnen. Begeben Sie sich bitte ins Restaurant zu den anderen."

Betroffen blickt Adil Mahmud Khaled Husaini hinterher. Dann beobachtet er, wie sich vor dem Restaurant eine gewisse Hektik ausbreitet. Jemand ruft etwas durch ein Megafon. Alle werden aufgefordert, sofort das Gelände zu verlassen und sich zu einer Sammelstelle vor dem alten Eingangstor zu begeben. Schnell registrieren die Beamten, ob alle eingetroffen sind. Umgehend werden sie zu bereitstehenden Fahrzeugen gebracht.

Sarah hat Benjamin gerade zu einem Freund gebracht. Tilda und Christoph haben sich in ihre Zimmer zurückgezogen. Eigentlich hätte sie heute Nachmittag endlich einmal Zeit für sich; denn Mark ist zum Handballtraining aufgebrochen.

Sie fühlt sich erschöpft, aber in ihrem Kopf arbeitet es noch unentwegt. Die To-do-Liste für den nächsten Tag schwirrt in ihrem Kopf herum.

Obwohl es ihr schwerfällt, den Stress des Tages hinter sich zu lassen, sehnt sie sich nach Entspannung und einem gemütlichen Nachmittag. Sie fläzt sich auf das Sofa und atmet tief durch. Gerade als sie überlegt, ob sie ihr Buch weiterlesen oder lieber entspannende Musik hören soll, klingelt es. Es ist Johannes.

„Was ich gerade erfahren habe, wird dir gar nicht schmecken!" Er setzt sich Sarah gegenüber in einen Sessel. „Sie haben das Zimmer von Khaled Husaini durchsucht und einige interessante Dinge entdeckt. Inzwischen befindet er sich in Haft."

„Was haben sie gefunden, dass sie ihn so leicht verhaften können?" „Sie sind auf Material gestoßen, das ihn schwer belastet."

Johannes liest die WhatsApp-Nachricht auf seinem Smartphone. „Sie haben den Laptop in Husainis Zimmer beschlagnahmt. Auch haben sie sein Smartphone ausgewertet. Er hat offenbar eine Anleitung zum Bombenbau heruntergeladen. Bei der weiteren Durchsuchung des Zimmers hat man Chemikalien, fertige Sprengstoffe und Zündvorrichtungen sowie Propaganda-Material der Hamas entdeckt. Auch soll er Verbindungen zu einem islamistischen Netzwerk unterhalten haben, das den Sicherheitsbehörden schon länger aufgefallen ist."

„Ich kann mir das alles kaum vorstellen." „Weil du es nicht glauben willst. Die Beweise sind erdrückend. Und er hatte dubiose Chats, teilweise im Darknet. Da könnte er sich Waffen besorgt haben."

„Dir ist schon klar, dass nicht nur Kriminelle das Darknet nutzen!", wendet Sarah ein. „Das Darknet bietet ein hohes Maß an Anonymität. Es wird auch von Menschen genutzt, die ihre Identität verbergen wollen, die in Diktaturen und Unterdrückungsregimen politisch aktiv sein wollen, ohne entdeckt zu werden.

Husaini kann also durchaus harmlose Gründe ins Feld führen, sich dort aufzuhalten."

„Es ist schön, dass du nach Entlastungen suchst. Aber der Sprengstoff und die Bauanleitung sprechen für sich."

„Was sagt Husaini selbst dazu?" „Der streitet alles ab. Er behauptet, das sei gar nicht sein Rechner."

„Natürlich will er sich herausreden. Klingt nach einer faulen Ausrede." „Stimmt. Aber so ein Teil kann man leicht austauschen." „Und der Tipp, dass Husaini mit der Hamas zusammenarbeitet und einen Anschlag plant, kommt von Bergmann." „Ich glaube schon. Aber die Beweise sprechen für sich."

„Was mich stutzig macht..." Sarah ist nachdenklich. „Bergmann war in der Wertherstraße, als ich meinen Cappuccino getrunken habe. Er saß am Nebentisch und hat mit dem Imker diskutiert, von dem ich dir erzählt habe." „Ja, und?" „Es war eine merkwürdige Situation. Bergmann hat den Verdacht, dass sich unter den Gästen in Vogelsang islamistische Gefährder befinden, so herausposaunt, als hätte er eine Rolle einstudiert." „Was meinst du?"

„Man könnte meinen, er wollte eine breite Öffentlichkeit auf seinen Verdacht aufmerksam machen. Und heute steht es in der Zeitung..." „Im *Eifeler Beobachter*?" „Nein, in diesem unseriösen Kampfblatt." Sarah knallt die Zeitung auf den Tisch:

„Aus zuverlässiger Quelle wurde bekannt, dass sich unter den Konferenzteilnehmern auf Vogelsang IP islamistische Gefährder befinden. Im Zimmer eines Verdächtigen wurden Sprengstoff und weiteres Zubehör zum Bau einer Bombe gefunden. Haben die strengen Sicherheitskontrollen versagt? Unsere Zeitung sprach mit einem der Organisatoren der Konferenz, der auf Sicherheitsmängel hinwies..."

„Worauf willst du hinaus?" „Mit Organisator ist wohl Bergmann gemeint." „Könnte sein." „Wenn ich einen Anschlag befürchte, informiere ich doch zuerst die Polizei und die Sicherheitsbehörden. Ich hänge das sicher nicht an die große Glocke, um einen möglichen Täter zu warnen." „Da hast du recht!"

„Und hast du auf das Datum geschaut? Der Artikel ist gestern erschienen, bevor die Staatsanwaltschaft etwas wusste. Irgendwas ist hier oberfaul."

„Von wem ist der Artikel?" „Einem gewissen Dirk Detektor, sicher ein Pseudonym. Unter diesem Namen veröffentlich dieses Sensationsblatt öfter seine wilden Thesen."

„Aber der Laptop mit der Anleitung zum Bombenbau, der Sprengstoff und die Zünder waren doch in Husainis Zimmer." „Sie könnten aber auch Khaled Husaini absichtlich untergeschoben worden sein." „Das ist mir klar. Du willst nicht, dass er schuldig ist. " „Um Wollen geht es hier nicht. Ich habe das Gefühl, dass in dieser Sache etwas gewaltig zum Himmel stinkt. Noch einmal. Wenn ich einen Anschlag befürchte, dann gebe ich das nicht an die Zeitung weiter und schon gar nicht an dieses Boulevardblatt."

„Was meinst du genau?" „Als Bergmann uns berichtete, dass er Husaini verdächtigt, da hatte er vermutlich schon die Presse informiert. Was wissen wir eigentlich über diesen Bergmann?"

„Was soll das heißen?" „Mir erscheint es unerlässlich, den Mann zu überprüfen." „Meinst du, die haben auf der Konferenz jemanden eingestellt, ohne ihn zu auf Herz und Nieren zu überprüfen?" „Vertrauen ist gut, Kontrolle ist besser. Wer hat das nochmal gesagt?"

„Sollen Lotte, ihre Mitschüler und ihre Lehrerin nicht morgen nach Vogelsang fahren, um ihre Interviews zu machen? „Ja, so war es geplant. Jetzt gibt es eine Änderung. Weil man Husaini verdächtigt, eine Bombe versteckt zu haben, will man das ganze Gelände systematisch durchsuchen. Die Teilnehmenden der

Konferenz wurden vorsorglich evakuiert und in Hotels in Gemünd und Einruhr untergebracht. Übermorgen machen sie eine Bootsfahrt auf dem Rursee. Lotte, ihre Lehrerin und die anderen Schüler dürfen jetzt auch mit, um die Fahrt für ihre Fragen zu nutzen. Ehrlich gesagt, ich bin froh, dass Lotte nicht nach Vogelsang aufbricht. Übrigens hat mich Adil Mahmud angerufen. Er will sich gleich mit uns treffen. Es ist wichtig, sagt er."

KAPITEL 24

Adil Mahmud war froh, dass Johannes Nöthen und Sarah Berger-Roth zu einem Gespräch bereit waren. Die Beamten, die Khaled Husaini in Gewahrsam genommen hatten, ließen ihn nicht zu Wort kommen.

Er hatte für das Gespräch mit der Polizei die Osmanische Herberge in Sötenich vorgeschlagen. Mahmud sitzt im Teehaus und Restaurant der Derwische und studiert die Speisekarte. „Schade" denkt er, „ich hätte das syrische Menü vorbestellen sollen." Gerichte wie „Kibba Safajiliyya" – Lamm, Quitten, Rinderhackbällchen und Walnüsse – oder „Frieka" – Grünkern, Reis, Lamm, Mandeln und Pinienkerne – hätten ihm besonders gut gemundet. Nach einigem Überlegen entscheidet er sich für Salat und Lahmacun, ein dünnes Fladenbrot aus Hefeteig, das vor dem Backen mit einer Mischung aus Hackfleisch, Zwiebeln und Tomaten bestrichen wird. Sein Blick schweift zu den Kindern, die auf der Wiese spielen.

„Bevor du einen Anfall bekommst", bemerkt Sarah ironisch, als sie das Auto abstellen. „Curry-Wurst gibt es hier nicht." „Hältst du mich eigentlich für einen Hinterwäldler aus der Eifel?" „Dass Muslime kein Schweinefleisch essen und man deshalb hier keine Currywurst auf der Speisekarte findet, ist ja wirklich keine bahnbrechende Erkenntnis." „Du bist also noch nicht hier gewesen, obwohl du dich in der Eifel doch so gut auskennst."

„Nee. Aber ich weiß, dass es diese Herberge gibt." „Die besteht schon seit 20 Jahren", erklärt Sarah. „Es ist die Begegnungsstätte eines Sufi-Ordens. Hier treffen sich Muslime und Nichtmuslime, um Erfahrungen auszutauschen, gemeinsam zu essen und inneren Frieden zu finden. Besonders wichtig ist ihnen der

Gedanke, dass jeder Mensch und jedes Volk einzigartig ist."
„Sufi?" „Den Sufis geht es um die persönliche Nähe und Liebe zu
Gott und den inneren Sinn des Korans. Anders als zum Beispiel
die Salafisten wollen sie niemandem ihren Glauben aufzwingen."

„Danke, dass Sie gekommen sind", begrüßt sie Khaled
Mahmud. „Ich bin selbst kein Sufi, aber ich finde ihre Gedanken
anregender als manche andere Richtungen meines Glaubens."
„Sie meinen islamistische?" „Genau. Deshalb habe ich Sie eingeladen. Ihre Kollegen haben einen Fehler gemacht, als sie Husaini
verhaftet haben."

„Woher wollen Sie das wissen? Ist er ihr Freund?" „Wir haben
uns erst auf der Konferenz kennengelernt, aber wir haben uns intensiv unterhalten. Wir waren auch in der Ausstellung über Herrenmenschen. Husaini machte kluge Bemerkungen über die
Menschenverachtung und Gewaltverherrlichung der Nazis, ihre
erschreckenden Vorstellungen von Elite und Unterordnung."
„Das ist ihr persönlicher Eindruck, aber noch lange kein Beweis."

Nach kurzem Überlegen entscheidet sich Johannes für einen
Teller Kebab, Sarah für eine Pizza: „Ich kann mir nicht vorstellen,
dass Husaini eine Gewalttat geplant hat, schon gar nicht gegen
Frau Cohn, deren Ideen er offenbar sehr schätzt." Sarah hört aufmerksam zu.

„Mir ist aufgefallen, dass sich ein Mitarbeiter des Tagungs-Teams in Husainis Zimmer aufgehalten hat. Jetzt, wo er verhaftet
ist, möchte ich wissen, was er dort zu suchen hatte." „Wer war
das?" „Gerhard Bergmann. Khaled kam er schon die ganze Zeit
sonderbar vor. Er hatte ein ungutes Gefühl." „Warum hat er
nichts gesagt?" „Glauben Sie wirklich, dass man ihm geglaubt
hätte mit seiner Geschichte und seinem sogenannten Migrationshintergrund?"

„Vielleicht nicht", pflichtet Sarah ihm zögernd bei. „Seien wir
ehrlich. Er wirkte auch bei unserer Befragung nicht sehr

glaubwürdig, fast schon schuldbewusst", erinnert sich Johannes Nöthen an das Verhör. „Der Mann steht unter enormem Druck", entgegnet Adil Mahmud. „Er ist zwar als politisch Verfolgter anerkannt und genießt Asyl. Aber wenn irgendein Verdacht auf ihn fällt, kann er abgeschoben werden. Er fürchtet ständig um seine Sicherheit und die seiner Familie."

„Wo Rauch ist, ist meistens auch Feuer." Sarah wirft Johannes einen verständnislosen, empörten Blick zu. „Die syrische Botschaft ist sehr daran interessiert, dass Husaini abgeschoben wird. Dann können sie ihn nämlich festnehmen, verhören und zwingen, Namen preiszugeben." „Sag ich doch!" Sarah ist ganz Ohr.

„Da ist noch etwas." Mahmud nimmt sich einen Augenblick Zeit. „Man hat Husaini auf mich angesetzt und ihn erpresst, mein Sicherheitssystem herauszufinden." „Welches Sicherheitssystem?" „Für meine Kunstgegenstände, die ich aufbewahre, um Teile des Kulturerbes meines Landes zu retten." „Wurde bei Ihnen nicht eingebrochen? Ihr Sicherheitssystem wurde also geknackt?" „Es ist komplizierter." „Klären Sie uns auf." „Ich wollte ja, dass die Diebe einbrechen. Das sind bei mir zu Hause alles Duplikate. Die echten Stücke sind schon lange in einem Museum."

„Hat das etwas mit Husaini zu tun?" „Nur insofern, als er erpresst wurde, mich zu bespitzeln, und ich habe ihn erwischt. Dabei wurde mir klar, dass er mich nicht freiwillig ausspioniert hat." „Das verstehe ich nicht." „Husaini ist kein Terrorist. Jemand will den Verdacht auf ihn lenken, vielleicht um die tatsächlichen Verbrecher zu decken. Darüber sollten Sie nachdenken."

„Machen Sie es sich nicht zu leicht. Wir wissen doch alle, dass von den Islamisten eine große Gefahr ausgeht, vor allem nach den Angriffen der Hamas auf Israel."

„Ich will nichts verharmlosen", erklärt Mahmud. „Ich weiß mehr über diese Bedrohungen, als mir lieb ist. Es gibt eine Reihe von Leuten, die sich auf gefährliche Weise radikalisiert haben, von denen eine enorme Gefahr ausgeht. Da mache ich mir keine Illusionen. Aber Husaini ist der Falsche."

Johannes wendet sich an Sarah, als sie wieder im Auto sitzen. „Morgen nehmen wir Wißkirchen noch einmal in die Zange. Frau Diefental hat ihn identifiziert."

Gleich wird der Dampfer in Einruhr ablegen, diesem charmanten Dörfchen am Rursee. Er ist einer von vier Personenschiffen, die zur weißen Flotte der Rursee-Schifffahrt gehören. Die Ufer sind von dichtem Wald gesäumt, der Himmel spiegelt sich im klaren Wasser.

Die Fahrt wird am Obersee entlang gehen bis zur imposanten Urfttalsperre und weiter nach Rurberg. Lotte schaut zum Ufer, freut sich auf den Ausflug und überlegt, was sie Frau Cohn fragen möchte. Ein toller Tag, ganz ohne Schule, denkt sie. Gleich wollen Nele und sie sich im Bordbistro mit Snacks und Getränken versorgen. Die anderen Gäste haben sich schon Plätze gesucht. Lotte macht ein paar Fotos von ihren Freundinnen und der Umgebung. Dann überlegt sie, ob sie ihrem Vater eine Nachricht schicken soll.

Jetzt werden sie wohl gleich ablegen. Lotte beobachtet, wie die Leinen gelöst und die Maschinen gestartet werden. Ganz allmählich schiebt sich der Dampfer vorwärts und verlässt die Anlegestelle. „Der hat es aber eilig!" Lotte blickt auf einen Mann, der vom Oberdeck die Treppe hinunterstürzt und schnell zum Ausgang läuft. Im letzten Moment springt er auf die Brücke der Anlegestelle. Er will wohl doch nicht mitfahren und vor dem Ablegen des Dampfers wieder an Land sein. „Hätte er sich das nicht vorher überlegen können, oder hat er etwas Wichtiges vergessen?", fragt sich Lotte.

Die Sonne scheint vom wolkenlosen Himmel, als der Dampfer langsam Fahrt aufnimmt. Malerische Waldlandschaften aus Buchen, Eichen, Kiefern und Fichten ziehen vorbei, das Wasser schlägt sanfte Wellen, während die Gäste an Deck stehen und die frische Brise genießen.

Die Aussicht ist atemberaubend: Grüne Wälder erstrecken sich bis zum Horizont, das Wasser glitzert im Sonnenlicht, die Konferenzteilnehmer genießen die Fahrt, unterhalten sich angeregt, lachen und knipsen Fotos. Mit der Zeit verändert sich das Licht und der See nimmt verschiedene Farben an. Die Gäste sind fasziniert von der Schönheit der Natur. Einige lehnen sich an die Reling und lassen sich mit geschlossenen Augen die Sonne ins Gesicht scheinen.

Lotte versucht, sich zu konzentrieren. Sie ist eine engagierte Schülerin, die sich für Politik interessiert. Wegen des Interviews hat sie sich heute noch mehr Gedanken als sonst über ihr Outfit gemacht. Statt des üblichen Sweatshirts trägt sie eine weiße Bluse zur dunklen Jeans. Schon Tage vorher hat sie einiges über Frau Cohn gelesen und Fragen vorbereitet. Unbewusst zieht sie leicht ihre Augenbrauen zusammen, während sie sich auf ihre Notizen konzentriert.

„Lass doch mal die Zettel, du Streberin", ruft Nele ihr zu. „Wir wollen ein Eis essen." Beide machen ein Selfie, um die Erinnerung festzuhalten. „Wollen wir noch mal die Fragen durchgehen?", schlägt Lotte vor. „Die kannst du sowieso auswendig." Nele verdreht genervt die Augen.

Johannes erinnert sich an das Gespräch mit Sarah. So wie er sie kennt, gibt sie sicher keine Ruhe. Da er noch etwas Zeit hat, gibt er den Namen Gerhard Bergmann in das Fahndungssystem Inpol ein. Dort sind alle wichtigen Informationen über Straftäter gespeichert, die nicht nur von lokaler oder regionaler Bedeutung

sind. Fehlanzeige. Wie nicht anders zu erwarten: Gegen Bergmann ist kein Strafverfahren anhängig. Aber es muss sich doch
herausfinden lassen, was der Mann so treibt. Ein Blick in die Ak-
ten hat ergeben, dass Bergmann ein abgeschlossenes Studium in
Eventmanagement und Veranstaltungswirtschaft absolviert hat
und über Kenntnisse in Marketing, Logistik und Projektmanage-
ment verfügt. Er spricht fließend Englisch und Französisch, sogar
etwas Russisch, soweit die Zeugnisse.

Auch Bergmanns Adresse ist den Unterlagen zu entnehmen.
„Ich rufe dort mal an", überlegt Nöthen. „Vielleicht kann ich die
Ehefrau oder die Freundin befragen. Das müsste doch reichen,
dann wäre Sarah auch zufrieden, oder?"

Er hat Glück. „Mein Name ist Johannes Nöthen. Ich bin von
der Kreispolizei in Euskirchen, vom Kriminalkommissariat 1. Ich
möchte im Zusammenhang mit einer laufenden Ermittlung mit
Herrn Bergmann sprechen", sagt er, obwohl der Gesuchte eigentlich gar nicht zu Hause sein kann. „Er ist nicht da", antwortet eine
forsche Frauenstimme. „Richtig. Er ist bei der Konferenz in Vogelsang."

„Da müssen Sie sich irren." Die Frau lacht. „Mein Bruder
Gerhard arbeitet zurzeit nicht. Er hat Urlaub genommen und
macht eine Weltreise. Deshalb gieße ich hier regelmäßig die Blu-
men." Johannes weiß im ersten Moment nicht, was er sagen soll.
„Sind sie sicher?" „Aber ja." „Hier ist meine E-Mail-Adresse.
„Können Sie mir bitte ein Foto von Ihrem Bruderschicken."
„Gerne."

KAPITEL 25

Sarah und Johannes betreten das Vernehmungszimmer. Johannes Nöthen setzt sich auf einen Stuhl gegenüber von Wißkirchen, während Sarah außerhalb des Blickfeldes der Vernehmungsperson Platz nimmt.

„Die Zeugin hat sie eindeutig identifiziert. Ich fürchte, es sieht nicht gut aus für Sie, Herr Wißkirchen." „Ich habe mir nichts zu Schulden kommen lassen." Die Nervosität des Antiquitätenhändlers ist offensichtlich.

„Sie waren nachweislich an beiden Tatorten." Nöthens Gesichtsausdruck ist schwer zu deuten. „Was genau werfen Sie mir vor? Dass ich zufällig beim Joggen eine Leiche gefunden habe? Dass ich ebenso zufällig in der Kakushöhle war, wo ständig Touristen rumlaufen?"

Wißkirchen bemüht sich, forsch zu klingen. „Das wäre schon ein arger Zufall, wenn Sie nichts damit zu tun hätten." „Ich bin unschuldig."

„Dann wollen wir mal Klartext reden." Nöthens Stimme ist schneidend und hat einen drohenden Unterton.

„Sie gehören nachweislich der *Eifel-Kameradschaft* an, die im Verdacht steht, mehrere Straftaten begangen zu haben. Sie haben den Toten am Matronentempel gefunden. Eine Zeugin bestätigt, dass Sie in der Höhle waren, in der wir einen Toten entdeckt sowie Waffen und Sprengstoff sichergestellt haben. Ihre Fingerabdrücke befinden sich nachweislich auf dem Fledermausgitter."

„Damit habe ich nichts zu tun. "„Glauben Sie wirklich, dass einer ihrer sogenannten Kameraden für Sie aussagt, wenn Sie unter Mordanklage stehen? Die sind doch froh, wenn sie Ihnen die Morde in die Schuhe schieben können." „Die Kameraden haben niemanden umgebracht und ich auch nicht." „So kommen wir nicht weiter. Aber ich denke, dass die Beweise für eine Mordanklage ausreichen", blufft Nöthen. „Ich rufe gleich mal die Staatsanwaltschaft an."

„Das können Sie nicht machen, ganz ohne Beweise." Wißkirchen zeigt deutliche Anzeichen von Panik.

„Kommen Sie, Herr Wißkirchen", beschwichtigt Sarah Berger-Roth und tauscht den Platz mit ihrem Kollegen. „Wenn Sie uns helfen, bekommen Sie mildernde Umstände. Im Grunde sind Sie doch kein schlechter Mensch. Eigentlich können Sie nicht mit allem einverstanden sein, was die *Kameradschaft* macht. Aber wenn man zu einem Verein gehört, der einem etwas bedeutet, dann, ... dann ist man loyal. Dann plaudert man keine Geheimnisse aus, auch wenn man nicht mit allem einverstanden ist." Johannes lehnt sich abwartend zurück.

In tiefen Gedanken versunken, bleibt Wißkirchen stumm. Die Oberkommissarin hat den großen Gruppendruck richtig beschrieben, der in der *Kameradschaft* vorherrscht. Ist er inzwischen Täter oder nur noch Mitläufer? Einige aus der *Kameradschaft* spürten seine Zweifel und verhielten sich dementsprechend. Man weihte ihn nicht mehr in alle Pläne ein. Aber er weiß immer noch genug.

Er spürt einen starken Konflikt zwischen dem Wunsch nach Zugehörigkeit und der Angst vor Verrat. Keinesfalls möchte er, dass ihn die *Kameradschaft* ausschließt. Aber darf er zu allem schweigen?

„Wir haben den Verdacht", Sarah ringt um die richtige Formulierung, „dass die *Kameradschaft* mit einer gewalttätigen Organisation zusammenarbeitet, die ein Kapitalverbrechen plant, das Menschenleben kosten wird." Wißkirchen schweigt noch immer. Kleine, glänzende Schweißperlen stehen ihm auf der Stirn.

„Da müssen Sie klare Grenzen ziehen. Sonst machen Sie sich schuldig." Sarah macht eine kurze Pause. „Kann es sein, dass Sie der *Kameradschaft* beigetreten sind, weil Sie politisch unzufrieden und oft einsam sind? Die *Kameradschaft* hat sie akzeptiert und angenommen. Sie wollen eben auch ein richtiger Kerl sein. Es ist sicher ein großartiges Gefühl, dazuzugehören und für wichtige Dinge zu kämpfen in einem Land, in dem nicht alles so ist, wie es sein sollte."

Sarah besitzt jetzt Wißkirchens volle Aufmerksamkeit. „Man hat doch oft das Gefühl, dass die da oben sich nicht genug für die Belange der Bürger interessieren."

Vorsichtig tastet Sarah nach den angemessenen Worten. „Wir werden oft nicht ernst genommen. Manchmal möchte man wichtige Dinge selbst in die Hand nehmen." Wißkirchen nickt unmerklich. „Aber ihre *Kameradschaft* ist nicht mehr die *Kameradschaft*, der sie beigetreten sind. Die ist jetzt in Dinge verwickelt, in die Sie nicht verstrickt sein wollen, oder?"

Johannes Nöthen checkt seine Mails, während Sarah die Befragung fortsetzt und stutzt. „Das gibt es doch nicht!", murmelt er.

„Wir haben Sie bei der Demonstration in Marmagen beobachtet", mischt sich Nöthen wieder in das Verhör ein. „Einer der Männer, mit denen Sie sich unterhalten haben, war bereits an antisemitischen Straftaten beteiligt. Zu was will man Sie überreden oder zwingen? Wenn Sie jetzt auspacken, können Sie Ihren Kopf retten!"

„Man hat mir nicht alles gesagt", stottert Herbert Wißkirchen leise. „Ich weiß nur, dass am 23. Mai etwas Großes geplant war. Das Datum wurde gewählt, weil es der Todestag von Heinrich Himmler ist." „Damit rücken Sie erst jetzt raus! Der 23. ist aber vorbei!" „Die haben ihre Pläne verschoben, aber nur für ein paar Tage." „Und wann soll jetzt etwas passieren?" „Das weiß ich nicht, Ehrenwort!"

In diesem Moment entdeckt Johannes Nöthen eine Nachricht seiner Tochter Lotte. „Das Schiff legt gleich ab. Das Wetter ist mega. Hurra: Keine Schule! HDL." Johannes wirft nur einen flüchtigen Blick auf die Fotos, die seine Tochter geschickt hat. Dann wird er blass.

„Sarah, komm bitte sofort hierher! Diese Fotos hat Lotte gerade von der Schifffahrt mit den Konferenzteilnehmern geschickt."

Sarah blickt ihrem Kollegen über die Schulter und studiert die Handyfotos. „Die Tätowierung auf dem Hals des Mannes!" Sie runzelt die Stirn. „Dieses Mal kann man das Gesicht erkennen. Das ist doch Bergmann!", entfährt es ihr. Warum war ihnen die Tätowierung bisher nicht aufgefallen? Dunkel erinnert sie sich, dass er einen Rolli trug, als er sie ansprach.

„Der hat sich mit Wißkirchen auf der Demo getroffen, und jetzt schippert er mit den Konferenzteilnehmern über den See." Sarah ist fassungslos.

„Eben nicht!" Sarah schaut Johannes fragend an. „Ich habe Bergmann überprüft, wie du vorgeschlagen hast." „Und?" „Ich habe mir von seiner Schwester ein Foto mailen lassen. Der Mann auf der Konferenz in Vogelsang ist nicht der echte Bergmann. Der macht gerade eine Weltreise, sagt seine Schwester." „Das glaube ich jetzt nicht!"

Johannes Nöthen ist schon dabei, seine Tochter anzurufen. „Hallo Papa. Ist echt cool hier. Stell dir vor…" „Stopp, das ist jetzt enorm wichtig! Ist der Mann, den du eben fotografiert hast, in der Nähe?" „Welcher Mann?" „Der hat eine Tätowierung am Hals." „Ach der. Der ist vorhin noch vor der Abfahrt plötzlich von Bord gegangen. Weiß nicht, warum er es so eilig hatte." „Dann gehe schnell zum Kapitän und teile ihm mit, dass ich ihn unbedingt sprechen will", drängt Johannes. „Wieso denn?" „Lotte, es ist dringend, Lotte, Lotte!"

„Keine Verbindung. Das darf doch nicht wahr sein!" Lotte hat das Gespräch beendet. Was soll ich jetzt machen? Wir müssen das Schiff erreichen." Widersprüchliche Gedanken rasen durch seinen Kopf. Wenn der Mann auf dem Schiff nicht der echte Bergmann ist, handelt es sich vermutlich um eine wirklich gefährliche Person! Wieso ist es möglich, dass ein Verbrecher als Betreuer einer internationalen Friedenskonferenz eingestellt wird? Vor allem aber: Warum hat er den Dampfer verlassen? Ein furchtbarer Gedanke beschleicht ihn: Verlassen Ratten nicht das sinkende Schiff ...?

„Jetzt sagen Sie uns alles, was sie über diesen Bergmann wissen", wendet sich Sarah Berger-Roth an Wißkirchen.

„Der hat auf einer unserer Versammlungen gesprochen und ist offensichtlich eine große Nummer", erklärt dieser. „Ich höre heute zum ersten Mal, dass er Bergmann heißt. Wir haben ihn Jürgen genannt." „Nicht Gerhard?" „Nein."

„Was wollte er von Ihnen damals auf der Demo?" „Er hat gefragt, ob man sich auf mich verlassen kann, wenn es um die ganz große Sache geht." „Und Sie haben ja gesagt." Wißkirchen nickt unmerklich. „Und jetzt behaupten Sie, dass Sie keine Ahnung haben, was hier abgeht."

„Es sollte etwas auf Vogelsang passieren. Aber es gab eine Planänderung. Ich weiß nur, dass man eine falsche Spur legen wollte, mehr nicht."

Fieberhaft überlegt Johannes, wie er den Kapitän des Schiffes erreichen kann. Wie heißt dieser Dampfer noch mal? Hat Lotte den Namen genannt? Wenn ja, dann hat er ihn vergessen. Er wählt die Nummer von Lottes Mutter. „Hast du eine Ahnung, wie das Schiff heißt, auf dem Lotte heute unterwegs ist?" „Nein! Wenn du sie abholen willst, ist nicht nötig. Neles Vater fährt." „Nein. Darum geht es nicht. Wer könnte den Namen des Schiffes wissen?"

Ist die wahnsinnig? Einfach aufzulegen. Hat sie nicht verstanden, dass ihre Tochter in großer Gefahr ist. Als er zurückruft, meldet sich niemand.

Hastig stürzt er zu seinem Rechner. Endlich hat er die Nummer der Rursee-Schifffahrt. Die wissen, welche Dampfer wann und wo unterwegs sind. Nöthen verlangt, dass das Schiff sofort bei der nächsten Gelegenheit anlanden und evakuiert werden muss. Warum versteht ihn keiner? Warum quatschen die alle, dass das nicht so schnell geht? „Lassen Sie sofort das Schiff evakuieren. Da ist vermutlich eine Bombe an Bord!", krächzt er in den Hörer.

KAPITEL 26

„Das war echt Rettung in letzter Sekunde!", sprudelt es aus Lotte heraus. Johannes Nöthen hat das dumpfe Gefühl, dass es für seine Tochter das große Abenteuer war, während er vor Angst fast verrückt wurde. „Jetzt ist er nur noch Vater, seine Coolness ist völlig verschwunden." Sarah beobachtet ihren Kollegen, der erschöpft und mitgenommen aussieht und seinen Arm um Lottes Schultern gelegt hat. Er muss wahnsinnige Sorgen gehabt haben!

„Plötzlich", erinnert sich Lotte „hatte ich das Gefühl, war die coole Stimmung auf dem Schiff wie weggeblasen. Der Dampfer fuhr nicht weiter. Der Mann von der Rursee-Schifffahrt, der uns eben noch alles erklärt hatte, lief wie ein Wahnsinniger die Treppe herauf. Irgendwann ahnte ich, dass was nicht stimmt", wendet sie sich an ihren Vater. „Du hast es auch gemerkt, Nele, oder?" „Wenn wirklich eine Gefahr besteht", habe ich zu ihr gesagt, muss man die Ruhe bewahren. Es ist wichtig, keine Panik auszulösen. Auf keinen Fall sollte man sich gegenseitig in Angst versetzen! Das hast du doch immer gesagt, Papa! Das haben wir auch gemacht. Dann hat jemand gebrüllt, dass das Schiff sofort anlanden wird, dass wir alle runter müssen. Alle Passagiere sollen aussteigen, die Anweisungen der Crew befolgen, geordnet das Schiff verlassen und sich von unbekannten Gegenständen fernhalten. Da habe ich gewusst: Es besteht wirklich Gefahr!" Lotte ist nicht zu bremsen.

„Als wir an Land waren, hat man uns vom Ufer weggebracht. Von weitem habe ich gesehen, wie sie Sprengstoffsuchhunde an Bord gelassen haben, um die Bombe zu suchen. Keiner wusste, wieviel Zeit noch bis zur Explosion bleibt", berichtet Lotte mit leuchtenden Augen. Johannes schweigt, seine Miene ist erschüttert.

„Die mussten das Teil vor Ort entschärfen, weil ein Transport zu gefährlich gewesen wäre. Die Experten müssen äußerst vorsichtig sein, weil Bomben plötzlich explodieren können. Schließlich haben sie den Zündmechanismus identifiziert und entfernt. Danach wurde der Sprengstoff kontrolliert zerstört. Die Entscheidung, ob eine Bombe entschärft oder gesprengt werden muss, trifft der Kampfmittelräumdienst, hat man uns erklärt.

Michael Connacht hat sein Ziel erreicht. Sie hat sich mit ihm verabredet. Schließlich hat sie sich überreden lassen, die Einladung des Gastes anzunehmen. Er hat dann vorgeschlagen, in Blankenheim Mittag zu essen und anschließend zum Freilinger See zu fahren, um dort zu baden und zu entspannen. Mal sehen, was dann passiert. Michael lächelt zuversichtlich.

Während der Fahrt schweifen seine Gedanken zurück, als er von weitem die Burg sieht. Vor vielen Jahren hat er sie schon einmal besucht. Die Jugendherberge Burg Blankenheim in der über 900 Jahre alten Burg Grafenberg war schon in den 1980er-Jahren ein Ort voller Geschichte und Charme, ein beliebter Treffpunkt für Schulklassen, Jugendgruppen und Familien, die die historische Umgebung und die Natur der Eifelregion erkunden wollten. Mit Begeisterung erforschten er und die Schüler damals die Burg, deren Geschichte bis in das Jahr 1115 zurückreicht. Im Laufe der Jahrhunderte wurde sie von verschiedenen Adelsfamilien bewohnt und mehrfach umgebaut.

Seit Jahrzehnten ist die Jugendherberge bereits ein fester Bestandteil der Burg und bietet ihren Gästen das einmalige Erlebnis, in historischen Mauern zu übernachten. Es gibt zahlreiche Programme für Schulen, Kinder, Jugendliche und Gruppen, die sich wie auf einer Zeitreise ins Mittelalter fühlen.

Sie erkundeten damals den 150 Meter langen Tiergartentunnel durch den gleichnamigen Bergrücken neben der Burg

Blankenheim und besuchten die nahe gelegene römische Villa. Von der Jugendherberge aus unternahmen sie Wanderungen und Radtouren in die Umgebung. Bis weit nach Mitternacht erzählten sich alle die wildesten Gruselgeschichten.

Seine Begleiterin wundert sich, dass Michael so lange schweigt. Noch vor einer halben Stunde hat er sie beim Essen mit lustigen Geschichten aus Irland immer wieder zum Lachen gebracht. Meike hat einfach Angst davor, von Männern bloß wegen ihres Aussehens angesprochen zu werden. Erst neulich hatte sie ein Date, aber sie merkte schnell, dass der Betreffende sich nicht dafür interessierte, wie sie wirklich war.

Vielleicht ist die heutige Verabredung eine Chance. Der charmante irische Gast gefällt ihr. Aber wird er nicht gleich wieder verschwinden, jetzt, wo die Konferenz bald zu Ende war? Oder gibt es weitere Gelegenheiten, die Begegnung zu vertiefen. Die Gespräche beim Essen sind auf jeden Fall vielversprechend. Sie unterhalten sich über Bücher und Musik, die sie beide lieben. Sie gesteht ihm, wie gerne sie sich in die Natur zurückzieht, wo sie Energie und Kraft schöpft. Sie kann sich inzwischen eine längere Beziehung vorstellen. Ob er das auch so sieht? Sie ist sich nicht sicher.

Den Freilinger See, umgeben von Mischwäldern und einladenden, mehr oder weniger sanft abfallenden Wiesen, mit seiner rund 500 Meter langen Staumauer erkennt er sofort wieder, obwohl viel Zeit ins Land gegangen war.

Damals standen hier noch nicht so viele Informationstafeln wie heute, es gab auch keine Tretboote mit Rutschen und bunten Tier-Bugfiguren. Sie stellen ihr Auto auf der Wiese nahe des Sees ab und suchen sie sich ein ruhiges Plätzchen am Ufer, wo sie die Atmosphäre genießen. Der Himmel färbt sich in den warmen Farben des Sonnenuntergangs, die letzten Sonnenstrahlen tanzen auf dem klaren blauen Wasser. Immer noch sind Paddelboote auf dem See unterwegs. Auf dem blauen Boot einer Stand-up-

Paddlerin sitzt stolz wie Oskar ein schokobrauner Labrador, der seine Nase aufgerichtet in den Fahrtwind hält und die Fahrt offensichtlich genießt.

Michael hat seine Gitarre mitgebracht und mit einem Lächeln beginnt er, eine Reihe von Songs zu zupfen. Seine Stimme ist angenehm dunkel und einladend, ein sanfter Bassbariton. Jeder Akkord erzählt eine Geschichte von vergangenen Zeiten, von Liebe und Abenteuer. Versonnen bleiben einige Spaziergänger stehen und lauschen fasziniert den bekannten Liedern. Meike genießt es, so im Mittelpunkt des Interesses zu stehen.

Mit seinem natürlichen Charme und seiner lockeren Art zieht Michael die Menschen in seinen Bann. Sie bleiben am See, bis eine sanfte Brise den letzten Ton in den Abend trägt. Schweren Herzens machen sie sich auf den Heimweg.

Und da war der kameradschaftliche Erzieher. Er hat nicht nur Verständnis für seine Sorgen und Nöte, er kann auch wunderbar zuhören. Er kümmert sich um jeden Schüler, der seine Hilfe braucht. Seine Geduld scheint unerschöpflich, und er findet immer die richtigen Worte.

Aber es ist seine Gitarre, die eine besondere Verbindung zwischen ihm und seinen Schülern schafft. Er ist nicht nur Lehrer, sondern auch Mentor, Musiker, ein echter Freund seiner Schüler. Seine besondere Liebe gilt den Folksongs, die er so hingebungsvoll interpretiert.

Noch lange, nachdem das Licht gelöscht werden muss, erzählen sich die Freunde im Flüsterton Geschichten und lassen die Ereignisse des Tages Revue passieren. In diesen Stunden der Abgeschiedenheit ihres Internatszimmers vertrauen sie sich Dinge an, die sie sonst niemandem erzählen, nicht einmal ihren Geschwistern. Er hat sich geehrt, wichtig und anerkannt gefühlt. Doch seine geheimsten Gedanken und Gefühle hatte er nur seinem Tagebuch anvertraut. Hätte er das nur nie getan!

KAPITEL 27

Auch Johannes und Sarah nehmen an der Pressekonferenz teil, die Vertreter der Polizei und Staatsanwältin Krüger vorbereitet haben. Sie wollen sich über die aktuellen Ereignisse und den Stand der Ermittlungen informieren. „Die Soko ist sehr stolz und erleichtert, dass sie den Anschlag verhindern konnte."

„Die Soko war es wohl nicht", wendet sich Sarah an Johannes. „Klar, dass die sich wieder mit den Lorbeeren schmücken." „Stimmt auffallend."

„Die hätten allein doch nie herausgefunden, dass ein Mitarbeiter in Vogelsang mit drinhängt." „Ohne unsere Hinweise hätten sie das geplante Attentat auf dem Rursee niemals rechtzeitig verhindert."

Nach Wißkirchens Aussage verhaftete die Polizei mehrere Personen, beschlagnahmte wichtiges Beweismaterial wie Smartphones, Computer, USB-Sticks.

Der Landrat hat sich gerade ausführlich erleichtert darüber gezeigt, dass die Bombe auf dem Ausflugsschiff rechtzeitig entschärft und alle gefährdeten Personen gerettet werden konnten.

Greta Reiser meldet sich zu Wort. „Wer ist für die Bombe verantwortlich? Galt der Anschlag in erster Linie Frau Cohn? Hat sich der Verdacht gegen das Umfeld der Hamas erhärtet?"

„Wir sind stolz und erleichtert, dass wir Schlimmeres verhindern konnten", beginnt Staatsanwältin Krüger ihre Ausführungen. Die Ermittlungen laufen noch." Julia Krüger hält kurz inne. „Rebekka Cohn und die anderen Konferenzteilnehmer standen während ihres gesamten Aufenthalts unter besonderem Schutz. Es ist nicht auszuschließen, dass Frau Cohn im besonderen Fokus der Attentäter stand. Wir wissen aber auch, dass islamistische

Täter bei ihren Anschlägen nicht nur Einzelpersonen, sondern größere Gruppen potenzieller Opfer billigend in Kauf nehmen."

Erneut meldet sich Greta Reiser zu Wort. „Khaled Husaini, der für den Anschlag verantwortlich sein soll, saß aber zu diesem Zeitpunkt bereits in Untersuchungshaft."

„Das stimmt. Natürlich könnte er Helfer gehabt haben. Unsere Ermittlungen gehen inzwischen auch in eine andere Richtung. Wenn wir mehr wissen, werden wir darüber informieren."

„Mit anderer Richtung meinen Sie einen rechtsextremen Hintergrund?" „Richtig." „Stimmt es, dass ein Mitarbeiter von Vogelsang den Anschlag vorbereitet hat?" „Vieles deutet darauf hin." „Wie konnte das passieren? Wurden die Mitarbeiter nicht gründlich genug überprüft?" „Natürlich wurden alle überprüft. Der Mann hatte erstaunlich gute Referenzen."

„Also doch eine Sicherheitslücke." „Er hatte seine Papiere gefälscht, sich unter Vorspiegelung falscher Tatsachen um den Posten auf Vogelsang beworben. Jetzt konnten wir seine wahre Identität feststellen. Es ist Gott sei Dank alles gut ausgegangen."

Unruhe macht sich unter den Zuhörern breit. Mehrere Stimmen werden laut. „Wir haben die Täter gefasst. Sie können keinen Schaden mehr anrichten", beendet die Staatsanwältin ihre Ausführungen.

„Aber bisher konnten Sie den Bombenlegern die Morde am Heidentempel und in der Kakushöhle nicht nachweisen. Und ich habe da auch meine Zweifel", flüstert Sarah.

„Eine Frage noch!" Die Staatsanwältin will schon den Saal verlassen, als Frau Reiser sie direkt anspricht. „Wurden die Morde im Heidentempel und in der Kakushöhle von denselben Tätern begangen, die auch den Anschlag geplant haben?" „Wir gehen davon aus. Aber die Ermittlungen sind noch nicht abgeschlossen. Uns fehlen die letzten Beweise."

„Aber ist das wirklich logisch?" Frau Reiser hakt hartnäckig und selbstbewusst nach. „Warum sollten die Täter ausgerechnet diese beiden Männer vorher ermorden, wenn ohnehin ein Bombenanschlag geplant war? Und warum wird Sherab Tsering durch eine Überdosis Heroin und Rajan Srikumari durch eine Schusswaffe getötet? Welche Rolle spielen die Tatorte? Wir wissen doch, dass Tsering möglicherweise in Drogengeschäfte verwickelt war und Srikumari sich bei dubiosen Geldverleihern Geld geliehen hat. Das passt doch nicht zusammen!"

„Sie haben Recht", meldet sich einer der Anwesenden zu Wort. „Dass sich ein Anschlag einer kriminellen rechtsextremen Organisation gegen Ausländer richtet, erscheint irgendwie nachvollziehbar. Aber wäre es dann nicht logischer, jüdische oder muslimische Menschen ins Visier zu nehmen? Gegen diese richten sich doch meistens die Angriffe solcher Kreise. Ein engagierter Buddhist oder Hindu passt deutlich weniger in deren Zielrichtung."

„Stimmt!" Johannes Nöthen lehnt sich zurück und lauscht gespannt der Diskussion.

„Ich will Ihnen nicht grundsätzlich widersprechen, Frau Reiser." Staatsanwältin Krüger hat ihre Unterlagen bereits zusammengerafft. „Wir gehen davon aus, dass wir die Fälle zeitnah abschließen können." „Da bin ich aber gespannt!" Sarah Berger-Roth klingt deutlich weniger zuversichtlich als Frau Krüger.

Die Konferenzteilnehmer wurden gebeten, noch einige Tage zu bleiben, bis alle Fragen geklärt sind. Als Rebekka Cohn die Einladung zur Konferenz erhielt, beschloss sie sofort, ihren Besuch mit einer Spurensuche zu verbinden.

Ihre Großmutter stammt aus Deutschland. Damals lebte die Familie in der Nähe von Düren, konnte das Land aber rechtzeitig verlassen. Eine der besten Freundinnen ihrer Großmutter, die sie als junges Mädchen oft besuchte, wohnte damals in einem Dorf in der Eifel. Später wurde sie deportiert und ermordet.

Sarah möchte den Ort kennenlernen, an dem Ruth Kahn gelebt hat. Als die Nationalsozialisten die Rechte der jüdischen Bürger immer mehr einschränkten, floh die Familie ihrer Großmutter aus der Westeifel über die belgische Grenze – gerade noch rechtzeitig, als hätten sie die schrecklichen Ereignisse vorausgeahnt.

Rebekka Cohn erinnert sich an einen spannenden Film über die Fluchtwege. Wenn sie mehr Zeit hätte, würde sie gerne noch andere Orte jüdischer Kultur in der Region besuchen, zum Beispiel die ehemalige Synagoge in Wittlich mit ihrer Ausstellung „Bilder deutsch-jüdischer Geschichte".

In Arloff, einem Ortsteil von Bad Münstereifel, angekommen, bittet Rebekka ihren Begleiter, das Auto auf dem großen Parkplatz gegenüber dem Hotel *Zur Waage* abzustellen und zu Fuß weiterzugehen. Hinter dem Parkplatz stehen ein großes und drei kleinere, einstöckige, moderne Häuser. „Die kann Oma noch nicht gesehen haben", denkt sie. Auch die anderen Häuser längs der Bahnhofstraße sind teilweise neueren Datums. Das alte Haus der Freundin stand wahrscheinlich in einem anderen Teil des Dorfes.

Je näher sie dem Ortskern kommen, desto schmaler wird der Bürgersteig. Arloff hat eine lange Geschichte, die bis in die Römerzeit zurückreicht. Die Wurzeln des Ortes, der 893 erstmals urkundlich erwähnt wird, sollen bis in die keltische Zeit zurückgehen und mit dem Wort Erft zusammenhängen, das so viel wie Wasser oder Bach bedeutet. Rebekka hat von einer Alten Burg und einer Alten Mühle gelesen, die von der mittelalterlichen und industriellen Vergangenheit des Dorfes zeugen.

Irgendwie berührt es sie seltsam, den Ort zu betreten, an dem Omas Freundin Ruth gelebt hat. Es ist, als würde sie durch ein Fenster in die Vergangenheit schauen und eine Verbindung zu ihren eigenen Wurzeln spüren. Mit einer Mischung aus Wehmut und Neugier geht sie die Bahnhofstraße hinauf zur Erft und versucht sich vorzustellen, wie auch ihre Großmutter als junges Mädchen durch diese Straße gelaufen ist.

Hermann Josef Schuster möchte einem befreundeten Imker das Buch zurückgeben, das dieser ihm beim Arloffer Imkerstammtisch geliehen hat. Der findet jeden ersten Freitag im Monat im Hotel *Zur Waage* statt. Schuster empfand den Abend als sehr anregend. Die Fachleute diskutierten verschiedene Themen rund um die Imkerei: Bienenhaltung, Erfahrungsaustausch und Tipps zur Pflege der Bienenvölker, neueste Forschungsergebnisse und Entwicklungen in der Imkertechnik. Auch die Vorbeugung von Bienenkrankheiten und der Schutz von Bienenlebensräumen waren Thema.

Als er die Straße vom Parkplatz zum Gasthof überquert, fällt sein Blick auf zwei Männer und eine Frau, die flotten Schrittes in Richtung Ortsmitte unterwegs sind. Er schaut genauer hin, kneift die Augen zusammen und stutzt. Das darf doch nicht wahr sein! Nach so langer Zeit müsste er sich eigentlich stärker verändert haben. Doch dann ist er sich sicher. Er kennt einen der Männer. Erinnerungen stürmen auf ihn ein.

Seltsam, wie sie einer nach dem anderen in sein Leben zurückkehren. Soll er ihn ansprechen, die Vergangenheit auffrischen, alte Geschichten aufwärmen? Lieber nicht! Außerdem sind die drei schon ein Stück weiter und viel schneller als er. Eine gewisse Freude, aber auch Melancholie überkommen ihn.

Rebekka, David und der Personenschützer erreichen die Brücke über die Erft. Von den Hochwasserschäden, über die sie viel gelesen hat, ist nicht mehr viel zu sehen. Sie überqueren den kleinen Fluss, folgen der *Holzgasse*, bis nach etwa 300 Metern die Straße *Unter den Linden* abzweigt. Hier befinden sich die

Stolpersteine, die an Opfer des Nationalsozialismus erinnern. Die Steine für Familie Kahn entdeckt sie an der Ecke vor einem Parkplatz. Dort muss früher ihr Wohnhaus gestanden haben. Außer Ruth Kahn liest Rebekka die Namen Edith Kahn, Josef Kahn, Eva Kahn und Walter Kahn. Alle sind umgekommen.

Für einen Moment halten sie inne. Rebekkas Gedanken wandern in die Vergangenheit.

David unterbricht sie. Rebekka bemerkt, wie angespannt er ist. Er muss dringend zum Auto zurück, weil er seine Kopfschmerztabletten vergessen hat. Rebekka ist nicht entgangen, dass es ihrem Mann in den letzten Tagen nicht gut geht. Er schläft schlecht, oft plagen ihn unangenehme Träume. Vor vielen Jahren, als sie sich gerade kennengelernt hatten, litt er auch unter Albträumen. Sie hatte ihn nach dem Grund gefragt. Aber er hatte ausweichend geantwortet. Was auch immer damals geschehen sein mochte, es scheint ihn wieder zu beschäftigen.

Schließlich lassen sie diesen Ort hinter sich und biegen kurz darauf links in die Talstraße ein. „Ob David das findet?" Rebekka ist skeptisch, als sie rechts gegenüber dem Blumenweg, wo eine braunhaarige Frau in Shorts und T-Shirt zu erkennen ist, die vermutlich mit ihren drei Enkeln an der Restaurierung eines Nurdach-Holzhauses arbeitet, den kurzen, aber sehr steilen Weg zum Jüdischen Friedhof hinaufgehen und das Holztor öffnen.

Zehn Grabsteine unterschiedlichen Alters sind zu sehen. Die meisten Inschriften auf Hebräisch und Deutsch, die sie entziffern kann, verweisen auf Angehörige der Familie Kahn.

Auf einem schon stark verwitterten Grabstein entdeckt sie eine segnende Hand, ein Symbol, das auf das Priestergeschlecht der *Kohanim* hinweist. Die *Kohanim* waren für die Opfer zuständig und sprachen den Segen über das Volk. Kahn, der Name auf den Gräbern und ihr eigener Name Cohn zeugen davon, dass ihre Familien von den *Kohanim* abstammen. Das jüngste mit einem

Schild Davids versehene Grab erinnert an die 1934 verstorbene Rosa Kahn.

David ist noch immer nicht zurückgekommen. Er kann doch nicht so lange für den Weg zum Parkplatz und zurück brauchen. Aus einem Grund, den sie nicht benennen kann, macht sie sich Sorgen.

KAPITEL 28

„Die Reibekuchen, die hier an jedem ersten Mittwoch im Monat gebraten werden, sind echt lecker!" Nöthen biegt von der Hauptstraße ab, steuert den PKW den Feldweg vorbei an Eichen und blühendem Mohn und ergattert gerade noch eine der letzten Lücken auf dem voll besetzten Parkplatz.

„Wenn hier so viel los ist, können wir kaum in Ruhe über den Fall reden." Sarah ist skeptisch. „Erst einmal genießen wir die leckeren Reibekuchen. Danach können wir uns bei einem Spaziergang unterhalten. Ich zeige dir die Bruder-Klaus-Kapelle."

An den grün-gelb gedeckten Tischen, den Vereinsfarben des Tennisclubs TC Eichenbusch-Veytal, haben sich Menschen jedes Alters eingefunden. In der Luft liegt der Duft von frisch gebackenen Reibekuchen, die auf heißen Pfannen brutzeln. Man hört das Zischen und Knistern, wenn der Teig die heiße Oberfläche berührt. Überall strahlende Gesichter, voller Vorfreude auf den herzhaften Genuss. Nöthen deutet auf den älteren Herrn, der am Eingang sitzt und sorgfältig die Vorbestellungen notiert: „Du solltest mal sehen, wie schnell der noch alle Bälle kriegt."

Sarah ist erleichtert, dass Johannes sich offensichtlich von den dramatischen Ereignissen erholt hat. Ein bisschen mitgenommen sieht er aber immer noch aus. Wegen des großen Andrangs muss mit Wartezeiten gerechnet werden. Johannes winkt eine der aufmerksamen Kellnerinnen herbei und bestellt zwei Bier – schweren Herzens alkoholfrei – , weil sie eigentlich noch im Dienst sind: „Danke, Sandra, wieder viel los!" „Ich wette, du kennst hier alle mit Namen." „Klar. Die kleine Hübsche mit den dunklen Haaren und der Brille hinter dem Grill heißt Lea und die daneben mit den graublonden Haaren und blauen Augen ist Emma. An der Reibekuchenausgabe steht Bea. Das ist die schlanke Frau mit dem

grauen Kurzhaarschnitt. Katrin und Gerti haben bestimmt wie immer den Teig vorbereitet. Beide übrigens supere Spielerinnen."
„Ich bin beeindruckt. Du kennst alle mit Namen, zumindest die Frauen." „Nicht nur!" Johannes lacht. „Peter ist der große braungebrannte, graublonde Mann, der hinter der Theke steht. Und der dunkelhaarige Junge an der Kasse heißt Moritz."

Die lebhafte Aktivität sorgt für gute Laune. Das Vereinsheim ist ein Ort der Gemeinschaft. Hier wird nicht nur Sport getrieben, sondern auch die traditionelle deutsche Küche gepflegt. Ein paar Kinder lachen und rennen durcheinander, während ihre Eltern plaudern und auf ihre Bestellung warten.

Rechts in der Ecke, an einem großen Stand formen die beiden Reibekuchenbäckerinnen geschickt die Kartoffelmasse. Sobald jeder Reibekuchen perfekt goldbraun ist, halten die Besucher ihre Teller bereit, um die frisch gebratenen Kartoffelpuffer mit einem Klecks Apfelmus oder einer Scheibe Pumpernickel zu probieren. Endlich bekommen auch Sarah und Johannes die bestellten Reibekuchen. Sie schmecken einfach himmlisch. Eine Weile genießen sie schweigend. „Das nächste Mal bringe ich Mark und die Kinder mit", nimmt sich Sarah vor. „Diese Bruder-Klaus-Kapelle, ist die weit weg?" „Nicht weit!" Johannes überlegt, ob er noch ein Bier bestellen soll.

„Die Kapelle ist absolut einen Besuch wert", erklärt ein Mann am Nebentisch. Sarah schaut zur Seite, lächelt und bereitet sich auf einen längeren Vortrag vor.

„Die Bruder-Klaus-Kapelle ist ein bemerkenswertes architektonisches Werk, das dem Schweizer Heiligen Niklaus von Flüe, auch Bruder Klaus genannt, gewidmet ist. Sie wurde von dem Schweizer Architekten Peter Zumthor entworfen und zwischen 2005 und 2007 erbaut."

Nöthen blickt leicht überrascht zum Vortragenden. „Der fünfeckige, fensterlose Betonmonolith zeichnet sich durch seine einzigartige Bauweise aus. Für den Bau wurde zunächst eine zeltförmige Konstruktion aus 112 Fichtenstämmen errichtet, die dann mit Stampfbeton zum Kapellenkörper ummantelt wurde", fährt der Sprecher ungerührt fort. „Die Bruder-Klaus-Kapelle ist nicht nur ein religiöses Symbol, sondern auch ein Kunstwerk, das die Hingabe..."

„Danke. Das wissen wir auch." Johannes verzichtet auf ein weiteres Bier und zieht Sarah auf den Feldweg, der rechts am Vereinsheim vorbeiführt. „Der hätte nicht so schnell aufgehört. Irgendwie geht der Typ mir auf die Nerven!" Mit zügigen Schritten folgen beide den Weg hinauf. „Ja. Er weiß viel und erzählt gern. Ich kenne ihn aus der Buchhandlung von Hanna Meyer. Wollen wir nicht lieber über die beiden Toten vom Heidentempel und aus der Kakus-Höhle reden?"

„Wenn die Attentäter vom Rursee für die Morde nicht verantwortlich sind, stehen wir wieder am Anfang." „Nicht ganz. Man hat inzwischen die Geldeintreiber gefasst, die hinter Rajan Srikumari her waren. Der Tote hatte doch Schulden ohne Ende." „Seine Frau gibt es schweren Herzens zu. Sie kennt es schon nicht mehr anders, dass häufig Typen auftauchen und Geld von ihrem Mann verlangen. Aber dass sie gleich ihn umbringen ..." „So wahrscheinlich ist das nicht." „Stimmt. Die streiten auch alles ab. Und man kann ihnen nichts nachweisen. Außerdem müssen wir unbedingt herausfinden, ob Tsering tatsächlich Kontakte zu einem Drogenring hatte."

Als Sarah die schwere dreieckige Stahltür zur Kapelle öffnet, erfasst sie eine eigentümliche Aura und sie versteht die Anziehungskraft, die das ungewöhnliche Gebäude auf Pilger und Kunstliebhaber ausübt. Viele kleine Halbglaskugeln erhellen das Innere. Auch durch die Öffnung im Dach dringt Licht in den dunklen, höhlenartigen Raum, aber auch Regen, der auf dem Boden eine kleine Pfütze bildet. Sie nimmt den Geruch der verkohlten Baumstämme und die besondere Aura wahr. „Es war eine kluge Wahl, hierher zu kommen."

Langsam gehen sie über die Felder zurück. Von der Anhöhe bietet sich ein unvergesslicher Blick aufs Tal und auf die umliegende Landschaft.

„Wir können über die Katzensteine zurück. Kennst du die?", schlägt Johannes vor, als sie wieder im Auto sitzen. „Nee. Hab schon mal davon gehört." „Okay, ist kein großer Umweg. Nur ein paar Minuten."

„An den Katzensteinen fanden vor ein paar Jahren sogar fesselnde Filmszenen mit einer packenden Verfolgungsjagd statt. Die Katzensteine gehören zu einem Buntsandsteingebiet, das sich von Mechernich über Kall bis Nideggen erstreckt. Sie sind bis zu 15 Meter hoch. Durch Auslaugung der Buntsandsteine und Abtransport des ausgelaugten Materials erhielten die Katzensteine ihr heutiges Aussehen." „Jetzt hältst du auch noch Vorträge." „Ok. Ich höre sofort auf!", lacht Johannes.

Nachdem sie in Richtung Mechernich abgebogen sind, geht es nach wenigen Kilometern nicht weiter. Die Straße ist gesperrt. „Da ist etwas passiert. Da kommen wir nicht durch. Ich sehe mal nach, was da los ist."

Nach ein paar Minuten kommt Nöthen zurück. „Ein schwerer Unfall. Der Verletzte ist schon ins Krankenhaus gebracht worden. Wir warten so lange auf dem Parkplatz, bis die Straße frei ist."

Ein Ehepaar im fortgeschrittenen Alter steht auf dem Parkplatz neben einem Auto. Die Frau trägt eine blaue Wanderjacke und graue Hosen, der Mann schwarze Kniebundhose, Wanderschuhe und eine olivfarbene Windjacke. „Wir wollten gerade unsere Wanderung an der Eifelschleife *Katzensteine* beginnen", berichtet die Frau erschüttert. „Ich höre noch den Knall", erzählt sie. „Wir sind sofort losgelaufen, um zu sehen, ob jemand verletzt ist. Aber der Unfallfahrer des Lastwagens war schon da und versuchte zu helfen. Wir sollen den Rettungsdienst rufen", rief er uns zu. „Der kam auch sofort. Der Notarzt und die Rettungssanitäter haben sich gleich um den Verletzten gekümmert."

„Er war allein im Auto?" Der Mann nickt. „Dass das so enden musste!" „Die Frau klingt geschockt. „Was meinen Sie damit?", erkundigt sich Sarah.

„Die haben sich doch gestritten, oder?" „Die?" „Als wir unten an den Katzensteinen vorbeigingen, haben wir die beiden Männer beobachtet, die haben hitzig debattiert." „Konnten Sie hören, worum es ging?" „Nein." Dann rannte einer der beiden zurück zum Parkplatz. Als wir den Knall hörten, sind wir auch gleich dorthin gelaufen." „Haben Sie etwas bemerkt? Wie sahen die Männer aus?" „Mittelalt. Einer trug einen hellen Anzug, der andere... " „Ich weiß nur noch, dass er einen Pullover anhatte." „Welche Farbe?" Sie überlegt. „Zweifarbig, glaube ich." „Wir sollten uns den Parkplatz genauer ansehen."

Das war nicht geplant. David ist schon sehr überrascht, nach so vielen Jahren angerufen zu werden. Nach kurzem Zögern stimmt er einem Treffen zu. Als er die Katzensteine vorschlägt, sagt David, er sei nicht weit weg in Arloff. Eine halbe Stunde später ist er auch schon da. Das Wiedersehen ist bedrückend. Zögernd sprechen sie über die Ereignisse von damals.

David gibt zu, dass er seit dem Unfall immer wieder Albträume hat. Dass meine Tante Hilde das Opfer war, habe er erst später erfahren. Er fühle sich aber nicht schuldig. Das „Rot" der Ampel habe er wegen seiner Farbenblindheit nicht erkennen können. Deshalb sei er auch freigesprochen worden.

Als er zur Tat schreiten, das längst gefällte Urteil vollstrecken will, reißt sich David los. Er stürzt den Abhang hinunter, springt ins Auto und fährt davon. Kurz darauf hört er quietschende Bremsen und einen lauten Knall.

Nun liegt David im Mechernicher Krankenhaus. Ist er gestraft genug? Er ist sich nicht sicher.

KAPITEL 29

„Der Mann, zu dem wir fahren, heißt übrigens Hermann Josef Schuster. Ich habe ihn schon zweimal getroffen." Johannes schaut Sarah fragend an. „Das ist der Imker, den Tilda mit ihrer Klasse im April besucht hat."

„Ja, und?" „Und dann habe ich ihn in Bad Münstereifel wieder gesehen. Dabei ist mir etwas aufgefallen. Vielleicht irre ich mich. Aber ich glaube, er weiß etwas!" „Du scheinst dir sicher zu sein."

„Ja! Was mir die ganze Zeit durch den Kopf geht, ist der Zusammenhang zwischen den Todesfällen."

„Damit haben wir nichts mehr zu tun", brummt Johannes. „Aber mal sehen, was die SOKO Krüger herausfindet. Ich glaube immer noch nicht, dass es die Bombenleger waren." „Uns fehlt aber die Verbindung." „Was genau meinst du?"

„Wenn Sherab Tserings Vetter bei seiner Arbeit für das buddhistische Netzwerk eventuell Drogendealer verärgert und sein Cousin Sherab ihn da mit hineingezogen hat, erklärt das vielleicht den Todesfall am Matronentempel, aber nicht den an der Kakushöhle. Und die Geldeintreiber, die Rajan Srikumari bedrohten, waren logischerweise nur an ihm interessiert."

„Was mir aufgefallen ist," Sarah macht eine Pause, „sind zwei Dinge: Alle Konferenzteilnehmer, mit denen wir gesprochen haben, können erstaunlich gut Deutsch." „Ja, und? Das lernt man in der Schule." „Aber nicht überall. Und Engländer oder Iren, die vielleicht Deutsch in der Schule hatten, können meistens nur ein paar Sätze. Keiner spricht so perfekt wie Michael Connacht."

„Und zweitens?" „Die Konferenzteilnehmer sind fast alle im gleichen Alter, bis auf den Iren. Der ist etwas älter." „Und was bedeutet das?" „Schwer zu sagen. Aber könnte es nicht sein, dass sie sich alle schon einmal begegnet sind, vielleicht auch der Mörder?"

„Wo denn?" „An der Uni, auf einer anderen Tagung, in einem Verein." „Interessante Beobachtung. Aber wie willst du diese Verbindung herauskriegen?"

„Ich habe die Journalistin, ich meine Greta Reiser, gefragt, ob ihr noch etwas zu den Personen einfällt. Das hat die Krüger sie übrigens auch gefragt." „Was hat die blöde Kuh?", blafft Johannes. „Frau Reiser befragt, das ist doch logisch. Die sagt, dass alles, was sie weiß, in den Artikeln steht, aber ..." „Aber was?"

„Aber sie meint, dass die Lebensläufe das Erwachsenenalter dokumentieren. Über möglicherweise wichtige Ereignisse in der Kindheit und Jugend hat sie keine Informationen."

Sarah parkt das Auto vor dem kleinen Fachwerkhaus. Wie viele andere Fachwerkbauten besitzt es ein tief heruntergezogenes Dach, um auf der Wetterseite Schutz vor Wind und Regen zu bieten.

Herrmann Josef Schuster erwartet sie bereits an der Haustür und führt sie in eine gemütliche Stube. Auf dem Tisch stehen eine Teekanne und drei Tassen. „Ich hoffe, Sie mögen Tee. Kaffee bekommt mir nachmittags nicht so gut. Dann kann ich nicht schlafen."

Er kann sich nicht erinnern, wann er das letzte Mal länger als vier Stunden geschlafen hat. In den letzten Tagen war es besonders schlimm. In den stillen Stunden der Nacht kreisen seine Gedanken immer wieder um vergangene Entscheidungen. Um Worte, die man zu viel oder zu wenig gesagt hat, um Taten, die man nicht mehr rückgängig machen kann. Vielleicht hat er jemandem Unrecht getan, einen anderen aus falschen Gründen geschützt.

„Danke. Wir trinken gerne Tee!" „Die Plätzchen hat meine Nachbarin gebacken. Bitte bedienen sie sich. Sie sind ein Genuss."

„Herr Schuster, ich glaube, Sie schulden uns eine Erklärung." Dem Alt-Imker sieht man sein Alter nicht an. Seine Haut ist gebräunt von den vielen Stunden im Freien, aber sie wirkt nicht verwittert, sondern eher wie fein gegerbtes Leder. Seine Augen sind lebhaft und strahlen eine stille Weisheit aus, wie sie nur lange Erfahrung hervorbringen kann. Sein graues Haar ist voll und kräftig. Die Sonnenstrahlen, die durch das Fenster fallen, verleihen ihm einen silbrigen Glanz. Doch der sonst so vitale und aktive ehemalige Lehrer wirkt heute traurig und besorgt.

„Ich hätte schon längst zu ihnen kommen sollen", beginnt er. „Aber ich weiß nicht, wo ich anfangen soll. Die Ereignisse sind sehr lange her, fast 40 Jahre. Aber sie haben offenbar bis heute folgenschwere Konsequenzen und möglicherweise mehrere Menschenleben gekostet. Ich hätte nicht schweigen dürfen."

„Was ist ihnen aufgefallen, als wir uns in Bad Münstereifel getroffen haben?", wendet er sich an Sarah. „Sie entdeckten einen Mann, den sie von früher zu kennen schienen. Sie nannten ihn Justus. Wir kennen ihn als Adil Mahmud." Ein Lächeln breitet sich auf Schusters Gesicht aus. „Das ist kein Widerspruch. Der lateinische Name *Justus* bedeutet genauso wie der arabische Name *Adil* `gerecht'."

„Normalerweise übersetzt man Namen nicht automatisch, oder?" „Justus war Adils Spitzname, als er mein Schüler war. Und die Beschreibung *gerecht* passte zu ihm. Er war immer für Fairness und setzte sich oft für schwächere Mitschüler ein." „Adil Mahmud war Ihr Schüler? Wo und wann war das?" „In einem Internat in der Nähe von Bonn. Das ist schon sehr lange her." Einen Moment zögert Schuster: „Ich habe auch die beiden Toten unterrichtet: Sherab und Rajan."

„Da ist sie, die Verbindung!" Sarah jubelt innerlich. Johannes guckt überrascht. Beide sind gespannt auf das, was der Pensionär ihnen erzählen wird. „Welche folgenschweren Ereignisse haben vielleicht Menschenleben gekostet?" Sarah wagt kaum zu atmen.

„Das beschäftigt mich seit Tagen." Schuster ringt nach Worten. „Damals wurde ein Internatsschüler wegen Drogenbesitzes von der Schule verwiesen. Er war aber höchstwahrscheinlich unschuldig, obwohl das Heroin unter seiner Matratze gefunden wurde."

„Warum glauben Sie, dass er unschuldig war?" „Die Drogen gehörten vermutlich einem anderen Schüler. Ich hatte ihn am Bonner Bahnhof in einer eindeutigen Situation beobachtet. Da hatte ich den Verdacht, dass dieser andere Schüler Drogen nimmt."

„Dann hätten Sie den Sachverhalt aufklären können." „Das werfe ich mir heute noch vor. Aber ich wollte niemanden auf einen bloßen Verdacht hin beschuldigen." „Wie heißt dieser andere Schüler?" „Sherab Tsering. Sein Tod hat mich sehr erschüttert." „Wenn Sie damals den Verdacht hatten, dass Sherab Tsering Drogen genommen hat, hätten Sie dann den anderen Schüler entlasten können?" „Ich mache mir heute noch Vorwürfe, dass ich geschwiegen habe. Aber ich war bei der Schulkonferenz, die über den Schulverweis des anderen Schülers entschieden hat, nicht dabei. Meine Frau war damals sehr krank, und ich hatte mich beurlauben lassen."

„Und was ist dann passiert?" „Als ich wieder in die Schule kam, war Hans schon von der Schule verwiesen worden. Das muss ein schwerer Schlag für die Familie gewesen sein. Er war Stipendiat und kam aus einfachen Verhältnissen. Ich weiß bis heute nicht, was aus ihm geworden ist."

„Was können Sie uns noch über Sherab Tsering erzählen?" „Eigentlich war er ein sympathischer Junge, ruhig und besonnen.

Er konnte seinen buddhistischen Glauben überzeugend vertreten. Die meisten Klassenkameraden mochten ihn. Und mit Hans war er gut befreundet. Der Drogenbesitz passt eigentlich zu keinem der beiden."

„Was Sie nicht wissen können. Tsering ist an einer Überdosis gestorben." „Das wundert mich jetzt. Irgendwie war ich überzeugt, dass er die Drogen schon lange hinter sich gelassen hat. Wie hätte er sonst eine aktive politische Rolle an der Seit des Dalai Lama spielen können?!"

„Und Sie können sich vorstellen, dass die Morde mit einem Schulverweis vor fast 40 Jahren zusammenhängen! Ist das nicht weit hergeholt?" „Ja. Es ist weit hergeholt. Aber ich habe trotzdem das Gefühl, dass da ein Zusammenhang besteht."

„Sie haben uns viel über Sherab Tsering mitgeteilt. Was können Sie uns über Rajan Srikumari sagen?"

„Eigentlich ein netter Kerl, aber sehr beeinflussbar. Er suchte ständig Bestätigung von anderen, versuchte Eindruck zu schinden. Nie kam er mit seinem Taschengeld aus, lieh sich oft etwas von Freunden. „Also eher ein labiler Mensch. Nicht so sympathisch."

„Nein. Ich will ihm nicht unrecht tun. Er war nicht böse, eher leichtsinnig. Er war damals noch sehr jung. Als ich in der Zeitung von ihm las, war ich froh, dass er seinen Weg gefunden hatte, sich für positive Ziele einsetzte. Zumindest schien es so. Aber jetzt..."

Hermann Josef Schuster schüttelt traurig den Kopf. „Es muss mehr passiert sein." Der alte Mann wirkt konzentriert. „Die Jungs waren ein unzertrennlicher Freundeskreis, und plötzlich war alles vorbei. Kurz nach dem Schulverweis meldeten Sherabs Eltern ihren Sohn von der Schule ab. Die Tserings arbeiteten damals im *Buddhistischen Zentrum* in Wachendorf und wohnten auch in der Nähe. Rajan war im neuen Schuljahr war auch er nicht mehr da."

„Bitte denken Sie nach. Fällt Ihnen noch etwas Sachdienliches ein, was damals ungewöhnlich war Wie hieß dieser Hans?" „Schluckebier. Den Namen vergisst man nicht so schnell." „Klingt komisch." „Wurde am Anfang auch deswegen gehänselt. Später hat man sich daran gewöhnt." „Bitte denken Sie nach. Fällt Ihnen noch etwas Besonderes ein?"

„Ich bin mir nicht sicher, ob sonst noch etwas vorgefallen ist. Das alles ist sehr lange her."

„Wo fahren wir jetzt hin?", fragt Sarah. „Ich habe mit meiner Tante Gertrud gesprochen, die vor dreißig Jahren vom Besuch des Dalai Lama so begeistert war." „Und?" „Wenn die Tserings damals für das Buddhistische Zentrum gearbeitet und ihren Sohn von der Schule genommen haben, dann hat die Familie vielleicht auch in Wachendorf gewohnt." „Worauf willst du hinaus?" „Tante Gertrud war sich ziemlich sicher, dass Frau Erika Müller der Familie eine Wohnung vermietet hat. Sie wohnt noch in Wachendorf bei ihrer Tochter, und die würde ich gerne befragen."

Sofort nach dem Klingeln werden sie mit lautem Bellen begrüßt. Ein quirliger Jack Russel springt auf Sarah und Johannes zu und scheint sich irrsinnig über ihren Besuch zu freuen. „Sitz! Max ist immer so stürmisch. Aber er tut ja nichts!", entschuldigt sich Frau Müller, die eine graue Hose und eine karierte Bluse trägt. „Ich habe selbst einen Hund und liebe solche Begrüßungen!", erklärt Johannes gut gelaunt. „Schade, dass Tessa nicht dabei ist. Da gäbe es ein Gerangel und Geschubse! „Max hält mich auf Trab und hilft mir, fit zu bleiben." Frau Müller wirkt mit ihren silbergrauen Haaren noch recht rüstig. Bald haben sie in einer gemütlichen Wohnküche Platz genommen. Max hat sich in sein Körbchen gelegt, beobachtet aber aufmerksam, was um ihn herum passiert.

„Was führt Sie zu mir?" „Wir möchten uns nach der Familie Tsering erkundigen, der Sie vor vielen Jahren eine Wohnung vermietet haben. Haben nur die Eltern oder auch der Sohn bei Ihnen gewohnt?" „Zuerst nur die Eltern, dann für kurze Zeit auch Sherab. An den Namen kann ich mich noch gut erinnern."

„Ist etwas Besonderes passiert?" Frau Müller überlegt. „Er war ziemlich krank. Der Junge schien in einer Krise zu stecken. Die Eltern waren sehr besorgt."

„Wissen Sie etwas Genaueres?" „Es ging ihm sehr schlecht." „Fällt Ihnen noch was ein!" „Es kam öfter ein Mönch aus dem Buddhistischen Zentrum. Er hat Sherab und die Eltern in dieser schweren Zeit unterstützt." „Wissen Sie, wer das war?" Frau Müller überlegt.

„Im Schloss Wachendorf wohnten damals Vertreter unterschiedlicher buddhistischer Richtungen. Im Dachgeschoß war der japanische Zen-Buddhismus zu Hause. Außerdem gab es das *Kamalashila-Institut für Buddhistische Studien und Meditation*. Bei denen habe ich einen Meditationskurs besucht. Die sind später nach Langenfeld in die Eifel gezogen. Der Mönch, der die Tserings besuchte, gehörte zu dieser Gemeinschaft, glaube ich."

KAPITEL 30

„**W**enn wir schon mal hier in der Gegend sind, zeige ich dir mein Lieblingsmaar. Das kennst du bestimmt noch nicht." „Nein, Mark, die Kinder und ich haben noch keinen längeren Ausflug in die Vulkaneifel gemacht." „Du wirst staunen. Tessa liebt das Pulver-Maar auch."

„Ich habe mich schon gewundert, dass du nicht in Langenfeld angerufen hast. Du wolltest einfach zu den Maaren, stimmts?" „Auch. Aber ich hatte ja vorher angerufen und erfahren, dass aus der Wachendorfer Zeit niemand mehr in Langenfeld im Institut arbeitet." „Aber dann kam uns der Zufall zur Hilfe."

„Genau, dass der Rinpoche, also dieser tibetische Würdenträger, zufällig zu Besuch war. Er lehrte damals in Wachendorfer im *Kamalashila-Institut für Buddhistische Studien und Meditation* und hat Familie Tsering gut gekannt." „Er konnte uns bestätigen, dass Sherab seinerzeit einen Drogenentzug mit Methadon gemacht hat. Er hat den Jungen oft besucht, ihn unterstützt und dazu beigetragen, dass der Entzug ein Erfolg wird."

„Und er war fest davon überzeugt, dass er es geschafft hat und dass er nicht mehr rückfällig wird", bemerkt Sarah." Die Holzkette, die wir bei dem Toten gefunden haben, ist eine buddhistische Gebetskette, ein Geschenk des Rinpoche an Sherab. Die 108 Perlen stellen die Erkenntnisse auf dem Weg zur Erleuchtung dar. Sie sollten Sherab sein ganzes Leben daran erinnern, sich um spirituelle Weiterentwicklung zu bemühen und nicht wieder auf Abwege zu geraten." „Wenn man seiner Frau glauben darf, ist ihm das auch gelungen."

„Wir sind da!" Johannes stellt das Auto ab.

Sarah beeindruckt die Schönheit des kreisrunden, tiefblauen Maars. „Das Pulvermaar ist mit 72 Metern das tiefste Maar der Eifel und gehört zu den zehn tiefsten Seen Deutschlands. Schau dir die Wollgräser und Seggen an. Die findest du sonst nirgendwo." Johannes ist begeistert. „Das ist echt schön hier, die Nilgänse und Enten und die vielen Libellen. Hier kann man bestimmt auch angeln." „Klar. Forellen und Barsche. Aber dazu fehlt mir die Geduld." „Tessa sicher auch", lacht Sarah.

Tessa strolcht am See entlang und schnuppert neugierig die Luft. Dann nimmt sie eine Spur wahr. Man ahnt nur, was sie riecht, vielleicht eine Mischung aus feuchtem Boden und frischem Gras oder den Geruch eines anderen Hundes, der vor ihr hier entlang gelaufen ist. Ihre Ohren sind aufmerksam nach vorne gerichtet, während sie die Geräusche der Natur um sich herum wahrnimmt. Mit Anlauf galoppiert sie auf das Ufer zu. Ihre Pfoten platschen in das kühle Wasser, sie genießt das sanfte Plätschern der Wellen, ihre Rute wedelt vergnügt. Vielleicht hat sie einen vorbei schwimmenden Fisch entdeckt.

„Lust auf ein Stück Kuchen im Eifeler Scheunencafé in Gillenfeld? Ich lade dich ein", schlägt Johannes vor. „Da ist es sehr schön. Das Motto des Cafés lautet `Hej jet jekoocht`." Es gibt fair gehandelten Kaffee, Honig aus eigener Herstellung, selbstgebackenen Kuchen und leckeren Flammkuchen und hausgemachten Viez." „Keine Currywurst?" „Diesmal nicht. Es muss nicht immer Currywurst sein. Die esse ich sowieso am liebsten bei Wurst-Erwin." „Überzeugt."

„Ich fasse zum Schluss noch einmal alles zusammen, was wir über Sherab Tsering und die Drogengeschichte zu wissen glauben", sagt Johannes, als sie sich hingesetzt und bestellt haben. Sarah hat sich für einen Kirschkuchen nach Omas traditionellem Rezept entschieden, Johannes für einen Flammkuchen mit regionalen Zutaten. „In der Schule hat Sherab offenbar Drogen genommen, und als er aufzufliegen drohte, hat er das Zeug seinem Mitschüler Hans untergeschoben, wenn Schuster recht hat."

„Aber dann hat er einen Entzug gemacht, wahrscheinlich mit Methadon", bemerkt Sarah. „Was der Rinpoche erzählt hat, klingt für mich sehr glaubwürdig." „Für mich auch. Außerdem haben alle, die Tsering als Erwachsenen kennen , vor allem seine Frau, geschworen, dass er keine Drogen nimmt. Warum ist er dann an einer Überdosis gestorben?" Die Frage lässt Johannes nicht los.

„Jemand, der ihn in seiner Jugend gut kannte und glaubt, dass er immer noch süchtig ist, hat ihm die Überdosis verpasst. Er war Linkshänder und hat sich die Spritze vermutlich nicht selbst gesetzt."

Sarah kratzt sich am Kopf. „Will der Täter den Verdacht in die falsche Richtung lenken? Sollen wir glauben, dass Tsering immer noch in Drogengeschäfte verwickelt ist, sich eine Überdosis verabreicht hat und selbstverschuldet gestorben ist?" „Gut möglich", gibt ihr Johannes recht. „Man hat das Gefühl, alle sollen glauben, dass der ehrenwerte Sherab Tsering, den die ganze Welt wegen seiner politischen Erfolge bewundert, Dreck am Stecken hat." „ Ja! Jemand muss ihn sehr gehasst haben."

„Irgendwie reißen die Ereignisse nicht ab. Ich habe das Gefühl, dass die Fälle noch lange nicht abgeschlossen sind", überlegt Sarah, als sie wieder in Richtung Gemünd fahren. „Wenigstens wissen wir jetzt, dass es sich bei dem Verletzten um David Cohn handelt, wieder ein Teilnehmer der Konferenz. Können wir davon ausgehen, dass es einen Zusammenhang mit den anderen Todesfällen gibt?"

„Schwer zu sagen. Auf den ersten Blick sieht es so aus, als ob den Lkw-Fahrer keine Schuld trifft. Vermutlich ist Herr Cohn einfach auf die Straße gefahren, ohne auf den Verkehr zu achten. Ein

Gutachter hat die Unfallstelle untersucht, es wird einige Wochen dauern, bis das Gutachten vorliegt. David Cohn ist noch nicht vernehmungsfähig. Der Lkw-Fahrer hat zumindest keine verbotenen Substanzen eingenommen und war wohl auch nicht zu schnell unterwegs."

„Wir müssen unbedingt herausfinden, mit wem David Cohn sich vor dem Unfall gestritten hat. Aber die Beschreibung der beiden Wanderer passt auf viele. War es eine zufällige Auseinandersetzung mit einem Unbekannten oder hat sich Cohn mit jemandem gestritten, den er kannte?"

„Das könnte wichtig sein." „Wenn der Unfall wirklich ein Unfall war und keine direkte Verbindung zu den beiden Todesfällen besteht, bleibt aber die Tatsache, dass alle drei Teilnehmer der Konferenz sind. Das ist doch mehr als ein Zufall, oder?" Johannes nickt.

Herr Schuster begrüßt die Ankommenden schon an der Haustür. „Schön, dass Sie sich noch einmal für uns Zeit genommen haben. Uns würde interessieren, ob Sie die anderen Konferenzteilnehmer kennen", beginnt Johannes das Gespräch. „Es geht um Khaled Husaini?" „Den Namen habe ich noch nie gehört", stellt Hermann Josef Schuster überrascht fest. „Und was ist mit David Cohn? Kennen Sie den auch nicht?" „Um Himmels Willen! Doch, den kenne ich. Der war auch mein Schüler."

„Wissen Sie, dass er seine Frau zur Konferenz begleitet hat?" „Ja. Ich habe ihn sogar in Arloff gesehen, als ich einem Imkerkollegen ein Buch zurückbringen wollte." „Wann war das?" „Letzten Mittwoch." „ Das war der Tag des Unfalls! Erinnern Sie sich genau. Wann und wo haben Sie ihn gesehen?"

„Er ging in Begleitung einer Frau - ich nehme an, seiner Frau - und eines mir unbekannten Mannes die Bahnhofsstraße hinauf. Zuerst war ich mir nicht sicher. Aber dann habe ich ihn erkannt."

„Haben Sie ihn angesprochen?" „Das wollte ich zuerst. Aber ich war ein Stück zurück. Die drei sind schnell voran gegangen." „Ist Ihnen etwas aufgefallen? Ist David Cohn jemandem begegnet?" „Nein. Ich habe dann meinen Bekannten, der in der Nähe wohnt, besucht. Als ich das Haus verließ, waren die Cohns und der Mann verschwunden. Warum fragen Sie ihn nicht?"

„Haben wir. Das war der Leibwächter, der Frau Cohn begleitet hat. David Cohn sagte, er brauche Kopfschmerztabletten, die seien im Auto. Herr Winter fühlte sich verpflichtet, bei Frau Cohn zu bleiben. Später machte er sich Vorwürfe, weil er ihm die Autoschlüssel gegeben hat und David Cohn allein zurückgegangen ist." „Vorwürfe?" „David Cohn hatte kurz darauf einen schweren Unfall." „Einen schweren Unfall? Hat er schon wieder eine rote Ampel überfahren? Ist er schwer verletzt?" Schuster ist sichtlich geschockt.

„Er ist ziemlich schwer verletzt. Nein. Es war keine rote Ampel. Aber die Unfallursache ist noch unklar. Es wird noch untersucht, ob Fremdverschulden vorliegt." „Wird er wieder gesund?" „Das hoffen wir. Er ist noch nicht wieder bei Bewusstsein. Wir konnten ihn noch nicht befragen."

„Warum schon wieder eine rote Ampel?" Sarah und Johannes schauen sich vielsagend an. „Was meinen Sie damit?" „David hat sich damals das Auto seiner Eltern ausgeliehen. Er war ein Externer, also kein Internatsschüler. Seine Eltern arbeiteten in der israelischen Botschaft in der Simrockallee." „Und?" „Er hat einen Unfall verursacht. Eine Frau wurde schwer verletzt."

„War er schuld?" „Ja und nein. Er ist bei Rot über die Ampel gefahren. Seine Eltern haben sich einen guten Anwalt genommen. Der hat David entlastet, auf verminderte Schuldfähigkeit plädiert." „Warum?" „David ist farbenblind. Er hat die Farbe der Ampel nicht erkennen können. Er hätte wahrscheinlich gar nicht fahren dürfen. Deshalb habe ich gedacht, dass es vielleicht wieder eine rote Ampel war."

„Sie haben uns angerufen, weil Ihnen noch etwas eingefallen ist." „Ja. Es wird länger dauern. Darf ich Ihnen einen Kaffee anbieten? Ich trinke morgens auch manchmal gerne eine Tasse Kaffee. Oder wieder Tee?" „Wir trinken gern Kaffee mit Ihnen."

„Deshalb habe ich Sie angerufen. Kurz vor Schuljahresende gab es einen mehrtägigen Ausflug in die Eifel. Die Schüler haben in der Jugendherberge *Burg-Blankenheim* übernachtet, glaube ich." „Ist bei dem Ausflug etwas Besonderes passiert?" „Ich weiß es nicht. Aber danach war alles anders. Freundschaften sind zerbrochen. Mehrere Schüler haben am Ende des Schuljahres die Schule verlassen."

„Wissen Sie, was die Schüler in der Eifel gemacht haben?" „Sie hatten viel geplant. Sie wollten die römische Wasserleitung besichtigen, einen römischen Tempel, die römische Kalkbrennerei in Iversheim." Er überlegt. „Von der Jugendherberge Blankenheim aus haben sie mehrere Ausflüge mit dem Fahrrad unternommen. Jemand hat mir erzählt, dass sie beim Radioteleskop in Effelsberg waren." „Wissen Sie zufällig, ob sie auch den Matronentempel in Pesch und die Kakushöhle besucht haben? "„Das kann ich mir gut vorstellen."

„Was können Sie uns noch von Hans erzählen? Gibt es vielleicht Fotos?" Schuster überlegt. „Damals wurde nicht so viel fotografiert wie heute. Es gab noch keine Smartphones." „Aber fotografiert wurde schon?", insistiert Sarah. Schuster stützt den Kopf in die Hand. „In der Schule gab es einen Glaskasten", erinnert er sich. „Der hing direkt neben der Tür zur Aula. Dort waren oft Fotos von wichtigen Schulveranstaltungen ausgestellt: Sportfeste, Ausflüge, Aufführungen. Ich erinnere mich an Fotos von der Eifelfahrt. Die habe ich mir damals gern angeschaut, weil ich nicht mitfahren konnte."

„Waren auch Fotos von Hans dabei?" „Gut möglich." „Und? Wo sind die jetzt? Bestimmt nicht mehr in dem Kasten." Johannes wird ein bisschen ungeduldig. „Natürlich nicht. Den gibt es schon lange nicht mehr. Wichtige Fotos aus der Schulgeschichte wurden später digitalisiert." „Interessant.. Wer hat das gemacht?" „Jemand aus der Redaktion der *VESDER-Nachrichten.*" „Was ist das?" Eine Zeitung von Ehemaligen für Ehemalige. *VESDER = Verein Ehemaliger Schüler des Rheinauen-Gymnasiums.* „Wie kommt man an die Fotos?" „Ich werde mich mal erkundigen. Ich kenne jemanden, der vielleicht weiß, wo sie sich befinden. Ich melde mich, wenn ich sie habe."

„Wann genau hat Hans die Schule verlassen, vor oder nach der Fahrt in die Eifel?" „Wie gesagt, ich war damals bei meiner kranken Frau, nicht in der Schule. Wenn ich mich richtig erinnere, wurden die Drogen unter der Matratze im Bett von Hans vor der Fahrt in die Eifel entdeckt. Die Schulkonferenz wollte darüber beraten. Aber der drohende Verweis lag schon in der Luft."

„Das muss ein sehr bedrückendes Gefühl für Hans gewesen sein, dass er nach der Klassenfahrt wahrscheinlich die Schule verlassen muss." „Bestimmt." „Vielleicht hat er versucht, Beweise zu finden, die ihn entlasten." „Gut möglich."

„Ich habe über Hans nachgedacht. Der Schulverweis muss für ihn und seine Familie eine Tragödie gewesen sein. Hans hat enorm unter den Ereignissen gelitten. Ich habe mich in letzter Zeit intensiv mit dem Problem beschäftigt. Hans hatte möglicherweise eine posttraumatische Verbitterungsstörung."

Sarah stutzt „Was genau ist darunter zu verstehen? Ich kenne nur posttraumatische Belastungsstörungen." „Der Betroffene empfindet ein bestimmtes Ereignis oder auch mehrere als so belastend, herabwürdigend und ungerecht, dass er nicht darüber hinwegkommt und über Jahre Aggressionen und Rachegedanken hegt. Es handelt sich um weit mehr als normale Wut oder Verärgerung."

„Klingt gefährlich." „Ist es auch. Menschen, die an einer Depression leiden, empfinden oft gar nichts mehr, sind antriebslos.

Der Verbitterte hingegen ist aktiv, voller brennender Affekte. Eine solche Person ist kränker als jemand mit einer Angststörung oder Depression."

„Hegen solche Menschen auch verstärkt Rachegedanken?" „Genau. Sie schreien oft regelrecht nach Vergeltung. Eigentlich benötigen sie dringend psychologische Hilfe. Sonst können sie gefährlich werden und stellen eine erhebliche Bedrohung dar."

„Wir haben Hans Schluckebier in den Polizeicomputer eingegeben. Fehlanzeige. Kein einziger Eintrag!" „Wo hat dieser Hans mit seinen Eltern gewohnt?", überlegt Johannes. „Nicht weit von hier in einem kleinen Dorf in der Nähe von Einruhr, glaube ich."

„Leben dort noch Verwandte?" „Das kann ich Ihnen nicht sagen."

„Es gab einen Lehrer, der hat Hans gefördert. Der war aber schon alt. Und es gab einen Pastor. Mertens hieß der, glaube ich."

„Der Junge hat seinen Namen gehasst. Vielleicht hat er ihn geändert. Kann man das so ohne weiteres?", überlegt Sarah.

„Hier bei uns wird so etwas durch das BGB und allgemeine Verwaltungsbestimmungen geregelt. Wenn man seinen Namen als unzumutbar empfindet, muss man einen Antrag beim Standesamt oder Einwohnermeldeamt und Amtsgericht stellen. Nach erfolgreicher Namensänderung werden alle wichtigen Dokumente aktualisiert."

„Wenn er das gemacht hat, welches Amt war für ihn zuständig?"

„Das Amt in der Nähe seines damaligen Wohnortes." „Wäre das Schleiden? Oder Simmerath?" „Wahrscheinlich." „Die Voraussetzungen für eine Namensänderung sind streng; sie wird nur in Ausnahmefällen genehmigt, und es muss ein wichtiger Grund vorliegen. Ein solcher Grund kann sein, dass der Name lächerlich klingt".

„Das ist hier der Fall! Ich möchte auch nicht als Johannes Schluckebier herumlaufen." Sarah grinst herausfordernd und schaut ihren Kollegen an. „Manchmal ist Nomen eben Omen." „Was genau meinst du?" „Wenn du Schluckebier heißen würdest, Johannes, wäre das eine treffende Personenbeschreibung und keine Beleidigung." „Du warst schon mal lustiger."

„Aber wenn jemand glaubhaft behauptet, dass er ein Alkoholproblem hat oder hatte, könnte er dann nicht eine Namensänderung verlangen, weil der Name rufschädigend ist und Alkoholmissbrauch unterstellt?" „Könnte ich mir vorstellen."

Das Internat hatte einen Bus gemietet. Da es sich um eine größere Tour handelt, können nicht nur Internatsschüler, sondern auch Externe teilnehmen. Übernachtet werden soll in der Jugendherberge Burg- Blankenheim. Geplant ist der Besuch wichtiger Stätten aus der Römerzeit sowie weiterer interessante Sehenswürdigkeiten wie z.B. das Radioteleskop in Effelsberg, die Kakushöhle und die Katzensteine. An einem Nachmittag steht noch ein Ausflug zum Badesee in Freilingen auf dem Programm.

Ihr Geschichtslehrer Joachim Kroner kündigt begeistert an, wie viel Interessantes es zu sehen geben würde: Teile der 100 Kilometer langen Eifelwasserleitung von Nettersheim nach Köln. Sie versorgte vom ersten bis dritten Jahrhundert die Provinzhauptstadt Niedergermaniens mit frischem Wasser, die römische Kalkbrennerei in Iversheim und eine Tempelanlage. „Das ist Bildung pur und reicht für mehr als eine Woche. Mit entspannen ist da nichts!", haben alle gestöhnt und ein wenig gelacht. Trotzdem haben sich alle auf die Fahrt gefreut.

KAPITEL 31

Etwas unschlüssig stehen Johannes und Sarah vor dem Kreiskrankenhaus Mechernich. Schließlich betreten sie das moderne Foyer. „Ist dir klar, dass sie das Gespräch verweigern kann?" „Ja. Wahrscheinlich wurde sie schon befragt." „Wir sind nicht offiziell hier, aber wir sollten ein paar Dinge klären."

Schließlich erscheint die Gesuchte. „Wie geht es ihrem Mann, Frau Cohn?", erkundigt sich Sarah. „Er ist noch nicht bei Bewusstsein. Die Ärzte erlauben auch keinen Besuch". Kurz überlegt sie: „Sie haben uns in Vogelsang verhört. Was wollen Sie von meinem Mann?" „Eigentlich wollen wir mit Ihnen reden." Rebekka Cohn wirkt unentschlossen.

„Es ist so", erklärt Sarah. „Wir haben jemanden getroffen, der ihren Mann David und einige andere Konferenzteilnehmer von früher kennt." „Von früher" „Es ist ein ehemaliger Lehrer ihres Mannes. Wir sind zu dem Schluss gekommen, dass die Todesfälle und auch der Unfall ihres Mannes mit Ereignissen zusammenhängen könnten, die schon sehr lange zurückliegen. Dazu würden wir Ihnen gerne ein paar Fragen stellen."

„Ich weiß nicht." Rebekka zögert. „Erzählen Sie uns doch bitte, was vor dem Unfall passiert ist." „Das habe ich doch schon ihren Kollegen mitgeteilt." „Fassen Sie es doch bitte noch einmal zusammen! Was ist genau passiert? Wieso war ihr Mann auf der Landstraße zwischen den Katzensteinen und Mechernich?"

„Wir waren in Arloff. Ich habe den Ort besucht, weil eine Jugendfreundin meiner Großmutter dort lebte. Wir standen gerade an der Ecke *Holzgasse, Unter den Linden* und haben die Stolpersteine betrachtet, die an Familie Kahn erinnern, als David einen Anruf bekam." „Von wem?"

„Das weiß ich nicht. Kurz darauf sagte er, er hätte Kopfschmerzen und seine Tabletten im Auto vergessen." „Ich sagte ihm, dass er sie ruhig holen solle. Wir würden schon einmal zum jüdischen Friedhof vorgehen." „Sie waren nicht allein? Sie waren in Begleitung des Personenschützers Fred Winter?" „Stimmt. Als David nicht auftauchte, gingen wir zurück zum Parkplatz gegenüber dem Hotel *Zur Waage*. Das Auto war verschwunden und David auch. Mein Begleiter machte sich bittere Vorwürfe, dass er David allein zum Wagen gehen ließ. Kurze Zeit später erfuhren wir von dem Unfall."

„Der Lehrer hat erwähnt, dass Ihr Mann vor Jahren schon einmal in einen schweren Unfall verwickelt war." „Woher wissen Sie das?", murmelte Rebekka betroffen. Niemand außer der Familie wusste von Davids Albträumen, seinen Gewissensqualen.

Unmittelbar nach dem Unfall, so hatte er Rebekka viele Jahre später erzählt, war er von Schuldgefühlen geplagt worden. Er konnte nicht mehr richtig schlafen, war nervös, hatte Angst, entdeckt zu werden. Bis heute durchlebt er die Ereignisse des Unfalls immer wieder in Gedanken und wünscht sich, er hätte anders gehandelt." Damals spielte er mit dem Gedanken, sich zu stellen, hatte aber große Angst vor den rechtlichen Konsequenzen.

„Was geschah damals nach dem Unfall?" „Ihm wurde die Entscheidung abgenommen, sich freiwillig zu stellen. Die Polizei fand heraus, dass er das Auto seiner Eltern genommen und die rote Ampel überfahren hatte. Aber er besaß einen guten Anwalt und kam glimpflich davon."

Rebekka überlegt. „Das ist in seiner Schulzeit passiert. Was hat das mit dem neuen Unglück zu tun?" „Das wissen wir auch nicht. Wir waren kurz nach dem Unfall auch vor Ort", erklärt Johannes. „Wanderer haben erzählt, dass ihr Mann bei den Katzensteinen jemanden getroffen hat. Es muss einen Streit gegeben haben. Ihr Mann ist ins Auto gestiegen und mit hoher Geschwindigkeit auf die Landstraße eingebogen. Der Lkw-Fahrer konnte nicht mehr bremsen." „Ich weiß." „Wir werden weiter nach dem Verdächtigen suchen, mit dem Ihr Mann gestritten hat. Wir informieren Sie, wenn wir mehr wissen." Rebekka Cohn erhebt sich etwas mühsam. „Danke, ich möchte wieder in Davids Zimmer sein, falls er aufwacht."

Jetzt stehen sie vor dem Hof, wo Hans Schluckebier vor 40 Jahren gelebt hat. Einige Gerätschaften weisen darauf hin, dass man hier immer noch Landwirtschaft betreibt. Sarah schaut auf einen größeren Stall und mehrere freilaufende Hühner, die nach Würmern und Insekten picken und zufrieden Gräser und Kräuter fressen. In einem Nebengebäude ist ein Hofladen untergebracht. Dort befindet sich auch der Eingang zu einer Ferienwohnung.

Sarahs Herz geht auf: Saisonales Obst und Gemüse, artgerecht produzierte Milch und Eier von freilaufenden Hühnern werden angeboten. Interessiert liest sie den Hinweis, dass man auf diesem Hof nach dem Prinzip der solidarischen Landwirtschaft arbeitet, sich also für bessere Tierhaltung und saisonale nachhaltige Obst- und Gemüsesorten einsetzt.

Ein Mann mit einer Latzhose, einer wetterfesten Jacke über einem karierten Hemd und Gummistiefeln kommt ihnen entgegen. Er ist knapp 50 Jahre alt. „Helmut Ohlert. Womit kann ich Ihnen helfen?" „Wir sind von der Polizei und haben ein paar Fragen." „Ich habe nichts angestellt", schmunzelt der rustikale Biobauer selbstsicher. „Es geht um Ihre Verwandten, denen der Hof früher gehört hat." „Ach die. Was wollen Sie wissen?" „Was aus Ihnen geworden ist, den Kindern? Warum haben die den Hof nicht weitergeführt?"

Ohlert denkt einen Moment nach. „Eine lange und traurige Geschichte. Die Eltern leben schon lange nicht mehr." „Und die Kinder?" „Die Tochter ist unter tragischen Umständen gestorben. Und der Jüngste, Robert, ist vor Jahren ausgewandert. Sie wissen ja, wie das hier ist. Die Sehnsucht der Eifeler nach dem Auswandern – dieses tiefe Gefühl teilen viele Menschen in dieser Region."

„Kann sein. Und der älteste Sohn Hans?" „Der ist auch schon seit vielen Jahren weg. Keine Ahnung, was aus ihm geworden ist. Da fällt mir ein..." „Ja?" „Die Familie hatte engen Kontakt zu dem alten Pastor", erklärt Ohlert. „Dass Hans den Pastor gut kannte, hat Herr Schuster auch gesagt. Erinnerst du dich, wie der hieß, Sarah?" „Mertens, glaube ich!" „Der ist sicher nicht mehr im Amt." „Wir fragen mal nach. Vielleicht lebt er in der Nähe." Sie haben Glück. Pastor Mertens wohnt nicht weit von seiner ehemaligen Wirkungsstätte entfernt. Noch immer unterstützt er seine Gemeinde durch Vertretungsdienste und ehrenamtliche Tätigkeit. Er trägt eine schwarze Hose und ein Collarhemd, als er ihnen die Tür öffnet. Als sie ihr Anliegen schildern, lässt er sie herein.

„Ich erinnere mich gut an Hans und seine Familie!", berichtet er. „Der Junge war so vielversprechend. Doch dann kam alles ganz anders." Er seufzt. „Erzählen Sie uns bitte, was Sie wissen." „Hans war sehr begabt. Ich habe seinerzeit vermittelt, dass er ein Stipendium für dieses Internat bekam. Rückblickend habe ich mich oft gefragt, ob es wirklich richtig war, ihn aus seiner gewohnten Umgebung zu reißen."

„Er wurde später der Schule verwiesen." „Ja, die Eltern waren außer sich, haben sich von dem Schock nur schwer erholt. Und dann war da noch die Tragödie mit seiner Schwester Anna." „Was war da?" „Sie hat sich wegen einer unglücklichen Liebe das Leben genommen. Sie erwartete auch ein Kind." „Aber das ist doch heutzutage kein Grund mehr für Selbstmord." „Sie ist aber über den Mann nicht hinweggekommen. Er muss sie tief gekränkt haben." „Was wurde aus Hans?" „Er war verzweifelt. Er hat sehr an seiner Schwester gehangen. Ich habe ihm geraten, eine Lehre zu machen und in eine andere Gegend zu ziehen. Das hat er auch gemacht."

Die zwei Wochen vor dem Ausflug in die Eifel waren schrecklich. Man hatte ihn in das Büro des Direktors bestellt. Mehrere Lehrer mit ernsten Gesichtern waren anwesend. Die Hauseltern und Erzieher hatten die Zimmer durchsucht. Unter seiner Matratze hatte man etwas gefunden, was den Verbleib an der Schule undenkbar machte. Die Lehrerkonferenz würde entscheiden.

Vergeblich versuchte er, die Anwesenden davon zu überzeugen, dass er keine Ahnung hatte, wie das verfängliche Päckchen in sein Bett gelangt war. Das musste ein anderer dorthin gelegt haben. Selbstverständlich würde man seinem Vorwurf nachgehen. Doch die Blicke der Anwesenden verrieten, dass man ihm keinen Glauben schenkte. Wenn man ihn von der Schule verwiese, würde für seine Eltern eine Welt zusammenbrechen. Und nicht nur für seine Eltern: Das ganze Dorf würde von seiner Schande erfahren.

Weil er dringend nach Hause fahren wollte, um alles zu erklären, bat er seinen Freund, die geliehene Summe zurückzuzahlen. Doch der sah sich nicht in der Lage. Er war wieder einmal nicht flüssig, sträubte sich, das Geld zu übergeben, obwohl er wusste, dass Hans es sich vom Taschengeld abgespart hatte und dringend brauchte. Er konnte und wollte nicht warten. Er brauchte das Geld doch für die Fahrt.

Dann kam die Nachricht, dass seine Patentante Hilde, die wichtigste Vertraute seiner Kindheit, einen schweren Unfall hatte. Sie war ganz in der Nähe seiner Schule überfahren worden. Der Autofahrer war trotz Rot über die Ampel gefahren. Tante Hilde war schwer verletzt. Keiner wusste, ob sie es schaffen würde. Und dann war noch Annas großer Kummer!

KAPITEL 32

Johannes und Sarah sind wieder auf dem Weg zu Herrn Schuster. Diesmal hat er den *Gasthof zur Post* als Treffpunkt vorgeschlagen. „Michael Connacht ist seit gestern Abend verschwunden. Er kann unmöglich schon abgereist sein. Das ganze Gepäck ist noch da, sagt Frau Keller", berichtet Johannes.

„Das ist doch die Organisatorin, die sich während der Konferenz um die Gäste gekümmert hat." „Genau. Meike Keller wirkte sehr besorgt. Connacht hätte sich sicher von ihr verabschiedet, wenn er schon gefahren wäre, behauptet sie. Sein Schicksal scheint ihr sehr wichtig zu sein." „Seltsam. Vielleicht gibt es eine harmlose Erklärung für sein Verschwinden." „Ich dachte, die Konferenzteilnehmer werden weiter überwacht, vor allem jetzt nach dem versuchten Anschlag." „Sicher. Sie wurden auch aufgefordert, den Konferenzort noch nicht zu verlassen." „Das hat ja gut funktioniert."

Ab und zu gönnt sich Herr Schuster ein besonderes Essen, meist eine Eifeler Spezialität. Seine Frau kochte unnachahmlich *Decke Bunne met Speck*. Dieses Gericht bestellt er fast nie in einem Lokal, weil ihn jedes noch so gut zubereitete Ergebnis enttäuscht hätte. Heute möchte er sich etwas Besonderes gönnen, schwankt aber noch zwischen Eifeler Bachforelle und Geschmortem Wildschweinbraten aus der Keule mit Spätburgundersauce, Mai-Wirsing mit Portwein, Rosmarinkartoffeln.

Er erkennt die beiden Polizisten schon von weitem und winkt ihnen zu. „Ich kann Ihnen den Wildschweinbraten oder die Eifeler Bachforelle empfehlen. Die bereitet der Koch hier mit Rosmarin, Thymian, Salbei, Oregano, Butter und Petersilie im Ofen zu. Einfach köstlich." „Klingt lecker", stimmt Sarah zu. „Dazu einen knackigen Salat. Aber eigentlich ist doch Spargelzeit." Sarah ist unschlüssig. „Ich frage mal den Wirt, was er auf der Spargelkarte hat", schlägt Hermann Josef Schuster vor. „Das Schönste an der Spargelzeit ist die Curry-Wurst", scherzt Nöthen und vertieft sich in die Karte.

„Currywurst muss manchmal sein", stimmt ihm Schuster leicht erheitert zu. „Aber Forelle und Wildschweinbraten sind hier Spezialitäten. Etwas Besseres gibt es in der Nordeifel nirgendwo." „Klingt verlockend." „Der Wirt erlegt das Wild noch selbst. Alle Gerichte kommen direkt aus dem Wald auf den Tisch, dazu Pilze und Preiselbeeren. Es gibt hier sogar Burger vom Hirsch, Reh oder Wildschwein." Nach längerer Diskussion entscheidet sich Sarah schließlich für die Forelle, Nöthen und Schuster bestellen den Wildschweinbraten.

„Moment mal!" Schuster greift in seine Hosentasche: „Ich habe mir den Link zum Fotoarchiv aufgeschrieben. Sie haben sicher ein Smartphone." Sarah und Johannes studieren die Schwarzweiß-Fotos. „Zeigen Sie uns bitte Hans." „Da!" Schuster deutet auf ein Bild, das eine Gruppe Jugendlicher mit Fahrrädern vor der Jugendherberge zeigt.

„Der mit der Brille links am Tor." „Da kann man nicht viel erkennen." Sarah hat ihre Zweifel. „Ich glaube nicht, dass man Hans, der jetzt über 50 ist, auf dem Foto identifizieren kann. „Glaube ich auch nicht." „Und hier sitzt Hans mit anderen Schülern am Lagerfeuer am Freilinger See." „Auch nicht so richtig scharf. Ich sehe Hans, vier andere Jungen und einen, der Gitarre spielt." Sarah klingt enttäuscht. Dann stutzt sie. „Der mit der Gitarre erinnert mich an jemanden. Ich weiß nur gerade nicht, an wen."

„Aber dann ist mir noch etwas eingefallen." Schuster wirkt triumphierend. „Es gibt noch Fotos von einer Theateraufführung. Die sind besser. Da haben Hans, Sherab, Rajan, Adil und viele andere mitgespielt. Die Schnappschüsse der Vorstellung sind auch digitalisiert worden. Hier ist der Link." Johannes kneift die

Augen zusammen. „Was haben sie damals gespielt?" „`Ein Inspektor kommt`, ein Drama von John Boynton Priestley." „Das kenne ich leider nicht. Wovon handelt es?" „Ein sozialkritisches Stück, das gerne im Englischunterricht gelesen wird. Es geht um Schuld und Verantwortung." „Etwas genauer, wenn es geht", bittet Sarah.

„Die wohlhabende Industriellenfamilie Birling feiert 1912 in Nordengland die Verlobung ihrer Tochter Sheila mit dem reichen Adligen Gerald Croft", holt Schuster aus. „Das Fest wird von Inspektor Goole unterbrochen. Er berichtet vom Selbstmord einer jungen Frau, die sich mit Salzsäure das Leben genommen hat. Der Inspektor scheint alles über den Suizid und seine Vorgeschichte zu wissen. In den folgenden Stunden ringt er den Anwesenden das Geständnis ab, dass sie alle am Tod von Eva Smith mitschuldig sind. Nachdem Goole die Feier verlassen hat, erfährt die Familie, dass ein Polizist dieses Namens gar nicht existiert und dass es keinen Selbstmord gegeben hat. Gerade als alle aufatmen, meldet sich das Telefon. Ein Polizeiinspektor teilt ihnen mit, dass soeben eine junge Frau gestorben sei. Sie habe sich mit Salzsäure umgebracht und er wolle einige Fragen stellen."

„Sie scheinen das Stück sehr zu mögen." „Das stimmt. Den Schülern hat es damals auch sehr gut gefallen. Es wurde viel darüber diskutiert. Inspektor Goole ist zunächst eine übernatürliche Erscheinung, die das Gewissen der Betroffenen wachrütteln soll. Als ihr dies nicht gelingt, kommt die Bestrafung: Die Vorhersage des Inspektors wird zur Wirklichkeit."

Johannes studiert die Bilder. „Wer hat welche Rolle gespielt? Das würde mich brennend interessieren." Sarah zeigt großes Interesse. „Das ist auch der Grund, warum ich von der Aufführung erzähle. Hans spielte den Kommissar. Er war wahnsinnig stolz, dass er die Hauptrolle bekommen hat. Und er war wirklich gut."

„Interessant. Er hat also jemanden gespielt, der für Recht und Gerechtigkeit steht, der andere zur Rechenschaft ziehen kann, quasi eine moralische Instanz." „Wenn man so will, ja." Sarah studiert die Fotos. „Wer ist das Mädchen?" „Adil hat damals Sheila gespielt. Zuerst wollte er keine Frauenrolle übernehmen. Aber der Lehrer hat ihn überzeugt."

„Und das blonde Mädchen mit den dunklen Augen auf dem Foto?" Schuster überlegt. „Auf jeden Fall keine Schülerin. Die Schule nahm damals nur Jungen auf." „Das könnte Anna sein", sagt er schließlich. „Wer ist das?" „Hans` Schwester. Viele Eltern und Geschwister sind damals zur Aufführung gekommen." „Und mit wem spricht sie?" Sarah deutet auf einen jungen Mann, der mit dem Rücken zum Betrachter steht. „Das war einer unserer Erzieher. Der hat den Fabrikbesitzer Birling gespielt, der war schon Mitte 20. Warum fragen Sie?" Sarah denkt nach.

„Sie sehen besorgt aus. Ich dachte, die Fotos hätten Ihnen etwas geholfen." „Haben Sie auch", merkt Johannes an. „Aber mir geht ständig durch den Kopf, dass wir den Konferenzteilnehmer Michael Connacht vermissen. Er ist nirgendwo zu finden." „Ist ihm etwas zugestoßen?" „Das wissen wir nicht. Aber wir machen uns große Sorgen."

Schuster vergeht der Appetit schlagartig. „Der kann aber nicht ihr Schüler gewesen sein. Ist wohl zu alt", überlegt Sarah.

„Nein!", flüstert Hermann Josef Schuster. „Der war damals Erzieher im Internat und hat die Schüler bei ihrem Ausflug in die Jugendherberge begleitet." „Erzählen Sie uns bitte mehr. Wie war sein Verhältnis zu Hans, zu den anderen Schülern. Alles, was Ihnen einfällt."

Immer wieder muss er an Anna denken. In seine Erinnerung hat er sie längst verklärt. Wunderschön ist sie gewesen. Und eine gute Schülerin. Sie hätte sogar das Gymnasium geschafft. Doch ihr Interesse gehört immer dem Hof. Es macht ihr nichts aus, früh aufzustehen, um ihren Eltern vor der Schule zu helfen. Besonders liebt sie die Tiere. Sie hat viel auf dem elterlichen Hof gearbeitet. Das hat sie geprägt.

Zu ihren Brüdern verhält sie sich immer fürsorglich und loyal. Besonders gern durchstreift sie die Natur. Da kommt es nicht von ungefähr, dass sie in der Schule in Fächern wie Biologie glänzt. In ein paar Jahren würde sie sicher eigene Ideen und Anregungen in den landwirtschaftlichen Betrieb der Eltern einbringen, um den Hof noch leistungsstärker zu gestalten.

Anna liebt das Leben, tanzt gern und lässt kein Dorffest aus. Wenn sie den Raum betritt, wird er freundlicher. Anna belebt jede Gesellschaft und strahlt eine Energie aus, die ansteckend ist. Von Natur aus ist Anna wissbegierig, aufgeschlossen und lebensfroh. Ihre Augen leuchten vor Begeisterung, wenn sie eine Sache überzeugt.

Trost geben kann sie aber auch, wenn jemand Sorgen hat. Sie stärkt ihm den Rücken, als ihn die Angst vor der neuen Schule packt. Auch ihre Eltern und ihr Bruder Robert lassen sich oft von ihrer fröhlichen Art mitreißen.

Michael Connacht parkt seinen Mietwagen auf der leicht abschüssigen Wiese und überlegt, ob er ein Parkticket ziehen soll.
„Wenn so wenig los ist, kontrolliert bestimmt keiner", entscheidet er sich dagegen.

Meike ist vermutlich noch nicht da? Wo wollten Sie sich nochmal treffen? Nicht auf der Wiese in der Nähe des kleinen Lokals,
wo er Gitarre gespielt hatte.

„Es gibt da einen verwunschenen Ort an einem Steg, kurz vor
der Absperrung, wo das Vogelschutzgebiet beginnt." Dort will
sie auf ihn warten.

Als er in Richtung See blickt, bietet sich ihm ein besonderes
Schauspiel. Ein Schoof braun-schwarz-weißer Nilgänse mit ihrer
typischen brillenförmigen Augenpartie und ein Schoof Kanadagänse mit ihrem schwarz-weißem Gefieder liefern sich flügel-
schlagend einen Revierkampf. Mehrere Kanadagänse haben sich
zu ihrer vollen majestätischen Größe aufgerichtet und setzen
schrill schreiend Schnäbel und Flügel kraftvoll ein, um ihre
Feinde zu vertreiben.

Auch die Nilgänse verteidigen laut rufend ihr Revier gegen
die Eindringlinge. „Wer wird wohl gewinnen?", überlegt Michael.

Er glaubt fest an das Recht des Stärkeren. Auch wenn er damals in Irland maßgeblich an Friedensverhandlungen beteiligt
war, so ist er doch überzeugt: In einer Konfliktsituation setzt sich
derjenige durch, der die größte Macht und Stärke besitzt. Fairness
und Schutz der Schwächeren sind dann zweitrangig!

Die Gänse haben ihren Streit längst beigelegt und sitzen mehr
oder weniger friedlich in gebührendem Abstand voneinander am

Ufer, als Michael Connacht in den Wald-Lehrpfad einbiegt und die kleine Hütte und das Bootshaus links liegen lässt. Am frühen Morgen sind noch keine Schwimmer oder Stehpaddler unterwegs. Rechts vom Weg dümpeln zwei vertäute Ruderboote vor sich hin. Die Äste eines umgefallenen Baums ragen aus dem Wasser.

Beim Weitergehen entdeckt er eine Blässhuhn-Familie mit vier Nestlingen, die gerade das schützende Schilf verlassen hat. „Tück, tück, tück", schallt es vom See hinüber. „Bald müsste er den Treffpunkt erreicht haben", denkt er voller Vorfreude.

„Erinnerst du dich an Anna?" Hans merkt selbst, wie seine Stimme zittert. Seine Unsicherheit hat er unterschätzt. Dies war die Begegnung, der er am intensivsten entgegengefiebert und vor der er sich am meisten gefürchtet hatte.

Michael wirbelt herum. Als er den anderen erkennt, ist er sichtlich schockiert. Dann gewinnt er die Fassung wieder. „Ich erinnere mich. Ist aber verdammt lange her." Michael klingt gleichgültig, emotionslos.

„Sie hat dich geliebt, ein Kind von dir erwartet. Du hast ihre Gefühle mit Füßen getreten!" „Sehr theatralisch formuliert. Das ist doch Ewigkeiten her."

„Hier am See habe ich dir damals gesagt, dass Anna ein Kind von dir erwartet. Dass sie dich liebt." „Ich erinnere mich dunkel. Du warst sehr emotional", merkt Michael eher gelangweilt an.

Ohnmächtige Wut packt Hans. Dieser Mann hat sich nicht verändert. „Du fragst nicht einmal nach dem Kind?!"

„Kann ich sicher sein, dass es meins war? Ich weiß nicht, mit wem Anna sonst noch zusammen war. Sie war einfach umwerfend, der absolute Hammer, wenn ich mich recht erinnere. Da haben die anderen bestimmt nicht nein gesagt."

„Das Kind war von dir", bricht es aus Hans heraus. „Wie alt ist es jetzt? Längst erwachsen, vermute ich."

„Es ist nie geboren worden!" „Hab ich doch gesagt. Sie wollte es auch nicht. Mach doch nicht so ein Theater. Anna ist längst über mich hinweg, hat mich schon lange vergessen."

„Nein, sie ist tot!" „Das ist schade. Aber was hat das mit mir zu tun?"

„Sie hat sich deinetwegen umgebracht!" Michael schweigt einen Moment und zuckt dann mit den Schultern. „Wie bedauerlich! Manche Menschen sind einfach zu sensibel."

„Ich habe dich beobachtet. Du bist keiner Frau lange treu geblieben!" „Wen interessiert das? Ich habe niemanden gezwungen. Sie hätten `nein` sagen können! Haben sie aber meistens nicht, denkt Michael.

„Du hast nicht nur Menschen verletzt. Du bist auch ein elender Tierquäler. Und die unschuldigen Hunde, sie konnten sich nicht wehren. Du hast skrupellose Geschäfte mit ihnen gemacht."

Michael Connacht weiß nur zu gut, dass sich manche Betreiber von Windhundrennen nicht immer an die Regeln halten, obwohl jeder Hund gewogen und auf Verletzungen untersucht werden muss. Michael hat den Sport immer verteidigt und betont, dass die meisten Besitzer ihre Hunde langsam an Rennen gewöhnen.

Aber er selbst hatte seine Hunde viel zu jung und oft zu lange eingesetzt. Er und seine Freunde züchteten oft mehr Hunde, als sie brauchten. Und den Überschuss warfen sie oft einfach weg.

„Vor einiger Zeit hat die irische Rundfunkgesellschaft RTÉ eine Dokumentation veröffentlicht, nach der die „Greyhound-Industrie" 1000 Prozent mehr Welpen züchtet, als sie braucht", fährt Hans fort. „Das führt zur gezielten Tötung von 6000 Rennhunden pro Jahr. Und du warst dabei. Ich habe Videos von eingesperrten, verletzten und erschossenen Hunden gesehen. Du widerlicher Sadist!" „Tiere, die zu langsam, verletzt oder einfach ungeeignet sind, werden eben entsorgt", bemerkt Connacht ungerührt.

„Ich wüsste gern, wie du Meike dazu gebracht hast, mich hierher an den See zu bestellen. Wo ist sie eigentlich?" Michael schaut sich suchend um.

„Da wunderst du dich, dass Meike mit mir gemeinsame Sache gemacht hat", triumphiert Hans. „Als sie erfuhr, was für ein Schwein du bist, war sie bereit, mit mir eine Nachricht zu fälschen, um dich hierher zu locken", blufft Hans.

Er macht eine kurze Pause. „Die arme Meike", fährt Hans ironisch fort. „Die hat sich wirklich in dich verknallt. Das hast du gut hinbekommen, wahrscheinlich auf die romantische Tour mit der Gitarre. Ich könnte kotzen."

„Ich glaube, sie mag mich wirklich." Michael klingt zuversichtlich.

„Ich tue ein gutes Werk, wenn ich die arme Frau vor dir beschütze. Dich hat niemand verdient, du Schwein. Meike siehst du sowieso nie wieder!"

„Da wäre ich mir nicht so sicher." „Ich schon!" Zum ersten Mal verspürt Michael ein leichtes Unbehagen.

„Erinnerst du dich an unsere Theateraufführung?" „Welche meinst du?" „Ein Inspektor kommt." „Ach ja." „Damals sagte Sherab in der Rolle des Gerald: „Wir sind doch ehrliche Bürger und keine Verbrecher", und ich antwortete als Inspektor Goole: „Manchmal ist der Unterschied nicht so groß, wie man denkt. Manchmal weiß man nicht, wo die Grenze verläuft. Ich wüsste nicht, wo ich sie ziehen soll. Genau so ist es bei dir."

„Ich erinnere mich. Nettes Stück, aber triefend von übertriebener Moral." „Priestley wollte sagen, dass jeder Mensch potenziell kriminell ist. Unvermittelt bricht das Böse hervor. Ich glaube, er hat dich beschrieben!", triumphiert Hans.

„Das Leben ist kein Theaterstück, und manchmal ist es nicht gerecht. Ich glaube, damit ist alles gesagt. Schön, dich nach all den Jahren wieder mal zu sehen", versucht Michael seine langsam aufkommende Unsicherheit zu verbergen. Er ist immer noch einen halben Kopf größer und durchtrainierter als sein Gegenüber.

„Damals, als wir das Stück aufführten", fährt Hans fort „ahnte ich noch nicht, dass fast alle, die damals mitspielten, so verlogen werden würden wie die Mitglieder der Familie Birling."

„Du bist größenwahnsinnig!" Michaels Stimme ist voller Verachtung. „Du glaubst immer noch, du bist der moralisierende Inspector Goole, der seine kriminalistischen Gedankenspiele über Schuld und Verantwortung ausleben kann. Die Realität sieht anders aus. Die meisten Menschen denken an ihren Vorteil, und das ist gut so. Soziale Verantwortung? Dass ich nicht lache."

„Du hast Anna genauso im Stich gelassen wie den Fabrikbesitzer Birling das Mädchen im Theaterstück. Du hast den Tod verdient." „Mache dich nicht lächerlich."

Michael Connacht hat den Bruchteil einer Sekunde Vorwarnung, mehr nicht. Er kann sich immer noch nicht vorstellen, dass Hans es ernst meint.

„Mach keinen Scheiß!" Beschwichtigend hebt er den Arm, dreht sich gerade rechtzeitig, um zu erleben, wie Hans in den Angriff übergeht und nach vorne stürzt. Er versucht, ihn festzuhalten. Beide fallen und überschlagen sich auf dem Boden. Michael sieht das Blitzen einer Messerklinge. Scharf. Tödlich. Hans ist zuerst wieder auf den Beinen, Michael nur eine Sekunde langsamer.

Mit aller Kraft versucht Michael, die Messerhand von seinem Gesicht und seiner Kehle so weit weg wie möglich zu stoßen.

Aber Hans hat wieder Kraft geschöpft, ist jetzt schnell, bäumt sich auf, um besser greifen zu können. Michael spürt, wie das Messer den Stoff seines Hemdes durchbohrt und in seine Brust dringt. Die Wunde ist nicht tief, aber sie blutet, und das Brustbein schmerzt. Michael stürzte sich auf Hans, bevor dieser das Messer ganz zurückgezogen hat, ergreift sein Handgelenk und drehte die Klinge zurück, um sie gegen Hans Kehle zu pressen.

Hans, der kleiner und beweglicher ist, drehte sich wieder weg, als Michael einen sehr festen Schlag landete. Er trifft Hans an der Seite des Kiefers und lässt ihn rückwärts taumeln.

Durch den Schlag verliert Michael sein Gleichgewicht. Er stolpert. Im Fallen bohrt sich die Klinge des Messers in seine Brust. Als letztes spürt er einen stechenden Schmerz.

Die Katastrophe begann einige Monate vorher. Seine Eltern sind zum Schulfest gekommen und haben Anna und Robert mitgebracht, weil seine Geschwister unbedingt die Aufführung sehen wollen. Er ist viel nervöser, als er sich vorgestellt hat. Das Schultheater führt „Ein Inspektor kommt" von John Boynton Priestley auf. Die Schüler diskutieren heftig das Stück, in dem es unter anderem um Schuld und Lüge geht. So verlogen wie die Figuren des Stücks wollten sie nie werden. Darin waren sich die Freunde einig.

Priestley wollte in dem Stück deutlich machen, dass jeder Mensch potentiell kriminell ist und oft nur besondere Umstände verhindern, dass das Böse an die Oberfläche kommt. Er selbst durfte die Hauptrolle des Inspektors Goole spielen, Sherab den Schwiegersohn Gerald, sein Freund Rajan den Sohn Eric und der Erzieher den Fabrikbesitzer Birling. Einer seiner Freunde hatte sogar die Rolle der Sheila, der Tochter des Hauses übernommen.

„Du warst sehr überzeugend. Wir waren mächtig stolz auf dich!" Seine Mutter umarmte ihn strahlend nach dem Ende der Vorführung. Seinem Vater sah man an, dass dies eine fremde Welt war. Aber auch er hatte Freude gezeigt und ihm anerkennend auf die Schulter geklopft.

Anna hatte nur Augen für den Erzieher gehabt. Ihm war nichts anderes übrig geblieben, als sie einander vorzustellen. Warum auch nicht? Auch der Erzieher fand das braunäugige, blonde Mädchen mit den Grübchen offensichtlich sehr attraktiv. „Ich wusste gar nicht, dass deine Schwester so ein Hammer ist!" Diese Bemerkung war ihm sehr unangenehm gewesen, aber er wusste nicht warum.

Hätte er die Tragödie verhindern können? Diese Frage stellte er sich immer wieder. Jetzt hatte er Anna gerächt. Er fühlte Triumph und Erleichterung. Wenn jemand den Tod verdient hatte, dann Michael Connacht. Jetzt musste er nur noch eine Aufgabe vollbringen. Auch hier waren viele Emotionen im Spiel.

Noch nach Jahrzehnten überkommen ihn widersprüchliche Gefühle, wenn er an Adil denkt. Anfangs war es eine normale Kameradschaft gewesen mit gemeinsamen Freizeitaktivitäten. Sie hatten zusammen gerudert, sich oft Witze erzählt, manchmal auch von Mädchen gesprochen, die sich jedoch so gut wie nie auf das Gelände des Internats verirrten. Adil hatte von weitem die

Tochter des Gärtners angehimmelt, aber kein Wort herausbekommen, als er sie einmal zufällig traf.

Als Adil im Theaterstück die Mädchenrolle übernahm, war etwas geschehen, das er bis heute schwer einordnen konnte. Er hatte Adil begehrt. Damals fühlte er sich hin und hergerissen zwischen der Angst vor Ablehnung und dem Wunsch, seine Gefühle auszudrücken.

Jede Begegnung wurde zu einem emotionalen Drahtseilakt. Ständig hatte er Angst, sich durch Blicke und Gesten zu verraten. Ihm war deutlich, dass auch zu Hause niemand eine solche Beziehung gutheißen würde. Die Anspannung und das Versteckspiel belasten ihn enorm. Er konnte seine Gefühle nur seinem Tagebuch anvertrauen. Hätte er das bloß nie getan!

Was würde geschehen, wenn er alle Aufgaben vollbracht hatte? Das wusste er noch nicht. Eine gewisse Leere würde entstehen, wenn er sein großes Ziel erreicht hatte. Würden die von ihm so geliebte Eifel dann endlich wieder das Grauen der Vergangenheit abschütteln und ihre einstige Schönheit zurückgewinnen?

KAPITEL 34

„Wir sind da, Bonnie!" Ursula Lanzerath öffnet den Koffer-
raum. Die helle Labradorhündin springt ihr bellend vor die Füße
und wedelt erwartungsvoll. Sie nimmt ihren Hund an die Leine
und marschiert zügig über den Kiesweg in Richtung See.

An warmen Sommertagen platzt der Parkplatz aus allen Näh-
ten. Auf der großen, leicht abschüssigen Wiese stehen dann auch
Wohnmobile und Wohnwagen. Uschi geht rechts an der
Schranke vorbei auf das Holzhäuschen mit den beiden offenen
Umkleidekabinen und den Informationstafeln zu. Dahinter verläuft ein Kiesweg, der links in den Rundwanderweg mündet und
rechts zum Badestrand und zur Freilinger Seebar führt. Kurz vor
dem Badestrand befindet sich eine Aussichtsplattform aus Holz,
die an drei Seiten mit einem Geländer versehen ist.

Dort ziehen sich öfter Badegäste um, und an besonders heißen
Wochenenden hat die DLRG hier einen ihrer Stützpunkte. Seit
diesem Frühjahr steht neben der Plattform eine Notrufsäule.

Bonnie schnüffelt an den Hinterlassenschaften ihrer Artgenos-
sen und saust fröhlich über die Wiese, als Ursula Lanzerath die
Leine löst. Mit einem Schwung wirft Ursula Bonnies Lieblingsball
über die leicht abschüssige Wiese.

Bonnie fegt über das Gras, den Ball fest zwischen den Zähnen.
Mit leuchtenden Augen und wedelnder Rute kommt sie auf ihr
Frauchen zu, in vollem Tempo und voller Stolz, weil sie den Ball
zurückgebracht hat. Als sie vor Ursula abbremst, legt sie ihr den
Ball vor die Füße und schaut zu ihr auf, bereit für das nächste
Spiel.

Ursulas Blick fällt auf die bunte Ansammlung von Tretbooten.
Drei davon sind mit einer Rutsche ausgestattet, außerdem

entdeckt sie einen roten Drachen, ein gelbes Seepferdchen und einen rosa Pelikan. Leider ist das bei Mädchen so beliebte Einhorn nicht mehr da. Stattdessen schaukelt ein grüner Tukan im Wasser.

So früh am Tag genießen erst wenige Badende das kühle Nass. Ursula Lanzerath kennt einige ältere Schwimmer, die bei fast jedem Wetter die weite Fahrt unternehmen und auch im Herbst und Winter gelegentlich in den See tauchen.

„Der See ist auch bei Regen wunderbar, wenn die Tropfen wie Trommelschläge auf das kabbelige Wasser schlagen und wie kleine Fontänen tanzen", hatten zwei der Allwetter-Schwimmer geschwärmt. „Und im Winter mit Neoprenanzug ist es eine echte Herausforderung, aber unbeschreiblich schön."

Auf der ca. 120 Meter gegenüberliegenden Seite bewegt sich ein Rückenschwimmer parallel zum Ufer in Richtung Vogelschutzgebiet. Ein paar Meter weiter hat sich ein Angler auf einem kleinen Steg niedergelassen. Mit regelmäßigen Armbewegungen bewegt sich der Schwimmer auf die Angelschnur zu.

„Das gibt Ärger. Das ist nicht das erste Mal." Ursula hat den Spaziergänger mit der dunkelblauen Wanderjacke und den Schnürschuhen gar nicht bemerkt.

„Ich bin öfter hier unterwegs", erklärt er freundlich „und kenne die ständigen Streitereien zwischen Schwimmern und Anglern. Gleich werden wir ein besonderes Spektakel erleben. Es kann nicht lange dauern."

In diesem Moment durchschneidet die Stimme des Anglers das stille Wasser: „Mensch, kannst du nicht woanders schwimmen? Ich angle hier!" Auch die genervte Stimme des Schwimmers ist deutlich zu vernehmen: „Zieh doch deine Leine gefälligst ein, wenn du mich siehst! Ich habe schließlich hinten keine Augen."

„Rückenschwimmen kann man nur, wenn man ganz allein ist!" „Der See ist für alle da! Ich schwimme, wo ich will", schnauft der Schwimmer.

„Habe ich Ihnen zu viel versprochen?", schmunzelt der Spaziergänger. „Da heißt es schon mal: Ich habe fürs Angeln bezahlt, Sie aber nicht fürs Schwimmen. Außerdem verscheuchen Sie mir die Fische.

„Am besten wäre es, wenn der Schwimmer in eine andere Ecke des Sees paddelt, während der Angler in Ruhe weiterfischen kann", überlegt Ursula. „Das wäre sicher eine gute Lösung. Die Angler könnten sich aber auch auf die frühen Morgenstunden oder den späten Abend beschränken", schlägt der Spaziergänger vor.

„Die Streitereien scheinen vorprogrammiert. Ich bin zu der Überzeugung gelangt, dass Angler und Schwimmer natürliche Feinde sind. Eigentlich ist der See groß genug für beide." „Und wie bekomme ich jetzt die dämliche Leine vom Fuß?", tönt es inzwischen leicht panisch vom Ufer gegenüber.

„Ich drehe jetzt meine Runde. Das mache ich öfter. Man hat einen schönen Blick über Wiesen und Felder." Schon ist der Spaziergänger mit schnellen Schritten um die nächste Wegbiegung verschwunden. Irgendwo habe ich den Mann schon einmal gesehen, überlegt Ursula. Aber sie weiß nicht mehr, wo.

Sorgfältig räumt sie Bonnies Häufchen weg. Das würde sie auch ohne das mahnende Schild tun, das ausführlich auf die Gefahren von Hundekot für Weidetiere hinweist.

Dann nähert sie sich dem Ufer. Sie beobachtet eine Blässhuhn-Familie, die sich im Schilf versteckt hat. Geradeaus entdeckt sie einen Haubentaucher. Blitzartig taucht er ab und ist verschwunden. Es ist gar nicht so einfach zu erkennen, wo er wieder auftaucht.

Rechts über der Straße am Damm fährt ein Bus vorbei, kurz darauf ein PKW. Dann läuft Ursula zum Hundestrand, den eine Leine mit bunten Bällen vom See trennt.

Mit einem Satz springt Bonnie ins Wasser. Immer wieder holt sie den Ball ans Ufer und schüttelt sich ausgiebig. Ursula beschließt, bis zu dem kleinen Steg weiterzulaufen; denn von dort hat man einen besonders schönen Ausblick.

Plötzlich zuckt sie zusammen. Was sie zunächst für Treibgut oder eine Jacke gehalten hat, entpuppt sich als etwas Schreckliches:

Ist es ein Mensch, der kopfüber im flachen Wasser, direkt im Schilf in Ufernähe schwimmt?

Schaudernd erkennt sie im Schilf zwischen treibenden Blättern eine Hand im Wasser. „Brauchen Sie Hilfe?", ruft sie. Ihr Herz rast. Der Körper treibt weiter nach links von ihr weg, bleibt dann im Schilf hängen. Sie kann keine Lebenszeichen oder Schwimmbewegungen ausmachen, auch keine äußere Gewalteinwirkung. Aber der Mann – wahrscheinlich ist es ein Mann – ist tot.

Suchend blickt sie sich nach dem Spaziergänger um und ruft: „Ich brauche Hilfe!" Aber niemand ist zu sehen.

Fieberhaft überlegt sie, ob sie zu dem kleinen Restaurant laufen soll, entscheidet sich dann aber doch für die Notrufsäule, die sie ein paar Minuten später keuchend erreicht. Nach etwa 10 Minuten trifft der Notarztwagen ein, kurz darauf ein Fahrzeug des Malteser-Rettungsdienstes, Feuerwehr, dann ein Polizeiwagen.

Der Notarzt kann nur noch den Tod des Mannes feststellen. Lange ist er noch nicht verstorben. Die vermutliche Todesursache hat er schnell festgestellt; denn das Messer steckt noch in der Brust.

Er schätzt die etwa 180 cm große und vermutlich 85 kg schwere Leiche auf 60 bis 65 Jahre. „Haben Sie jemanden um

Hilfe rufen hören?" „Nein. Am anderen Ufer lagen ein Angler und ein Schwimmer im Clinch." Sie blickt über den See. „Beide sind nicht mehr da."

Ursula fröstelt trotz ihrer warmen Jacke. Sie ist erleichtert, als sie Johannes aus dem Auto steigen sieht. „Hast du den Toten gefunden? Du Arme!"

In kurzen Worten schildert sie ihren Spaziergang. „Ich mache immer gern kurz an dem Steg halt. Erst dachte ich, dass jemand eine Decke oder einen Mantel ins Schilf geworfen hat! Dann habe ich erst die Hand und dann den Toten gesehen", schluchzt sie. Ursula zittert und hält sich an einem Baumstamm fest. Erst jetzt merkt sie, wie sehr sie das alles mitgenommen hat.

KAPITEL 35

„**A**ls ich Frau Keller erzählte, dass Michael Connacht auch tot ist, war sie völlig fassungslos. Sie muss ihn sehr gemocht haben. Wahrscheinlich war da mehr zwischen ihnen." Man merkt, dass Sarah das Telefonat nicht kalt gelassen hat. Ich hatte auch das Gefühl, dass zwischen den beiden etwas laufen könnte." „Weißt du, was Frau Keller noch gesagt hat?"

„Nein." „Adil Mahmud ist verschwunden. Auch er ist offensichtlich noch nicht abgereist." „Dann ist er auch in Gefahr. Was wird unternommen, um ihn zu finden?" „Bisher nicht viel. Man hat Khaled Husaini befragt, der inzwischen aus der Untersuchungshaft entlassen wurde. Aber er weiß nicht, wo Mahmud sein könnte."

„Übrigens, du hattest recht. Hans Schluckebier hat damals eine Namensänderung beantragt", berichtet Johannes Nöthen. „Du weißt ja nicht, wie er jetzt heißt." „Spuck's aus." „Peter Heimbach, eigentlich Hans Peter Heimbach! In der Schule haben ihn wahrscheinlich alle nur Hans genannt!"

„Heimbach?" „Er hat den Mädchennamen seiner Mutter angenommen." „Mensch, Johannes! Das ist der Buchhändler aus der *Schmökerecke*, der immer so akademische Vorträge über die Eifel hält." Sarah ist völlig durcheinander.

„Wer bitte?" Johannes ist verwirrt. „Den kennst du doch auch. Der uns beim Reibekuchenessen in Wachendorf von der *Bruder-Klaus-Kapelle* vorgeschwärmt hat."

„Ach, der? Der soll mehrere Menschen umgebracht haben!?" „Wir müssen sofort zu Frau Meyer. Die kann uns bestimmt etwas über ihren Kollegen sagen."

Als sie die *Schmökerecke* betreten, begrüßt Hanna Meyer Sarah herzlich. Inzwischen treffen sich beide regelmäßig im *Kochclub*.

„Es geht um Deinen Kollegen", beginnt Sarah erregt. „Um Peter Heimbach." „Der ist nicht da. Ist seit zwei Tagen krank. Eigentlich ungewöhnlich. Warum wollt Ihr ihn sprechen?" „Das ist eine lange Geschichte", erklärt Sarah.

„Wir haben aber nicht viel Zeit", unterbricht Johannes sie ungeduldig. „Es geht um Leben und Tod. Ihr Kollege steht unter dringendem Tatverdacht. Er hat vermutlich mehrere Menschen umgebracht. Wir müssen ihn umgehend finden."

„Das ist unmöglich. Ich kenne ihn seit Jahren als zuverlässigen Kollegen. Der kann kein Mörder sein!" „Dann irren Sie sich!", wirft Johannes ärgerlich ein. „Wir brauchen sofort alle wichtigen Informationen über diesen Mann."

„Was genau wollen Sie wissen?" „Wo wohnt Peter Heimbach? Wissen Sie, ob er Familie hat?" „Er lebt allein, soweit ich weiß." Hannah zögerte. „Sie werden überrascht sein. Aber ich kenne seine Adresse nicht genau. Er sprach immer von einer kleinen Wohnung in Gilsdorf."

„Das kann nicht sein. Er ist dort nicht gemeldet, das haben wir herausgefunden." „Ich habe eine Handynummer!", fällt Hanna ein. Sie wählt, wartet einen Moment. „Da geht niemand ran."

„Haben Sie vielleicht ein aktuelles Foto?" Hanna überlegt fieberhaft. „Ich fürchte nicht." „Bitte, denken Sie nach!" „Moment. Wir hatten letztes Jahr eine kleine Feier. Zehn Jahre *Schmökerecke*."

„Wo sind die Fotos?" „Ich habe sie nicht mehr auf dem Handy, aber vielleicht auf dem Rechner. Das dauert einen Moment."

Hanna versucht sich an das Datum der Feier zu erinnern und findet die Datei. „Ja, hier ist ein passables Foto, aber das ist alles. Ich finde nur eins." „Können Sie uns das ausdrucken?" „Sofort."

„Hat er eine Lebensgefährtin?" „Nicht, dass ich wüsste."
„Kennen Sie Freunde von ihm, Bekannte, Vereinskollegen?" „Ich
hatte immer den Eindruck, dass er wenig Kontakt hat, außer zu
den Kunden. Da kennt er sich erstaunlich gut aus. Er weiß nicht
nur, welche Bücher sie gerne lesen. Er kennt auch ihre privaten
Interessen, gibt gern gute Ratschläge." Sarah kann das nur bestätigen.

„Ja. Und noch etwas. Wohin könnte er sich zurückziehen,
wenn er nicht zu Hause ist? Gibt es einen Lieblingsort, den er oft
aufsucht? Hat er irgendwann mal was gesagt?"

Hanna überlegt. „Er wandert viel in der Eifel. Besonders mag
er den Wildnis-Trail." „Kennen Sie einen Ort, an dem er sich vorübergehend aufhalten könnte?" „Nein, auf Anhieb nicht. Ich
rufe Sie an, wenn mir etwas einfällt." „Ja, bitte. Wir nehmen das
Foto mit."

Hanna Meyer ist emotional aufgewühlt, nachdem Sarah-Ber-
ger Roth und Johannes Nöthen die *Schmökerecke* verlassen haben.

Sie zweifelt an ihrem Verstand. Seit Jahren hält sie sich für eine
Expertin in Sachen Detektivarbeit, für eine fähige Hobby-Ermitt-
lerin. Oft hat sie bewiesen, wie gut sie Informationen sammeln,
Zusammenhänge erkennen, Schlussfolgerungen ziehen kann.
Stets hatte sie ihre Umgebung und die Menschen um sie herum
aufmerksam wahrgenommen, auf jedes noch so kleine Detail ge-
achtet. Darauf war sie stolz.

Und nun der Super-GAU. Ihr Kollege und engster Mitarbeiter
ist vermutlich ein Schwerverbrecher, ein heimtückischer Mörder!
Und sie hatte nichts, aber auch gar nichts gemerkt! Ganz im Gegenteil.

Sie hätte ihre Hand dafür ins Feuer gelegt, dass Peter Heimbach nur ein freundlicher, kompetenter, unbescholtener Kollege

ist. Sie hätte ihm nicht einmal zugetraut, falsch zu parken oder bei der Steuererklärung zu schummeln – und das taten viele.

Fieberhaft überlegt sie, wie sie diese Scharte auswetzen und der Polizei helfen kann. Wo ist noch mal das Zeugnis von der Buchhandlung, das Peter Heimbach ihr damals bei der Bewerbung vorgelegt hat?, grübelt Hanna Meyer.

Gott sei Dank muss sie nicht lange suchen. Peter Heimbach hat früher in der *Leserei* in Bamberg gearbeitet. Wer hatte das Zeugnis unterschrieben?

„Nina Schneider", entziffert sie und hofft, dass die Buchhandlung noch dieselbe Geschäftsführerin hat, als sie zum Telefonhörer greift. Ungeduldig tippt sie mit dem Finger auf die Tischplatte und lauscht dem Freizeichen.

„Klaus Schilling, Leserei", meldet sich eine Stimme. „Mein Name ist Hanna Meyer. Ich muss Frau Nina Schneider in einer sehr dringenden Angelegenheit sprechen."

„Die Chefin hat heute frei." „Es ist dringend. Geben Sie mir bitte ihre Privatnummer." „Ich weiß nicht. Sie will nicht gestört werden. Wenn Sie ein Buch bestellen wollen, sprechen Sie einfach mit mir."

„Es geht um kein Buch, sondern um einen ehemaligen Kollegen: Peter Heimbach." „Den kenne ich nicht. Ich bin auch erst seit einem Jahr in der *Leserei*." „Dann bitte die Privatnummer von Frau Schneider." „Ich darf nicht ..."

Hanna spürt ihr Herz rasen. Sie darf keine kostbare Zeit verlieren. Wenn sie sich in eine Sache verbeißt, lässt sie nicht locker.

„Das ist eine polizeiliche Ermittlung." Sie versucht, ihrer Stimme einen sachlichen, autoritären Ton zu geben.

„Na gut. Hoffentlich reißt mir Nina nicht den Kopf ab." Wenig später hat Hanna die Nummer gewählt. Sie hat Glück. Sie stellt sich kurz vor und bittet um eine dringende Auskunft.

„Es hat sich eine Situation ergeben", beginnt sie, „dass die Polizei mehr über die Vergangenheit von Herrn Peter Heimbach wissen muss. Ich wende mich deshalb an Sie, weil Herr Heimbach für Ihre Buchhandlung gearbeitet hat und Sie ihm auch ein Arbeitszeugnis ausgestellt haben."

Hanna hofft inständig, dass Frau Schneider nicht überprüft, ob sie wirklich von der Polizei ist. Sie hat Glück.

„Peter Heimbach hat über zehn Jahre hier gearbeitet. Ich war sehr zufrieden mit ihm, ein sehr belesener und freundlicher Mann, der bei den Kunden äußerst beliebt war."

„Warum hat er Ihre Buchhandlung verlassen?" „Er kam aus der Eifel und wollte wieder in seiner Heimat arbeiten. Warum wollen Sie das wissen?", fragt sie zunehmend misstrauisch.

„Herr Heimbach ist Zeuge in einem wichtigen Prozess", improvisiert Hanna. „Und da müssen wir seine Vergangenheit überprüfen, um seine Glaubwürdigkeit festzustellen." „Ich würde doch lieber mit Ihrem Vorgesetzten sprechen, Frau Meyer." Hastig legt sie auf.

„Damit wäre das geklärt!" Ermittlungsarbeit braucht Geduld. Und man muss alle Puzzleteile zusammensetzen. Das Arbeitszeugnis ist echt. Und Peter Heimbach kommt aus der Eifel. Das könnte passen. Aber wo könnte er sich jetzt aufhalten?

Beim Nachdenken merkt sie, wie wenig sie eigentlich über ihn weiß. Nie hat ihn ein Freund, eine Freundin oder ein Bekannter in der Buchhandlung besucht. Wenn er geredet hat, dann waren es kleine Fachvorträge über die nähere Umgebung, Anekdoten, oder er hat mal einen Witz zum besten gegeben.

Von sich selbst hat er nie etwas erzählt. Das wird Hanna klar. Aber sie hatte die ganze Zeit Kontakt zu ihm. Sie ist die Einzige, die der Polizei helfen kann. Wo ist das fehlende Puzzleteil?

Plötzlich fällt ihr etwas ein: Es war ihr Geburtstag. Sie wollten in der Buchhandlung eine Flasche Wein öffnen.

Peter Heimbach hatte ein kunstvoll verziertes Messer gezückt und die Flasche geöffnet. Als sie ihn auf das Messer ansprach, erzählte er von einem Freund, der eine Jagdhütte besitzt und ihm das Messer geschenkt hat. Aus Höflichkeit hatte sie gefragt, wo die Hütte sei. Was hatte Heimbach nochmal geantwortet?

KAPITEL 36

„Willst du mich auch umbringen?" Der andere schweigt. „Hast du wirklich Sherab und Rajan getötet, Hans?" Adil schaut seinen Jugendfreund traurig und nachdenklich an.

Zunächst hat er sich über das Wiedersehen gefreut und einer gemeinsamen Wanderung zugestimmt. Er hat den Weg durch den Laubwald genossen.

Die tiefstehende Sonne hat die Bäume in ein warmes Licht getaucht, die Blätter zauberten faszinierende Schattenspiele auf den Boden. Über eine verfallene Holzbrücke überquerten sie einen kleinen Bach. Der Waldboden roch intensiv nach feuchter Erde und Laub. Ein Eichhörnchen jagte den Stamm einer Buche hinauf, eine Amsel und eine Feldlerche stimmten vor Einbruch der Dunkelheit ihren letzten beruhigenden und melodischen Gesang an.

Während Adil dem Rauschen der Blätter im Wind lauschte, fiel die Hektik des Tages langsam von ihm ab und die anfängliche Nervosität wich.

Jetzt ist sie wieder da. Er weiß nicht, wo sie sich befinden. Der kleine Raum ist schlicht und zweckmäßig mit einfachen Holzmöbeln eingerichtet. An den Wänden hängen Jagdtrophäen.

„Du bist für die Morde verantwortlich. Das ist mir jetzt klar. Aber warum? Dass Sherab dir damals die Drogen untergeschoben hat, war hinterhältig und gemein. Aber kannst du deshalb jemanden kaltblütig ermorden?"

„Du hast keine Ahnung. Sie alle haben mein Leben ruiniert und das meiner Familie! Hast du dir je vorgestellt, was es für meine Eltern bedeutet hat, dass ich mit Schimpf und Schande von der Schule geflogen bin? Mutter traute sich nicht mehr aus dem Haus, um zum Bäcker oder in den Dorfladen zu gehen – aus

Angst, auf die Schande angesprochen zu werden. Vater ließ sich nicht mehr am Stammtisch blicken. Er schämte sich. Damals, beim Ausflug zum Matronentempel, bat ich Sherab inständig, seine Schuld einzugestehen und zuzugeben, dass die Drogen ihm gehörten, und mich zu entlasten. Aber er war zu feige!"

„Das muss schlimm für dich gewesen sein." „Schlimm?! Es war die Hölle. Die Sache mit den Drogen hatte sich herumgesprochen. Nachdem , was im Internat vorgefallen war, wollte mich keine andere Schule mehr nehmen. Alle zu Hause waren so stolz, dass ich Abitur machen und studieren würde. Jetzt saß ich wieder bei meinen Eltern, ohne Zukunft."

„Du hättest später Abitur machen können. Es gibt Abendschulen." „Aber keine in der Nähe. Und ich wurde auf dem Hof gebraucht, nachdem Tante Hilde schwer verunglückt war. Sie blieb nach dem Unfall ein Pflegefall."

„Hast du auch was mit Davids Unfall zu tun?" „Nein, da ist mir der Zufall zuvorgekommen. Ich hatte ihn angerufen, habe ihn an den Katzensteinen getroffen, wollte mit ihm reden, mich an ihm rächen." „Warum?"

„Das alles war Davids Schuld mit dem Unfall." „David hat deine Tante überfahren?" „Ja, das Schwein. Und sein gut bezahlter Anwalt hat auf verminderte Schuldfähigkeit plädiert."

„Und?" „Wir haben gestritten. Ich wusste, dass David das Auto seiner Eltern genommen und meine Tante überfahren hat. „Wie hat er reagiert?" „David war uneinsichtig. Er hätte die Ampel übersehen, weil er farbenblind sei. Dumme Ausrede! Dann hätte er nicht fahren dürfen!" „Was passierte dann?"

„Bevor ich ihn seiner gerechten Strafe zuführen konnte, hat er sich losgerissen, ist in sein Auto gestiegen und auf die Straße gefahren. Der Unfall war gerecht. Leider hat er überlebt."

„David wurde damals plötzlich von der Schule genommen, warum war uns nicht klar", murmelt Adil.

„Und was hat Rajan gemacht?" „Ich hatte Rajan Geld geliehen. Nach der Katastrophe in der Schule wollte ich es sofort zurück. Ich brauchte es dringend, um nach Hause zu fahren und alles in Ordnung zu bringen. Aber Rajan hat nur gelacht.

„Einem nackten Mann kann man nicht in die Tasche greifen", sagte er. „Aber man bringt doch keinen um, nur weil er ein paar Mark nicht pünktlich zurückzahlt. Was war denn noch?"

„In der Kakushöhle habe ich sie belauscht. Rajan hatte mein Tagebuch gelesen ..." Hans schweigt einen Moment. „Weißt du, was drin stand?" „Nein." „Wirklich nicht?" „Da stand etwas über uns drin." Adil begreift immer noch nicht.

„Du hast doch damals die Sheila Birling in dem Stück Ein Inspektor kommt`` gespielt."

Unwillkürlich erinnert sich Adil daran, wie peinlich ihm die Mädchenrolle damals gewesen war. Die anderen hatten ihn überredet, weil sonst niemand in Frage kam. Schließlich hatte er nachgegeben, sich aber trotzdem äußerst unwohl gefühlt. Wie froh er war, dass seine Eltern im Ausland waren und das Stück nicht sehen konnten!

„Du sahst umwerfend aus. Ich fand dich hinreißend." Langsam versteht Adil, was Hans meint. Damals im Internat hatte er es verdrängt, weil es nicht sein durfte.

„Es war nicht richtig, was Rajan getan hat", erklärt Adil nachdenklich. „Aber er hat es nicht verdient zu sterben. Wir waren sehr jung. Ich war verwirrt, ich habe das alles nicht verstanden." „Dass ich mich in dich verliebt hatte?" „Ja."

„Und das hat Rajan alles in der Kakushöhle ausgeplaudert, schonungslos. Alle haben gelacht und fanden das urkomisch."

Adil ringt nach Worten: „Du musst verstehen, dass ich mit deiner Schwärmerei nicht umgehen konnte. Bei uns im Islam gilt so etwas als Sünde, als Verirrung. Und ich habe damals nicht das Gleiche für dich empfunden", versucht Adil zu erklären.

„Rajan hat mein Tagebuch gelesen, meine Gefühle verraten und den Tod verdient."

„Natürlich ist es furchtbar, das Tagebuch eines anderen zu lesen und dann auch noch zu verraten, was darin steht. Aber deshalb begeht man doch keinen Mord." „Es war Verrat. Und Verräter verdienen den Tod."

„Bist du auch von mir enttäuscht?" „Ja." „Liebe zwischen zwei Jungen war für mich unvorstellbar. Inzwischen denke ich liberaler. Aber ich interessiere mich nach wie vor nur für Frauen. Und du?", fragt Adil.

„Du hast mich damals auch betrogen. Du hast mich genauso hängen lassen wie die anderen. Wo war der berühmte *Justus* geblieben, der immer für Gerechtigkeit eintrat?" „Das habe dich nicht hängenlassen. Ich war immer dein Freund und bin es immer noch. Aber ich konnte und wollte deine Gefühle nicht erwidern."

„Du wolltest mich nicht verstehen! Wahrscheinlich hast du auch heimlich über mich gelacht wie die ganze Klasse." „Das habe ich nicht." Adil Mahmud sucht die passenden Worte. „Du brauchst Hilfe, einen ausgebildeten Psychologen und einen guten Anwalt."

„Du willst mich wohl ins Irrenhaus stecken!" Hans macht einen Schritt auf Adil zu. Seine Augen funkeln vor Wut und seine Hände ballt er zu Fäusten. Dann greift er zu einem Gewehr und zielt auf den Freund.

Adil hebt beschwichtigend die Hände. „Glaubst du wirklich, du kommst ungeschoren davon?" Instinktiv zieht Adil den Kopf ein und duckt sich. Sein Herz rast. Er spürt einen Luftzug, dann einen ohrenbetäubenden Knall.

„Bevor wir die Staatsanwaltschaft einschalten, brauchen wir Gewissheit, dass Peter Heimbach wirklich der Täter ist", bleibt Johannes Nöthen skeptisch. „Einiges spricht dafür." Auch Sarah kann sich immer noch nicht vorstellen, dass der leicht nervige, aber stets herzliche Buchhändler für die Morde verantwortlich sein soll.

„Du hast recht", pflichtet sie ihrem Kollegen bei. „Ohne weitere Beweise wird die Staatsanwaltschaft keine Ermittlung in diese Richtung zulassen."

„Aber geht es hier nicht eindeutig um Gefahrenabwehr? Bei der Suche nach Vermissten oder gefährdeten Personen braucht man keinen richterlichen Beschluss. Da Adil Mahmud verschwunden ist, hat Peter Heimbach ihn wahrscheinlich auch umgebracht oder als Geisel genommen, wenn wir Glück haben. Was meinst du, Johannes?"

„Nach allem, was passiert ist, wäre es ein Wunder, wenn Adil Mahmud noch leben würde."

„Wer könnte Heimbach in der Nähe eines der Tatorte gesehen haben?"

„Zu den Tatorten fällt mir nichts ein. Aber als wir im Tennisclub die Reibekuchen gegessen haben, saß Heimbach am Nebentisch. Ich habe ihn sofort erkannt." „Er war nicht zu überhören", erinnert sich Johannes.

„Und zu den Katzensteinen, wo David Cohn verunglückt ist, sind es nur gut zehn Minuten mit dem PKW." „Du meinst, das könnte der Mann gewesen sein, mit dem David Cohn vor dem Unfall Streit hatte", überlegt Sarah. „Genau. Wir haben die Personalien der Wanderer, die den Streit beobachtet haben. Vielleicht erkennen die beiden Heimbach auf dem Foto. Wie hießen die noch mal?"

„Ulf und Mia Strecker. Dürfen wir die befragen?" „Da die Ermittlungen ergeben haben, dass es sich um einen Unfall und nicht
um einen Mordversuch handelt, ist der vorausgegangene Streit
nicht Teil der Mordermittlungen." „Stimmt!"

„Die Streckers wohnen übrigens in Kirspenich. Da fahren wir
mal schnell vorbei und zeigen das Foto."

„Wow!", entfährt es Sarah, als sie den Wagen abstellen und
Tessa auf der Rückbank sitzen lassen. „So wohnen wir gerne!" Sie
deutet auf das schmucke Einfamilienhaus mit Walmdach und
weiß gestrichener Fassade. Die Fenster sind groß und lassen viel
Licht herein. Eine kleine Veranda mit gemütlicher Sitzecke lädt
zum Verweilen ein. Der üppige Garten ist ein wahres Blumenpa-
radies. Links neben der Terrasse verströmt ein alter Fliederbusch
seinen betörenden Duft. Vor dem Haus erfreuen mehrere Sträu-
cher und Pfingstrosen das Auge. Zwei Apfelbäume haben ihre
zartrosa Blüten entfaltet.

Herr Strecker öffnet die Tür und zeigt sich überrascht, als er
die beiden erblickt. „Haben Sie noch Fragen zu dem Unfall?"
„Wir würden ihnen gerne ein Foto zeigen", erklärt Johannes.
„Bitte kommen sie herein."

Wenig später sitzen die beiden in der Nachmittagssonne auf
der Veranda. „Wir möchten wissen, ob der Mann auf dem Foto
derjenige sein könnte, mit dem der Autofahrer vor dem Unfall
gestritten hat."

„Einen Moment." Ulf Strecker holt seine Brille und betrachtet
nachdenklich das Foto. „Ich weiß es nicht genau. Ausgeschlossen
ist es nicht. Mia, komm doch mal bitte her! Die Polizei will wissen, ob dies der Mann auf dem Foto ist, der Streit mit dem Autofahrer hatte."

Mia Strecker lässt sich Zeit. „Er könnte es sein. Größe und Statur stimmen." Sie schaut noch einmal intensiv auf das Foto. „Der
Pullover kommt mir bekannt vor. Ich dachte damals schon, dass

die blau-grauen Töne nicht zu der braunen Hose passen. Aber beschwören kann ich es nicht. Tut mir leid." „Trotzdem vielen Dank für die Mühe."

„Da ist noch etwas." „Ja?" Sarah schaut Johannes fragend an, als sie wieder im Auto sitzen.

„Uschi Lanzerath erwähnte einen Spaziergänger am Freilinger See. Sie hat sich mit ihm kurz unterhalten, bevor sie Michael Connacht gefunden hat." „Du meinst, dieser Mann war Heimbach?" „Wir sollten ihr auch das Foto zeigen. Ein Versuch wäre es Wert."

„In diesem Dorfladen spürt man den Tante Emmas Geist", denkt Sarah. Sie beschließt, nach dem Gespräch noch etwas einzukaufen, als sie große Auswahl an regionalen Produkten entdeckt.

„Hallo Uschi!" Johannes winkt der Ladeninhaberin zu, die sich gerade angeregt mit einer Kundin unterhält. „Einen Moment, Johannes!" Mit einer prall gefüllten Einkaufstasche verlässt die Mittfünfzigerin den Laden.

„Wir haben noch Fragen zu dem Toten", fällt Johannes mit der Tür ins Haus.

„Mach mich doch erst mal mit deiner Kollegin bekannt", entgegnet Uschi Lanzrath. „Und Tessa bekommt ihre Scheibe Fleischwurst wie immer. Sonst denkt sie noch, dass ich sie nicht mehr mag."

Ursula Lanzerath schneidet zwei Scheiben Wurst ab und wirft sie der Labradorhündin zu. Begeistert verschlingt Tessa die großzügige Gabe und blickt die freundliche Spenderin erwartungsvoll an. Trotz ihres forschen Tons wirkt sie immer noch angeschlagen.

„Das muss schlimm für Sie gewesen sein, den Toten so plötzlich zu finden", wendet sich Sarah an die Ladenbesitzerin. „Ja, es war schrecklich. So schnell werde ich nicht mehr mit Bonnie am Freilinger See spazieren gehen. Dabei bin ich so gerne dort." „Ich auch", erinnert sich Sarah an den Frühlingsspaziergang mit ihren Kindern.

„Wir haben nicht viel Zeit, Uschi", unterbricht Johannes das Gespräch. „Die von der Sonderkommission haben dich sicher ausführlich über den Toten befragt. Wir wollen auch noch etwas klären." „Was willst du denn genau wissen?"

„Du hast einen Wanderer erwähnt, bevor du die Leiche von Michael Connacht entdeckt hast." „Ja. Wir hörten zufällig einen Streit zwischen einem Angler und einem Schwimmer. Und der Fremde erwähnte, dass er so etwas schon öfter beobachtet habe."

„Genau. Sieh dir das Foto an. Das könnte der Mann sein, den du getroffen hast. Lass dir Zeit." Ursula Lanzerath nimmt das Foto in die Hand. Dann geht sie zum großen Schaufenster, durch das großzügiges Licht in den Laden fällt.

„Das könnte der Mann gewesen sein", erinnert sie sich. „Aber er war anders gekleidet." „Klar, das Foto ist von einer Party in einer Buchhandlung. Da trug er Hose und Pullover. Als du ihm begegnet bist, hatte er vermutlich ein Jacke und andere Schuhe an."

„Ja, die Brille kommt mir auch sehr bekannt vor. Ich glaube, der Wanderer trug so ein randloses Modell. Und da war noch etwas."

„Wirklich, was denn?" Ursula Lanzerath deutet auf das Foto. „Seht ihr das Armband am rechten Handgelenk. Das ist mir an dem Spaziergänger am See aufgefallen" „Er trug ein Lederarmband, das aus mehreren bunten Schnüren geflochten war." „Was war daran so besonders?" „So etwas tragen eher Kinder. Bei einem Erwachsenen fand ich es etwas merkwürdig. Ach, Blödsinn. Heute trägt doch fast jeder alles. Vielleicht war das Band auch ein Geschenk, und deshalb hat er es getragen."

„Jetzt fällt mir was ein", unterbricht sie Sarah. „Als ich in der *Schmökerecke* war, um ein Buch für einen Kindergeburtstag zu kaufen, fiel mir dieses Armband an Heimbachs Handgelenk auf. Ich wollte ihm gerade erzählen, dass meine Tochter Tilda auch solche Armbänder bastelt und ihn fragen, ob es ein Geschenk seiner Tochter sei. Aber dann wurden wir durch deinen Anruf unterbrochen, Johannes. Und ich fragte ihn nach dem Weg zum Matronentempel".

„Es spricht also alles dafür, dass Peter Heimbach zur mutmaßlichen Tatzeit am Freilinger See war. Mich wundert nur, dass er so locker mit dir geplaudert hat. Ziemlich kaltblütig. Der Mord muss erst kurz vorher passiert sein. Und er unterhält sich seelenruhig mit einer Spaziergängerin."

„Wir haben ihn wohl unterschätzt." Sarah hört das Geräusch einer eingehenden WhatsApp-Nachricht.

„Das war Hanna Meyer. Sie hat darüber nachgedacht, wohin Heimbach sich zurückziehen könnte. Sie glaubt, er hat mal eine Jagdhütte erwähnt, die einem Freund gehört. Sie kennt sogar das Waldstück." „Jetzt müssen wir schnell handeln." „Ich hoffe, dass Krüger und ihre Sonderkommission unseren Verdacht ernst nehmen. Vielleicht können wir wenigstens das Leben von Khaled Mahmud retten!"

KAPITEL 37

Der Schuss hatte ihn nicht getroffen. Adil ist sich nicht sicher, ob Hans ihn verfehlt oder absichtlich daneben geschossen hat. Aber er weiß jetzt, dass sein ehemaliger Freund völlig unberechenbar ist, eine tickende Zeitbombe.

„Michael Connacht war der Schlimmste", fährt Hans schwer atmend fort. „Deine Schwester hat sich in ihn verliebt. Sie hieß Anna, nicht wahr?", erinnert sich Adil.

„Anna!" Hans schluckt und verstummt.

„Sie hat es nie verwunden. Michael Connacht war ihre erste große Liebe. Als sie ihm sagte, dass sie ein Kind erwartet, hat er sich verdünnisiert. Er wüsste nicht einmal, ob er der Vater sei. Es gäbe bestimmt andere Kandidaten. Das hat er mir damals bei unserem Ausflug zum Freilinger See an den Kopf geworfen. Jetzt lacht er nicht mehr!"

„Was soll das heißen? „Er wird niemanden mehr betrügen und enttäuschen." „Du hast unseren ehemaligen Erzieher also auch umgebracht?"

Adil muss das alles erst einmal verarbeiten. „Ja, das elende Schwein hat sich gewehrt. Jetzt schwimmt seine Leiche im Freilinger See nur ein paar Meter von der Stelle entfernt, wo er vor Jahren Annas Liebe verraten hat und mir ins Gesicht sagte, dass Sie ein Flittchen sei."

„Es war eine Fügung, dass alle hierher zurückgekehrt sind. Als ich in der Zeitung die Namen der Konferenzteilnehmer las, wusste ich, dass meine Stunde gekommen ist", triumphiert Hans.

„Ich habe Michael Connacht mit einer falschen Nachricht an den Freilinger See gelockt Man kann nämlich mit künstlicher

Intelligenz gefälschte WhatsApp-Nachrichten verschicken. Dabei habe ich mit einem Computerprogramm ein Audio-Deepfake benutzt, das Meike Kellers Stimme täuschend echt imitierte. Ich wusste ja, dass er mit der Organisatorin der Konferenz was hatte und die beiden sich getroffen haben. Der hat nie was anbrennen lassen. In seiner Verliebtheit war er zu naiv, um das Ganze zu überprüfen. Hätte er Meike Keller nochmal angerufen, wäre mein Plan nicht aufgegangen. Aber unser alter Erzieher ist direkt zum See gefahren, konnte es wohl kaum erwarten, geil wie er immer war."

„Und da hast du ihm aufgelauert ?" „Exakt. Glaube aber ja nicht, dass dieses Schwein irgendetwas bereut hat. Jetzt treibt seine Leiche im See, wenn sie ihn noch nicht gefunden haben."

„Drei Tote und ein Schwerverletzter!" Adil Mahmud ist fassungslos. „Ja. Sie alle waren für mein Elend und das meiner Familie verantwortlich. Erinnerst du dich an Eva Smith, das Mädchen aus dem Theaterstück? Der Inspektor beweist, dass alle im Haus Birling für ihren Tod mitverantwortlich waren. Alle haben Schuld auf sich geladen."

„Und du fühlst dich wie Inspektor Goole, der die Schuldigen zur Rechenschaft zieht."

„Einer muss es ja tun." Adil versucht, sich in Hans` Gedanken hineinzuversetzen, seine Gefühle zu verstehen, auch wenn es ihm schwerfällt. „Ich sehe einen großen Unterschied", beginnt er vorsichtig. „Inspektor Goole beweist, dass alle in irgendeiner Weise schuldig sind. Er will den Beteiligten ins Gewissen reden, sie ermahnen, sich in Zukunft verantwortungsvoller zu verhalten. Aber er spielt nie den Richter und schon gar nicht den Henker." Hans schweigt.

„Wo sind wir hier eigentlich? Ich kenne die Hütte nicht." „Die kannst du nicht kennen. Gehört einem Jagdpächter, mit dem ich gut bekannt bin." „Ist das dasselbe Armband, das du früher immer getragen hast?", fällt Adil ein.

Hans` Gesicht verdüstert sich. Sein Blick ist auf die Eingangstür der Hütte gerichtet, wandert weiter in die Ferne. Er atmet tief, denkt an eine längst vergangene Zeit und kämpft mit aufsteigenden Tränen. Tief in seiner Brust verspürt er einen Schmerz. Während die Welt um ihn herum zu verschwimmen beginnt, erinnert er sich an Glück und Verlust zugleich. Die Zeit scheint still zu stehen. Er reißt sich zusammen und findet zurück in die Gegenwart.

„Meine Schwester Anna hat es für mich gemacht." Adil ist von der tiefen Trauer in der Stimme erschüttert.

„Hast du einen besonderen Grund, mich hierher zu bringen? Welche Erinnerung an mich verbindet dich mit dieser Hütte?" „Keine!" „Ich dachte, du hättest alle an den Ort ihrer Schuld zurückgebracht, um sie zur Rede zu stellen und dann zu töten." „Es war die gerechte Strafe. Sie sind alle schuldig geworden."

„Dann töte mich auch, beeil dich!" „Sei nicht so ungeduldig. Auch du entkommst deinem Schicksal nicht." Er hebt das Gewehr und zielt auf Adil.

„Auch ich habe schwere Schuld auf mich geladen. Ich sage dir jetzt etwas, was nur wenige wissen. Dann hast du wenigstens einen guten Grund, mich zu töten. Dann kannst du darüber nachdenken, ob ich es auch verdient habe zu sterben." Adils Stimme klingt gefasst.

„Ich verstehe das nicht." Hans hat das Gewehr wieder gesenkt. „Ich bin damals in einen Kreis von Muslimen geraten, die den Westen massiv kritisierten. Wir haben die Juden und die ehemaligen Kolonialmächte für alle Probleme verantwortlich gemacht. Wir haben die Revolution in Iran bewundert. Ich protestierte, wenn Nichtmuslime unseren Islam beleidigten und den Propheten Mohammed verunglimpften. Ich habe Djihad-Lieder gesungen und war überzeugt, dass man Opfer bringen müsse, um die große Idee zu verwirklichen." „Warum erzählst du mir das?"

„Dann wurde ich zu einem Einsatz abkommandiert. Es ging darum, ein Gebäude zu sprengen", berichtet Adil stockend. „Es hieß, das Gebäude sei leer. Man wollte nur ein Zeichen setzen. Aber das stimmte nicht. Das Haus war nicht leer. Bis heute höre ich die Schreie der Verletzten, sehe Menschen, die wie lebende Fackeln nach draußen rennen."

„Und ich war damals beeindruckt, als du im Unterricht dein Referat gehalten und erklärt hast, dass Djihad nicht immer heiliger Krieg und Gewalt bedeutet, dass der wichtigste Djihad der Kampf gegen die eigenen schlechten Eigenschaften ist", erinnert sich Hans. „Ja, als Schüler war ich davon überzeugt. Später habe ich diese Werte mit Füßen getreten." Hans lauscht weiter Adils Worten.

„Nach dem schrecklichen Vorfall erkannte ich meinen Irrtum, las den Koranvers Al-Maydah, 32: *„Wenn jemand einen Menschen tötet, der keinen Mord und keine Gewalttat auf Erden begangen hat, so ist es, als hätte er alle Menschen getötet..."*.

Ich habe Menschen auf dem Gewissen. Auch wenn ich versucht habe, es wieder gut zu machen. Das konnte ich nicht. Aber es gelang mir, meinen Freund Kamal Shaker und seine Familie vor der Verhaftung zu warnen und ihn und seine Familie über Freunde zur Grenze zu bringen. Damit habe ich versucht, nach dem zweiten Teil des Verses zu handeln. *„Und wenn jemand einem Menschen zum Leben verhilft, so ist es, als hätte er allen Menschen zum Leben verholfen."*

So, jetzt weißt du, dass ich auch schuldig bin. Du kannst mich töten, wenn du willst." Adil schweigt angstvoll. Er hat keine Ahnung, ob er den anderen erreicht hat.

„Sie waren alle schuldig!", wiederholt Hans. „Du hattest kein Recht, Richter und Henker zu spielen!" „Hatte ich wohl. Sie alle haben sich in all den Jahren nicht geändert." „Das stimmt nur zum Teil."

„Michael Connacht war offenbar schon immer ein mieser Charakter. Aber Sherab hat sich verändert. Er hat eine Entziehungskur gemacht. Danach hat er nie wieder Drogen angerührt."

„Und der ehemalige Dealer, den er vor der Polizei verstecken wollte?" „Wollte er nicht. Sein Cousin hat ihn um Hilfe gebeten und Sherab hat abgelehnt. Du weißt auch, dass er an der Seite des Dalai Lama viel Gutes getan hat."

„Rajan ist genauso labil wie damals. Er ist spielsüchtig, veruntreut sogar Geld, um seine Spielsucht zu befriedigen." „Darunter leiden er und seine Familie. Aber es hat nichts mit dir zu tun."

„Aber das Tagebuch. Er hätte es nicht lesen und den anderen mein Geheimnis verraten dürfen." „Nein, natürlich nicht. Das war eine bittere Kränkung. Aber das hat nichts mit deinem Schulverweis zu tun."

„Lass uns nach draußen gehen." Hans öffnet die Hüttentür und lässt die Natur auf sich wirken. Er war in die Eifel zurückgekehrt, an den Ort seiner Wurzeln und Sehnsüchte. In der Landschaft, die er so sehr liebte, war Grauenvolles geschehen, und er hatte grausam Rache genommen. All das würde er schmerzlich vermissen: die Weite der Landschaft, den gelb leuchtenden Ginster, den blühenden Weißdorn und die angenehm süßlich duftenden Heckenrosen!

Die Hütte ist rechts von dichtem Wald umgeben, links breitet sich eine Wiese aus. In der Ferne sieht er sanfte Hügel, ahnt dichte Wälder, erinnert sich an unzählige Wanderungen, vorbei an gurgelnden Bächen, entlang vulkanischer Seen, vorbei an historischen Burgen und malerischen Dörfern.

Hoch oben in der Luft erspäht er einen Rotmilan, einen eleganten Flieger mit weißen Flügelfeldern und seinem typischen gegabelten Schwanz. Schwach vernimmt er seinen pfeifenden Ruf.

Wie er selbst ist der Rotmilan standorttreu. Seine Nachkommen verlassen nur ungern den angestammten Ort, an dem sie aufgewachsen sind. Wie er liebt auch der Rotmilan offene, von Hecken und Wäldern durchzogene Landschaften. Doch auch der Rotmilan ist gefährdet und steht in einigen Regionen auf der Vorwarnstufe der Roten Liste. Der Rotmilan kann sehr alt werden, aber in der Natur lauern viele Gefahren. Daher sterben manche vor der Zeit....

Adil blickt über die Wiese. In der Ferne nähern sich mehrere Autos. „Die Polizei ist da!", ruft er. „Bleib` hier und erkläre deine Motive."

Hans greift nach seinem Gewehr, zielt auf Adil. „Ergib dich, die haben die Hütte umstellt." Sein Blick schweift über die blühende Wiese. Ein Schuss fällt. Der Rotmilan zieht ungerührt weiter seine Kreise.

Grauenvolle Mordserie aufgeklärt

Von Greta Reiser

Der Polizei ist es gelungen, die spektakulären Morde an den Teilnehmern der Friedenskonferenz auf der ehemaligen Ordensburg Vogelsang aufzuklären. Lange tappten die Ermittler im Dunklen. Verschiedene Spuren ergaben wichtige Hinweise auf weitere kriminelle Verstrickungen. So konnte auch die berüchtigte Eifel-Kameradschaft *enttarnt und einige ihrer führenden Köpfe verhaftet werden.*

Der Täter aber musste in einem ganz anderen Umfeld gesucht werden. Der bis dahin unbescholtene Buchhändler Peter Heimbach, der unter dem Namen Hans Schluckebier Mitschüler der Opfer im bekannten Internat „Park Rheinaue" war, gestand einem ehemaligen Mitschüler die Morde,

bevor er sich das Leben nahm. Hans Schluckebier war während seiner Schulzeit von mehreren Mitschülern und einem Erzieher immer wieder gekränkt worden. Als seine ehemaligen Mitschüler nach Jahrzehnten als Tagungsteilnehmer in die Eifel zurückkehrten, nutzte er die Gelegenheit zur Rache.

Im letzten Moment gelang es der Polizei, die vom Täter entführte Geisel zu befreien. Es handelte sich ebenfalls um einen ehemaligen Mitschüler, der von den Taten seines früheren Freundes zutiefst erschüttert war. Bis zum letzten Moment versuchte er, seinen Freund zu überreden, sich der Polizei zu stellen.

Liebe Leserinnen und Leser von „Eifel Grauen",

ich hoffe, dass Ihnen das Buch gefallen hat und Sie spannende Stunden mit der Geschichte verbracht haben. Ihre Meinung ist uns sehr wichtig , und wir würden uns freuen, wenn Sie sich einen Moment Zeit nehmen, um eine Rezension zu hinterlassen. Ihre Rückmeldungen helfen nicht nur, uns zu verbessern, sondern auch anderen Lesern, die perfekten Geschichten für sich zu finden.

Vielen Dank für Ihre Unterstützung und viel Freude beim Weiterlesen.

Leseempfehlung:

Monika Tworuschka

Die Jagd nach dem verborgenen Leuchter

Eine Fantasy-Geschichte gegen Antisemitismus für Jugendliche ab 12 Jahren

Dabei sollte es nur ein entspanntes Wochenende für die Freunde werden! Doch dann verwandeln unheimliche Ereignisse ihr Leben in einen Albtraum.

Ein geheimnisvoller Rabbi beauftragt sie mit einer gefährlichen Mission: Der Jagd nach einem geraubten Chanukka- Leuchter, bewacht von Dämonen auf einem unheimlichen Berg.

Ihnen bleibt keine andere Wahl, als den Aufstieg zu wagen...

Unterwegs erfahren sie Wichtiges über jüdische Geschichte und Religion.

Aber die Zeit ist knapp, und überall lauern Gefahren.

Finden sie den Leuchter, bevor ihre Frist abgelaufen ist?

Monika Tworuschka ist Islam-, Religions- und Politikwissenschaftlerin und Autorin von zahlreichen Jugendbüchern und Kriminalromanen.

Für ihr Buch "Die Weltreligionen Kindern erklärt" erhielt sie zusammen mit ihrem Mann den italienischen Friedenspreis `Premio Satyagraha`.

Leseprobe:

Die Jagd nach dem verborgenen Leuchter

Vor sehr langer Zeit …Die vertrauten Gassen sind ihm fremd und unheimlich geworden. Obwohl ihn nur noch wenige Meter von seinem Ziel trennen, wächst seine Angst unaufhörlich. Zu viel Schreckliches hat er in den letzten Tagen erlebt. In seinen Ohren gellen die Schreie gequälter und verfolgter Menschen.

Immer wieder vernimmt er das Geklapper von Hufen, das Klirren der Waffen, das Gegröle des aufgebrachten Pöbels, der ihn und seine Glaubensgeschwister unbarmherzig verfolgt. In den Gassen drängen sich wild gestikulierende Menschenhorden. Steine fliegen. Direkt hinter ihm bricht sein bester Freund tödlich getroffen zusammen. Er rennt wie die anderen auch durch die engen Gassen, um den Verfolgern zu entrinnen. Die ihm anvertraute Kostbarkeit lässt er nicht für einen Augenblick aus den Augen. Heute muss er seine Mission erfüllen, das wertvolle Kleinod in Sicherheit bringen. Sonst würde noch mehr Unheil geschehen. Immer wieder holt das Feuer die Fliehenden ein, die sich schließlich zum Fluss wenden. Überall versperren Flammen die Fluchtwege. Die Brücken sind berstend voll. Er kann sich mit einem kleinen Boot vorübergehend in Sicherheit bringen. Doch gebannt ist die Gefahr damit nicht. Bald müsste er die Synagoge erreicht haben. Nach der Legende sollen Engel zu ihrem Bau Steine vom Jerusalemer Tempel herbeigetragen haben.

Das macht sie zu einem sicheren Ort der Zuflucht . Schwer atmend bleibt er stehen. Waren da nicht Schritte? Er hätte schwören können, dass ihn jemand verfolgt. Er lauscht in die Finsternis. Hat er sich geirrt? In der Dunkelheit kann er niemanden erkennen. Nur ein Windhauch ist zu spüren. Hört er nicht ein leises Räuspern, den Hauch eines Atems? Fieberhaft sucht er in der Tasche nach seiner Waffe. Vorsichtig will er sich umdrehen. Ein Luftzug streift ihn.

Dann verspürt er einen dumpfen Schlag gegen seine Stirn. Er taumelt, stürzt. Im Fallen erkennt er noch, wie der Angreifer einen Dolch aus seinem Umhang zieht…